हिंदुत्व

स्वातंत्र्यवीर
विनायक दामोदर सावरकर
द्वारा लिखित पुस्तकें

हिंदुत्व

विनायक दामोदर सावरकर

प्रभात
प्रकाशन

प्रकाशक • **प्रभात प्रकाशन प्रा. लि.**
4/19 आसफ अली रोड,
नई दिल्ली-110002

संस्करण • 2025
मूल्य • चार सौ रुपए
मुद्रक • नरुला प्रिंटर्स, दिल्ली

HINDUTVA
by Swatantrayaveer Vinayak Damodar Savarkar ₹ 400.00
Published by Prabhat Prakashan Pvt. Ltd., 4/19 Asaf Ali Road, New Delhi-2
e-mail: prabhatbooks@gmail.com ISBN 978-93-89982-03-9

अनुक्रम

हिंदुत्व के प्रमुखतम अभिलक्षण

नाम का क्या महत्त्व है?

'जी हाँ, हम हिंदू हैं, हिंदू कहलाने में हमें सदैव गर्व का अनुभव होता है', यह बात हम साहस के साथ कहते हैं और आशा करते हैं कि हमारे इस स्वाभिमान दर्शक आग्रहपूर्ण वक्तव्य के लिए वेरोना की वह लावण्यवती[1] हमें उदारतापूर्वक क्षमा कर देगी। इस सुंदरी ने 'नाम का क्या महत्त्व है? पाँव, मुख आदि के समान नाम मानव-शरीर का कोई अंग नहीं है,' ऐसा कहते हुए व्याकुल होकर अपने प्रियतम से प्रार्थना की थी कि उसका नाम बदल दिया जाए। यदि हम इस प्रिय मठवासी भिक्षुश्रेष्ठ[2] के स्थान पर होते तो हम भी यही कहते कि नाम का क्या महत्त्व है। यदि गुलाब को किसी अन्य नाम से संबोधित किया जाएगा, तब भी उसकी सुगंध पूर्ववत् बनी रहेगी। इस बात को आग्रहपूर्वक प्रस्तुत करनेवाले रमणीय तर्कशास्त्र के सम्मुख नतमस्तक होकर इस कथन को स्वीकार करने का परामर्श भी हम उसके प्रियतम को देते, क्योंकि नाम की तुलना में वस्तु का महत्त्व अधिक होता है। एक ही वस्तु को विभिन्न प्रकार के अनेक नामों से संबोधित किया जाता है। शब्दों की ध्वनि में तथा उससे प्रतीत होनेवाले अर्थ में एक स्वाभाविक तथा अपरिहार्य प्रकार का संबंध रहता है—ऐसा कहना स्वयं अपना ही औचित्य खो देता है। फिर भी उस वस्तु में तथा उसे दिए हुए नाम में विद्यमान परस्पर संबंध समय के साथ दृढ़ होकर अंततः चिरस्थायी बन जाते हैं तथा वस्तु का बोध करानेवाला यह एक माध्यम बन जाता है। नाम तथा वस्तु प्रायः एकरूप हो

जाते हैं। इस वस्तु के विषय में उत्पन्न होनेवाले उपविचार तथा भावनाएँ उस वस्तु का और उसके नाम का महत्त्व एक समान हो जाता है। 'नाम का क्या महत्त्व है' ऐसा प्रश्न व्याकुल होकर पूछनेवाली कोमलांगी प्रेषिता को[३] अपने पूजनीय प्राणेश्वर 'रोमियो को पेरिस'[४] नाम से संबोधित करना उचित नहीं प्रतीत होता, अथवा अपनी प्रियतमा ज्युलिएट को अन्य किसी नाम से संबोधित करना स्वीकार्य नहीं होता। फलों से लदे वृक्ष की शाखाओं को अपने प्रकाश से रजतस्नान[५] करानेवाले चंद्र[६] को साक्षी रखकर ज्युलिएट का प्रियकर भी क्या शपथपूर्वक कह सकता कि ज्युलिएट की तरह रोजलिन नाम भी उतना ही मधुर और भावपूर्ण लगता है।

नाम की अद्‍भुत महिमा

कुछ शब्द ऐसे भी हैं, जो अत्यंत गूढ़ कल्पना या ध्येय-सृष्टि अथवा विशाल तथा अमूर्त सिद्धांत के स्पर्श से महत्त्वपूर्ण बन जाते हैं। उनका स्वतंत्र अस्तित्व होता है और वे किसी जीव-जंतु के समान जीते हैं। समय के साथ वे पुष्ट होते हैं। हाथ-पाँव अथवा मनुष्य के अन्य अंगों से ये नाम भिन्न होते हैं, क्योंकि वे मनुष्य की आत्मा ही बनकर रहे होते हैं तथा मानवी पीढ़ियों से भी वे अधिक चिरंतन बन जाते हैं। जीजस का निधन हो गया, परंतु रोमन साम्राज्य की अपेक्षा अथवा किसी भी अन्य सम्राट् की तुलना में वह अधिक चिरंतन हो गया। 'मैडोना' के किसी चित्र के नीचे 'फातिमा' लिख दिया जाए तो स्पैनिश व्यक्ति इसे किसी अन्य कलापूर्ण चित्र की तरह कौतूहल से देखता रहेगा, परंतु चित्र के नीचे 'मैडोना'[७] लिखा होगा तो एक चमत्कार घट जाएगा। तनकर खड़ा वह व्यक्ति अपने घुटनों के बल झुक जाएगा। उसकी आँखों में कला विषयक जिज्ञासा के स्थान पर एक साक्षात्कारी भक्तिभाव झलकने लगेगा। उसकी दृष्टि

कुछ शब्द ऐसे भी हैं, जो अत्यंत गूढ़ कल्पना या ध्येय-सृष्टि अथवा विशाल तथा अमूर्त सिद्धांत के स्पर्श से महत्त्वपूर्ण बन जाते हैं। उनका स्वतंत्र अस्तित्व होता है और वे किसी जीव-जंतु के समान जीते हैं। समय के साथ वे पुष्ट होते हैं।

अंतर्मुखी बन जाएगी। मेरी का पवित्र मातृप्रेम तथा वात्सल्य मूर्तिमंत साकार करनेवाले इस चित्र के दर्शन से उसकी संपूर्ण देह पुलकित हो उठेगी। 'नाम का क्या महत्त्व है' ऐसा कहने में यदि कुछ तथ्य है तो अयोध्या को होनोलुलु अथवा वहाँ के अमरचरित्र रघुकुल तिलक को 'दगडू' या ऐसा ही कोई अन्य नाम देने पर कोई अंतर नहीं आएगा। किसी अमेरिकी को उसके वॉशिंगटन को चंगेज खान कहने में या किसी मुसलमान को स्वयं को ज्यू कहलाने में जो कष्ट होता है, उसे देखकर आप समझ जाएँगे कि 'खुल जा सिमसिम' मंत्र का उच्चारण करने से इस प्रकार के प्रश्नों का समाधान नहीं हो सकता।

हिंदुत्व कोई सामान्य शब्द नहीं है

हिंदुत्व एक ऐसा शब्द है, जो संपूर्ण मानवजाति के लिए आज भी असामान्य स्फूर्ति तथा चैतन्य का स्रोत बना हुआ है। इसी हिंदुत्व के असंदिग्ध स्वरूप तथा आशय का ज्ञान प्राप्त करने का प्रयास आज हम करने जा रहे हैं। इस शब्द से संबद्ध विचार, महान् ध्येय, रीति-रिवाज तथा भावनाएँ कितनी विविध तथा श्रेष्ठ हैं, कितनी प्रभावी तथा सूक्ष्मतम हैं। जितनी क्रांतिकारी हैं, उतनी ही भ्रांतिकारक भी हैं; परंतु सुस्पष्ट है, इस कारण 'हिंदुत्व' शब्द का विश्लेषण कर उसका स्पष्ट अर्थ ज्ञात करना अत्यधिक कठिन बन जाता है। आज हिंदुत्व की जो स्थिति सामने दिखाई दे रही है, यह स्थिति उत्पन्न होने में कम-से-कम चालीस शतकों से स्मृतिकार, वीरपुरुष और इतिहासकारों ने इस शब्द की परंपरा को अखंडित रखने के लिए किए

हिंदुत्व एक ऐसा शब्द है, जो संपूर्ण मानवजाति के लिए आज भी असामान्य स्फूर्ति तथा चैतन्य का स्रोत बना हुआ है। इसी हिंदुत्व के असंदिग्ध स्वरूप तथा आशय का ज्ञान प्राप्त करने का प्रयास आज हम करने जा रहे हैं। इस शब्द से संबद्ध विचार, महान् ध्येय, रीति-रिवाज तथा भावनाएँ कितनी विविध तथा श्रेष्ठ हैं, कितनी प्रभावी तथा सूक्ष्मतम हैं।

हुए त्याग और बलिदान का योगदान है। उन्होंने इसके लिए अपना जीवन व्यतीत किया, प्रखर चिंतन किया, युद्ध किए तथा अपने प्राणों की बाजी भी लगा दी। यह सब इसलिए करना पड़ा कि हम लोग कभी आपस में लड़ते हुए, कभी परस्पर सहकार्य करते हुए और कभी एक-दूसरे में पूर्णत: विलीन होकर एकरूप हो गए थे। यह शब्द इस प्रकार लिये गए अनगिनत व्यावसायिक कार्यों की निष्पत्ति है। 'हिंदुत्व' कोई सामान्य शब्द नहीं है। यह एक परंपरा है। एक इतिहास है। यह इतिहास केवल धार्मिक अथवा आध्यात्मिक इतिहास नहीं है। अनेक बार 'हिंदुत्व' शब्द को उसी के समान किसी अन्य शब्द के समतुल्य मानकर बड़ी भूल की जाती है। वैसा यह इतिहास नहीं है। वह एक सर्वसंग्रही इतिहास है।

'हिंदुत्व' तथा 'हिंदू धर्म' शब्दों का भेद

'हिंदू धर्म' यह शब्द 'हिंदुत्व' से ही उपजा उसी का एक रूप है, उसी का एक अंश है; इसलिए यदि 'हिंदुत्व' शब्द की स्पष्ट कल्पना करना हम लोगों के लिए संभव नहीं होता तो 'हिंदू धर्म' शब्द भी हम लोगों के लिए दुर्बोध तथा अनिश्चित बन जाएगा। इन दो शब्दों में विद्यमान अन्योन्य पृथक्ता ठीक से समझ नहीं पाने के कारण ही कुछ सहोदर जातियों में, जिन्हें हिंदू संस्कृति के अमूल्य उत्तराधिकार प्राप्त हुए हैं, अनेक मिथ्या धारणाएँ उत्पन्न हुई हैं। इन शब्दों के अर्थ में मूलत: क्या अंतर है यह बात आगे स्पष्ट होती जाएगी। यहाँ इतना बताना ही पर्याप्त होगा कि 'हिंदू धर्म' से सामान्यत: जो बोध होता है, वह 'हिंदुत्व' के अर्थ से भिन्न है। किसी आध्यात्मिक अथवा भक्ति संप्रदाय के मतों के अनुसार निर्मित अथवा सीमित

'हिंदू धर्म' यह शब्द 'हिंदुत्व' से ही उपजा उसी का एक रूप है, उसी का एक अंश है; इसलिए यदि 'हिंदुत्व' शब्द की स्पष्ट कल्पना करना हम लोगों के लिए संभव नहीं होता तो 'हिंदू धर्म' शब्द भी हम लोगों के लिए दुर्बोध तथा अनिश्चित बन जाएगा।

आचार-विचार विषयक नीति-नियमों के शास्त्र को ही 'हिंदू धर्म' कहा जाता है। 'धर्म' शब्द का अर्थ भी यही है। हिंदुत्व के मूल तत्त्वों की चर्चा करते समय किसी एक धार्मिक या ईश्वर-प्राप्ति से जुड़ी विचारप्रणाली या पंथ का ही केवल विचार नहीं किया जाता। भाषा की कठिनाई न होती तो हिंदुत्व के अर्थ से निकट आनेवाला 'हिंदुपन' शब्द का हमने 'हिंदूधर्म' शब्द के बदले प्रयोग किया होता। 'हिंदुत्व' शब्द में एक राष्ट्र तथा हिंदूजाति के अस्तित्व का तथा पराक्रम के सम्मिलित होने का बोध होता है। इसीलिए 'हिंदुत्व' शब्द का निश्चित आशय ज्ञात करने के लिए पहले हम लोगों को यह समझना आवश्यक है कि 'हिंदू' किसे कहते हैं। इस शब्द ने लाखों लोगों के मानस को किस प्रकार प्रभावित किया है तथा समाज के उत्तमोत्तम पुरुषों ने, शूर तथा साहसी वीरों ने इसी नाम के लिए अपनी भक्तिपूर्ण निष्ठा क्यों अर्पित की, इसका रहस्य ज्ञात करना भी आवश्यक है। यहाँ यह बता देना भी आवश्यक है कि जो शब्द किसी एक पंथ की ओर निर्देश करता है तथा हिंदुत्व की तुलना में अधिक संकुचित तथा असंतोषप्रद है, उसकी चर्चा हम नहीं करनेवाले हैं। इस प्रयास में हम कितने यशस्वी हो सकेंगे तथा हमारा दृष्टिकोण कितना योग्य है—इसका निर्णय आगामी विवेचन समझने के पश्चात् ही किया जा सकेगा।

□

सप्तसिंधु से प्रथमतः उदय होनेवाला आर्य राष्ट्र

साहसी आर्यों के दल ने सिंधुतट पर आकर वहाँ रहना कब प्रारंभ किया तथा अपने यज्ञ की अग्नि सबसे पहले कब प्रज्वलित की—यह बताना आज की प्राच्य अनुसंधान की अवस्था में साहसपूर्ण कार्य होगा। मिस्र देश के वासी तथा बैबिलोनवासियों द्वारा अपनी भव्य सभ्यता की निर्मिति किए जाने से पहले भी सिंधु नदी के पावन तीरों पर नित्य ही यज्ञ के सुगंधित धुएँ के आकाशगामी वलय उठते ही रहते थे। आत्मा की अद्वैत अनुभूति से प्रेरित मंत्र-पठन की ध्वनि सिंधु की घाटियों में गूँज उठती। यह उचित ही था कि उनके पौरुष तथा विश्व के गूढ़ अध्यात्म का विचार करनेवाली उनकी प्रगल्भता की विशेषताओं के कारण एक महान् तथा शाश्वत संस्कृति की स्थापना करने का सम्मान उन्हें प्राप्त हुआ। अपने निकट के जाति-बांधवों से, विशेषतः आर्याणवासी पारसिकों से आर्य जब संपूर्णतः स्वतंत्र हो गए, तब सप्तसिंधु के पार अंतिम सीमा तक उनके उपनिवेशों का विस्तार हो चुका था। 'हम लोग एक स्वतंत्र राष्ट्र हैं' इस बात का पर्याप्त ज्ञान भी उन्हें हो चुका था। इसके अतिरिक्त इस राष्ट्र की सीमाएँ भी निश्चित हो चुकी थीं। शरीर में फैले हुए ज्ञान-तंतुओं के समान उस भूमि पर विरत रूप से प्रवाहित होनेवाली उन तुष्टि-पुष्टिदायक सप्त सरिताओं के कारण ही एक नए संगठित राष्ट्र का निर्माण हुआ था। उन नदियों के प्रति विद्यमान कृत्य भक्तिभाव के कारण ही आर्यों ने स्वयं को 'सप्तसिंधु' कहलाना पसंद किया। विश्व के 'ऋग्वेद' जैसे

प्राचीनतम ग्रंथ में वेदकालीन भारत को यही नाम दिया गया है। हमें ज्ञात है कि आर्य प्रमुख रूप से कृषि करते थे। अतः इन सप्त नदियों के प्रति उनके मन में कितना अवर्णनीय प्रेम तथा भक्तिभाव होगा—इसकी कल्पना हम लोग कर सकते हैं। इन नदियों में सर्वश्रेष्ठ तथा ज्येष्ठ नदी सिंधु को वे लोग राष्ट्र तथा संस्कृति का मूर्तिमंत प्रतीक मानते थे।

इमा आपः शिवतमा इमा राष्ट्रस्य भेषजीः।
इमा राष्ट्रस्य वर्धमीरिमा राष्ट्रभृतोऽमृताः॥

सप्तसिंधु के लिए आर्यों का भक्तिभाव

भविष्य की दिग्विजयों की कालावधि में आर्यों को इन्हीं नदियों जैसी अनेक सुख-समृद्धिवर्धक नदियों से लाभ हुआ होगा। परंतु जिन सप्तसिंधुओं ने उनके लिए स्वतंत्र राष्ट्र स्थापित किया और जिनके नामों से प्रभावित होकर उनके पूर्वजनों ने उनकी राष्ट्रीयता तथा सांस्कृतिक एकता की घोषणा की और उन्हें 'सप्तसिंधु' नाम भी दिया, उस सप्तसिंधु के लिए आर्यों के मन में प्रेम तथा भक्ति विद्यमान थी। तब से आज तक सिंधु अर्थात् हिंदू किसी भी स्थान पर क्यों न हों, वे चाहते हैं कि उनके पापों का विनाश होकर आत्मशुद्धि हो, इसलिए सप्तसिंधुओं का सान्निध्य उन्हें प्राप्त होना रहे। इसलिए अत्यधिक भक्तिभाव से वह उन सात नदियों शतद्रु[९], रावी[१०], चिनाव[११], वितस्ता[१२], गंगा, यमुना, सरस्वती—का स्मरण करता रहता है।

भविष्य की दिग्विजयों की कालावधि में आर्यों को इन्हीं नदियों जैसी अनेक सुख-समृद्धिवर्धक नदियों से लाभ हुआ होगा। परंतु जिन सप्तसिंधुओं ने उनके लिए स्वतंत्र राष्ट्र स्थापित किया और जिनके नामों से प्रभावित होकर उनके पूर्वजनों ने उनकी राष्ट्रीयता तथा सांस्कृतिक एकता की घोषणा की और उन्हें 'सप्तसिंधु' नाम भी दिया, उस सप्तसिंधु के लिए आर्यों के मन में प्रेम तथा भक्ति विद्यमान थी।

संस्कृत के 'सिंधु' का प्राकृत में 'हिंदू' हो जाता है

केवल आर्य ही स्वयं को 'सिंधु' कहलाते, ऐसा नहीं था; उनके पड़ोसी राष्ट्र (कम-से-कम एक) भी उन्हें इसी नाम से जानते थे। यह बात सिद्ध करने के लिए हम लोगों के पास पर्याप्त प्रमाण उपलब्ध हैं। संस्कृत के 'स' अक्षर का हिंदू तथा अहिंदू प्राकृत भाषाओं में 'ह' ऐसा अपभ्रंश हो जाता है। सप्त का हप्त हो जाना केवल हिंदू प्राकृत भाषा तक ही सीमित नहीं है। यूरोप की भाषाओं में इस प्रकार की बात देखी जाती है। सप्ताह को हम लोग 'हफ्ता' कहते हैं। यूरोपिय भाषाओं में 'सप्ताह' 'हप्टार्की' बन जाता है। संस्कृत का 'केसरी' शब्द हिंदी में 'केहरी' में परिवर्तित हो जाता है। 'सरस्वती' का रूप 'हरहवती' तथा 'असुर' का 'अहुर' हो जाता है। इसी प्रकार वेदकालीन सप्तसिंधु के लिए आर्याणवासी प्राचीन पारसिकों ने अपने धर्म ग्रंथ 'अवेस्ता' में 'हप्ताहिंदू' नाम का उल्लेख किया है। इतिहास के प्रारंभिक काल में भी हम लोग 'सिंधु' अथवा 'हिंदू' राष्ट्र के अंग माने जाते रहे हैं। अनेक म्लेच्छ (यावनी) भाषाएँ भी संस्कृत भाषा से ही उत्पन्न हुई हैं। इसे स्पष्ट करते हुए म्लेच्छ पुराणों में इस बात का उल्लेख कुछ इस प्रकार किया गया है—

केवल आर्य ही स्वयं को 'सिंधु' कहलाते, ऐसा नहीं था; उनके पड़ोसी राष्ट्र (कम-से-कम एक) भी उन्हें इसी नाम से जानते थे। यह बात सिद्ध करने के लिए हम लोगों के पास पर्याप्त प्रमाण उपलब्ध हैं। संस्कृत के 'स' अक्षर का हिंदू तथा अहिंदू प्राकृत भाषाओं में 'ह' ऐसा अपभ्रंश हो जाता है।

संस्कृतस्य वाणी तु भारतं वर्ष मुह्यताम्। अन्ये खंडे गता सैव म्लेच्छाह्या नंदिनोऽभवत्॥ पितृपैतर भ्राता च बादरः पतिरेवच। सेति सा यावनी भाषा ह्यश्वश्चास्यस्तथा पुनः जानुस्थाने जैनु शब्दः सप्तसिंधुस्तथैव च। हप्तहिंदुर्यावनी च पुनर्ज्ञेया गुरुंडिका॥

(—प्रतिसर्ग पर्व, अ. ५)

'हिंदू' नाम से ही हमारे राष्ट्र का नामकरण हुआ था

इस प्रकार आर्याणवासी पारसिक वैदिक आर्यों को 'हिंदू' नाम से ही संबोधित करते थे। यह निश्चित जानने के बाद तथा अन्य राष्ट्रों को हम जिस नाम से जानते हैं वह नाम भी, जिन्होंने हमारा उस राष्ट्र से परिचय कराया होता है, उनका ही दिया होता है, यह जानने के उपरांत हम स्पष्ट अनुमान लगा सकते हैं कि उस समय के विकसित राष्ट्र भी हमारी इस भूमि को पारसियों की तरह हिंदू नाम से ही जानते थे। यह ज्ञात होने के पश्चात् हम इस स्पष्ट निष्कर्ष पर पहुँच सकते हैं कि उस समय के विकसित राष्ट्र भी हमारी इस भूमि को पारसियों की तरह 'हिंदू' नाम से ही जानते थे। इसके अतिरिक्त सप्तसिंधु के इस प्रदेश में यहाँ-वहाँ फैली हुई आदिवासियों की टोलियाँ उनकी भाषाओं में भाषा शास्त्र के इस नियम के अनुसार आर्यों को 'हिंदू' नाम से ही जानते होंगे। जो प्राकृत भाषाएँ सिंधुओं की तथा उनसे खून का रिश्ता जोड़नेवाली जातियों की नित्य व्यवहार में बोली जानेवाली भाषाएँ बन गईं, और जब हिंदी प्राकृत भाषाओं का जन्म भी वैदिक संस्कृत भाषा से ही हुआ था, तब से यही सिंधु अपने आपको हिंदू कहलवाते थे। अत: जो प्रमाण उपलब्ध हैं, उनका आधार लेने पर यह बात निर्विवाद रूप से प्रभावित हो जाती है कि हम लोगों के पितरों तथा पूर्वजों ने हम लोगों के इस राष्ट्र और जाति का नामकरण 'सप्तसिंधु' अथवा 'हप्त हिंदू' ऐसा ही किया था। उस समय के अधिकतर

इस प्रकार आर्याणवासी पारसिक वैदिक आर्यों को 'हिंदू' नाम से ही संबोधित करते थे। यह निश्चित जानने के बाद तथा अन्य राष्ट्रों को हम जिस नाम से जानते हैं वह नाम भी, जिन्होंने हमारा उस राष्ट्र से परिचय कराया होता है, उनका ही दिया होता है, यह जानने के उपरांत हम स्पष्ट अनुमान लगा सकते हैं कि उस समय के विकसित राष्ट्र भी हमारी इस भूमि को पारसियों की तरह हिंदू नाम से ही जानते थे।

परिचित राष्ट्र हम लोगों को सिंधु अथवा 'हिंदू' नाम से ही जानते थे। यहाँ किसी संदेह के लिए कोई स्थान नहीं है।

कदाचित् प्राकृत के 'हिंदू' को ही बाद में संस्कृत भाषा में 'सिंधु' में रूपांतरित किया गया हो

अब तक हम लोगों ने लिखित रूप में विद्यमान प्रमाणों के अनुसार ही विचार किया है, परंतु अब हम तर्क तथा अनुमान की सीमा में संचार करनेवाले हैं। अभी तक हमने आर्यों के मूल स्थान के विषय में किसी भी उपपत्ति की पुष्टि आग्रहपूर्वक नहीं की है। अधिकतर लोगों ने स्वीकार कर लिया है कि आर्य हिंदुस्थान में बाहर से आए हैं। यह हम लोग भी इसे स्वीकार करते हैं। आर्यों ने प्रारंभ में अपने निवास के लिए जिस भूमि का चयन किया था तथा उसे जो नाम दिया था, वह नाम उन्होंने कहाँ से प्राप्त किया था? इस बारे में हम लोगों को जिज्ञासा होना स्वाभाविक है—क्या ये नाम आर्यों ने अपनी प्रचलित भाषा से उन्हें रूढ़ किया था? क्या यह करना उनके लिए संभव था? जब हम लोग किसी प्रदेश का दर्शन प्रथम बार करते हैं या प्रथम बार वहाँ पहुँचते हैं, तब वहाँ के निवासी जिस नाम से उस प्रदेश को संबोधित करते हैं, उसी नाम को हम स्वीकारते हैं; परंतु अपनी सुविधानुसार उच्चारण आदि में हम लोग कुछ परिवर्तन भी करते हैं। यह भी सच है कि ये नए नाम हमारे पूर्वनामों की स्पष्ट तथा मधुर स्मृतियाँ जाग्रत् करनेवाले होते हैं। एक बात निश्चित तथा स्पष्ट दिखाई देती है कि जहाँ मनुष्यबस्ती नहीं

अब तक हम लोगों ने लिखित रूप में विद्यमान प्रमाणों के अनुसार ही विचार किया है, परंतु अब हम तर्क तथा अनुमान की सीमा में संचार करनेवाले हैं। अभी तक हमने आर्यों के मूल स्थान के विषय में किसी भी उपपत्ति की पुष्टि आग्रहपूर्वक नहीं की है। अधिकतर लोगों ने स्वीकार कर लिया है कि आर्य हिंदुस्थान में बाहर से आए हैं।

है, जहाँ कृषि के संस्कार अभी तक नहीं हुए हैं, उन नए भूखंडों पर जब उपनिवेश बनते हैं, तब उन्हें जो नाम दिए जाते हैं, वे भी इसी प्रकार के ही होते हैं, परंतु नए भूखंडों के नए नाम वहाँ के मूल निवासियों के प्रचलित नाम ही थे—यह जब सिद्ध हो जाएगा, तभी ऊपर निर्दिष्ट अपनी उचित होने की बात भी प्रमाणित हो जाएगी; परंतु यह भी सच है कि नए भूखंडों को उनके पूर्व नामों से ही संबोधित करना सभी को स्वीकार्य है।

हम यह निश्चित रूप से जानते हैं कि इस सप्तसिंधु के प्रदेश में अनेक आदिवासी टोलियाँ दूर-दूर तक फैली हुई थीं। इन्हीं टोलियों में से कुछ इन नवागतों से अत्यधिक मित्रता का व्यवहार करतीं, इन्हीं आदिवासी टोलियों के अनेक लोगों ने इन प्रदेशों के नाम प्राकृतिक स्थिति तथा आवागमन के मार्ग आदि के विषय में आर्यों को व्यक्तिगत रूप से जानकारी दी—यह भी सर्वविदित है। कई लोगों ने आर्यों की सहायता की। विद्याधर, दक्ष, राक्षस, गंधर्व, किन्नर आदि लोग[13] आर्यों से सर्वदा शत्रुतापूर्ण आचरण करते थे, यह वास्तविकता नहीं है, अनेक प्रसंगों में उनका उल्लेख करते समय उन्हें अत्यंत परोपकारी तथा भली जातियाँ कहा गया है। इससे ऐसा प्रतीत होता है कि आदिवासियों ने इन भूखंडों को जो नाम दिए थे, उन्हें ही संस्कृत रूप देकर आर्यों ने उन्हें प्रचलित किया होगा। इस कथन की पुष्टि के लिए अनेक प्रमाण उपलब्ध हैं। परस्पर सम्मिश्रण के कारण एकरूप होकर आगे चलकर आर्यों की जो जातियाँ संवर्धित हुईं, उनकी भाषाओं में इनका उल्लेख किया

हम यह निश्चित रूप से जानते हैं कि इस सप्तसिंधु के प्रदेश में अनेक आदिवासी टोलियाँ दूर-दूर तक फैली हुई थीं। इन्हीं टोलियों में से कुछ इन नवागतों से अत्यधिक मित्रता का व्यवहार करतीं, इन्हीं आदिवासी टोलियों के अनेक लोगों ने इन प्रदेशों के नाम प्राकृतिक स्थिति तथा आवागमन के मार्ग आदि के विषय में आर्यों को व्यक्तिगत रूप से जानकारी दी—यह भी सर्वविदित है।

गया है। शवकंटकख, मलय, मिलिंद अलसंदा (अलेक्झांड्रिया), सुलूव (सेल्युकस) इत्यादि नामों का अवलोकन कीजिए। यदि यह सत्य है तो इस भूमि के आदिवासियों ने महानदी सिंधु को 'हिंदू' नाम से संबोधित किया होगा, यह भी संभव है कि आर्यों ने अपने विशिष्ट उच्चारण के कारण तथा संस्कृत भाषा में 'ह' के स्थान पर 'स' अक्षर का प्रयोग किया जाता है—इस नियम के अनुसार 'हिंदू' को 'सिंधु' में परिवर्तित किया होगा तथा इसी नाम को प्रचलित किया होगा। इसीलिए इस भूमि के निवासियों का तथा हिंदू नाम का अस्तित्व जितना प्राचीन है, उसकी तुलना में 'सिंधु' नाम वैदिक काल से प्रचलन में होते हुए भी उसके बाद का ही है, ऐसा प्रतीत होता है। 'सिंधु' इतिहास के प्रारंभिक धूमिल प्रकाश में दिखाई देता है तो 'हिंदू' नाम का काल इतना प्राचीन है कि वह कब निर्माण हुआ—यह निश्चित करने में पुराणों ने भी पराजय स्वीकार कर ली है।

यदि यह सत्य है तो इस भूमि के आदिवासियों ने महानदी सिंधु को 'हिंदू' नाम से संबोधित किया होगा, यह भी संभव है कि आर्यों ने अपने विशिष्ट उच्चारण के कारण तथा संस्कृत भाषा में 'ह' के स्थान पर 'स' अक्षर का प्रयोग किया जाता है—इस नियम के अनुसार 'हिंदू' को 'सिंधु' में परिवर्तित किया होगा तथा इसी नाम को प्रचलित किया होगा।

पंच नदियों के पार जाकर उपनिवेशों का विस्तार करनेवाले आर्य

सिंधु या हिंदुओं जैसे साहसी लोगों का कार्यक्षेत्र अब पंजाब अथवा पंचनद के समान संकुचित क्षेत्र में सीमित हो जाना संभव नहीं था। पंचनद के सम्मुख विद्यमान विस्तृत तथा उर्वरक क्षेत्र किसी विलक्षण, परिश्रमी और सामर्थ्यवान लोगों को तथा उनकी कर्तृत्व-शक्ति का आह्वान कर रहे थे। हिंदुओं की अनेक टोलियाँ पंजाब की भूमि को पार कर ऐसे प्रदेश में जा पहुँची, जहाँ मनुष्य का वास्तव्य बहुत कम था। यज्ञ की देवता अग्नि की

मदद से उन्होंने नए विस्तीर्ण प्रदेश पर अधिकार कर लिया। यहाँ के जंगलों की कटाई की गई और कृषि का प्रारंभ भी किया गया। नगरों की उन्नति तथा राज्यों का उत्कर्ष हुआ। मानव-हाथों के स्पर्श से यह विशाल, परंतु वीरान बनी हुई प्रकृति का रूप भी परिवर्तित हो गया। इस प्रचंड कार्य को सफलतापूर्वक करते हुए हिंदू एक ऐसी केंद्रीय राज्यसंस्था की स्थापना करने के प्रयास कर रहे थे, जो इस स्थिति के लिए पूर्ण रूप से सुगठित न होते हुए भी व्यक्तियों के स्वभाव धर्म के तथा परिवर्तित स्थिति के अनुरूप एवं उपयोगी थी। समय बीतता गया और उनके उपनिवेशों का भी विस्तार होता रहा। विभिन्न उपनिवेश पर्याप्त दूर हो गए। अन्य तरह से निवास करनेवाले जनसमूहों को वे अपनी संस्कृति में सम्मिलित करने लगे। विविध उपनिवेश अपने दिनों का विचार करते हुए स्वतंत्र राजकीय जीवन का उपभोग करने लगे। नए संबंध बने, परंतु पुराने नष्ट न होकर अधिक दृढ़ तथा स्पष्ट बन गए। प्राचीन नाम तथा परंपराएँ भी पीछे छूट गईं। कुछ ने स्वयं को 'कुरु' तो कुछ ने 'काशी', 'विदेह', 'मगध' कहलाना प्रारंभ किया, इसलिए सिंधुओं के प्राचीन जातिवाचक नामों को झुकाया जाने लगा और अंततः वे पूर्णत लुप्त हो गए; परंतु इससे उनके मन में विद्यमान राष्ट्रीय तथा सांस्कृतिक एकता की भावना मिट चुकी थी—यह मानना उचित नहीं होगा। इसी भावना के ये विविध रूप तथा विभिन्न रूप मात्र थे राजकीय दृष्टि से इनमें सर्वाधिक महत्त्वपूर्ण तथा विकसित संस्था को 'चक्रवर्ती' पद कहा जाता था।

नगरों की उन्नति तथा राज्यों का उत्कर्ष हुआ। मानव-हाथों के स्पर्श से यह विशाल, परंतु वीरान बनी हुई प्रकृति का रूप भी परिवर्तित हो गया। इस प्रचंड कार्य को सफलतापूर्वक करते हुए हिंदू एक ऐसी केंद्रीय राज्यसंस्था की स्थापना करने के प्रयास कर रहे थे, जो इस स्थिति के लिए पूर्ण रूप से सुगठित न होते हुए भी व्यक्तियों के स्वभाव धर्म के तथा परिवर्तित स्थिति के अनुरूप एवं उपयोगी थी।

वही वास्तविक रूप से हिंदू राष्ट्र का जन्मदिन है

अयोध्या के महाप्रतापी राजा ने जिस दिन अपने यशस्वी चरण लंका पर रख दिए तथा उत्तर हिंदुस्थान से दक्षिण सागर तक के संपूर्ण क्षेत्र पर सत्ता प्रस्थापित की, उसी दिन सिंधुओं ने जो स्वदेश तथा स्वराज्य-निर्मिति का महान् कार्य करने का प्रण किया था वह पूरा हो गया। यह कार्य संपन्न होने के पश्चात् भौगोलिक दृष्टि से इस क्षेत्र की अंतिम सीमा पर भी उनका अधिकार हो गया। जिस दिन अवश्मेध का अश्व[१४] कहीं पर भी प्रतिबंधित न होते हुए तथा अजेय होकर वापस लौटा, जिस दिन लोकाभिराम रामचंद्र के सिंहासन पर चक्रवर्ती सम्राट् का भव्य श्वेत ध्वज आरोहित किया गया, जिस दिन स्वयं को 'आर्य' कहलानेवाले नृपों के अतिरिक्त हनुमान, सुग्रीव, विभीषण आदि ने भी सिंहासन के प्रति अपनी राजनिष्ठा अर्पित की, वही दिन वास्तविक रूप से हम लोगों के हिंदू राष्ट्र का जन्मदिवस था। पहले की सभी पीढ़ियों के प्रयास उसी दिन फलीभूत हुए तथा राजनीतिक दृष्टि से भी वे यश के शिखर पर विराजित हुए। इसके पश्चात् की सभी पीढ़ियों ने जिस ध्येय-प्राप्ति के लिए विचारपूर्वक तथा अनजाने में भी युद्ध किए तथा युद्धों में स्वयं की बलि चढ़ा दी, उसी एक ध्येय तथा एक ही कार्य का दायित्व उसी समय हिंदूजाति को परंपरा से प्राप्त हुआ।

अयोध्या के महाप्रतापी राजा ने जिस दिन अपने यशस्वी चरण लंका पर रख दिए तथा उत्तर हिंदुस्थान से दक्षिण सागर तक के संपूर्ण क्षेत्र पर सत्ता प्रस्थापित की, उसी दिन सिंधुओं ने जो स्वदेश तथा स्वराज्य-निर्मिति का महान् कार्य करने का प्रण किया था वह पूरा हो गया।

आर्यावर्त तथा भारतवर्ष

एकात्मता की भावना को यदि कोई ऐसा नाम दिया जा सकता है, जिसके उच्चारण से ही उसका संपूर्ण अर्थ व्यक्त हो सके तो उस भावना

को ही एक प्रकार की शक्ति प्राप्त हो जाती है। सिंधु से सागरतट तक फैली भूमि में जो नई भावना उत्कटता से प्रदर्शित हो रही थी, एक अभिनव राष्ट्र की स्थापना का जो संकल्प व्यक्त हो रहा था, इसका यथार्थ स्वरूप प्रकट करने हेतु 'आर्यावर्त' अथवा 'ब्रह्मावर्त' शब्द पर्याप्त नहीं थे। प्राचीन आर्यावर्त की परिभाषा करते समय हिमालय से विंध्याचल तक के प्रदेश को 'आर्यावर्त' नाम से संबोधित किया गया था, 'आर्यवर्तः पुण्यभूमिर्मध्य विन्ध्य हिमालयोः'—जिस समय यह परिभाषा की गई थी, उस अवस्था के लिए यह सर्वस्वी अनुरूप थी; परंतु जिस महान् जाति ने आर्यों तथा अनार्यों की एक संयुक्त जाति का निर्माण करते हुए अपनी संस्कृति और साम्राज्य विंध्याचल के शिखरों से आगे सुदूर तक पहुँचाया था, उस जाति के लिए यह परिभाषा अब किंचित् भी उपयोगी नहीं थी। उस जाति के लिए तथा सभी को सम्मिलित कर सके—ऐसा नाम व्यक्त करने में यह परिभाषा उपयोगी सिद्ध नहीं हो सकी। हिंदू राष्ट्र को व्यक्त करनेवाला तथा उसकी विराट् कल्पना को स्पष्ट करनेवाला कोई सुयोग्य नाम खोजने का कार्य भरत द्वारा हिंदू राष्ट्र का आधिपत्य संपूर्ण विश्व पर स्थापित किए जाने के साथ पूरा हुआ। यह भरत वैदिक भरत या जैन पुराणों में वर्णित भरत था। इस विषय में कुछ तर्क देना उचित नहीं होगा। इतना कहना पर्याप्त होगा कि आर्यावर्तवासियों ने तथा दक्षिणपंथी लोगों ने यह नाम केवल स्वयं के लिए नहीं स्वीकारा। यह हम लोगों की

प्राचीन आर्यावर्त की परिभाषा करते समय हिमालय से विंध्याचल तक के प्रदेश को 'आर्यावर्त' नाम से संबोधित किया गया था, 'आर्यवर्तः पुण्यभूमिर्मध्य विन्ध्य हिमालयोः'—जिस समय यह परिभाषा की गई थी, उस अवस्था के लिए यह सर्वस्वी अनुरूप थी; परंतु जिस महान् जाति ने आर्यों तथा अनार्यों की एक संयुक्त जाति का निर्माण करते हुए अपनी संस्कृति और साम्राज्य विंध्याचल के शिखरों से आगे सुदूर तक पहुँचाया था''

मातृभूमि को तथा समान संस्कृति और साम्राज्य को भी दिया। दक्षिण दिशा में इस साम्राज्य का अधिकार नए क्षेत्रों पर भी हो चुका था। ऐसा प्रतीत होता है कि इस पराक्रम तथा सामर्थ्य का गुरुत्वमध्य भी सप्तसिंधु से गंगा-क्षेत्र में आकर स्थिर हो गया। उत्तर हिमालय से दक्षिण सागर तक का क्षेत्र समाविष्ट किया जा सके—ऐसा 'नामभरत' खंड था। इस राजकीय दृष्टि से सुभव्य नाम प्रचलित होते ही 'सप्तसिंधु', 'आर्यावर्त' अथवा 'दक्षिणापथ' आदि नाम लुप्त हो गए। श्रेष्ठ चिंतकों के मन में जब इस विराट् राष्ट्र की कल्पना साकार होने लगी थी, तब हम लोगों के राष्ट्र की परिभाषा करने का जो प्रयास किया गया था, वह भी इसी बात को प्रमाणित करती है। 'विष्णुपुराण के' एक लघु, परंतु स्पष्ट अनुष्टुप में जो परिभाषा दी गई है, उससे अधिक सुंदर तथा औचित्यपूर्ण अन्य परिभाषा नहीं है—

उत्तर हिमालय से दक्षिण सागर तक का क्षेत्र समाविष्ट किया जा सके—ऐसा 'नामभरत' खंड था। इस राजकीय दृष्टि से सुभव्य नाम प्रचलित होते ही 'सप्तसिंधु', 'आर्यावर्त' अथवा 'दक्षिणापथ' आदि नाम लुप्त हो गए।

उत्तरयत्समुद्रस्य हिमाद्रेश्चैव दक्षिणम्।
वर्षं तद्भरतं नाम भारती यत्र संततिः ॥

संपूर्ण विश्व में 'हिंदू' तथा 'हिंदुस्थान' नामों को ही स्वीकारा गया

'भारतवर्ष' नाम मूल नाम 'सिंधु' का पूरी तरह से स्थान नहीं ले सका। जिसकी गोद में खेलकर हमारे पूर्वजों ने जीवन-अमृत पिया, उस सिंधु नदी के पवित्र नाम के प्रति उनके मन में जो प्रेम था, वह कदापि कम नहीं हुआ। आज भी सिंधु के तीरों पर स्थित प्रांत को 'सिंधु' नाम से ही जाना जाता है।

प्राचीन संस्कृत वाङ्मय में 'सिंधु सौवीर' अपने राष्ट्र के अत्यंत महत्त्वपूर्ण और अभिन्न घटक हुआ करते थे, ऐसा उल्लेख पाया जाता है।

'महाभारत' में सिंधु सौवीर देश के राजा जयद्रथ का महत्त्वपूर्ण उल्लेख किया गया है। ऐसा भी कहा गया है कि भरत के साथ उसका निकट का संबंध था। सिंधु राष्ट्र की सीमाएँ समय-समय पर बदलती रहीं। परंतु वह उस समय एक स्वतंत्र जाति थी तथा अब भी है—इसे कोई भी अस्वीकार नहीं कर सकता। मुलतान से लेकर समुद्र तट तक सिंधी नामक जो भाषा बोली जाती है, वह इस राष्ट्र की ओर निर्देश करती है तथा यह भी सूचित करती है कि यह भाषा बोलनेवाले सिंधु ही हैं। राजकीय तथा भौगोलिक दृष्टि से उन्हें हिंदुओं के समान राष्ट्र के घटक होने का अधिकार प्राप्त है।

हम लोगों के राष्ट्र का मूल नाम 'हिंदुस्थान', 'भरतखंड' नाम के कारण कुछ पिछड़ गया था, परंतु अन्य राष्ट्रों ने इस नए संबोधन के प्रति विशेष ध्यान नहीं दिया तथा सीमा के निकटवर्ती प्रदेशों के लोगों ने पुराना नाम ही व्यवहार में प्रचलित रखा। इसी कारण पारसी, यहूदी (ज्यू), ग्रीक आदि पड़ोसियों ने भी हम लोगों का पुराना नाम 'सिंधु' अथवा 'हिंदू' प्रयोग में जारी रखा।

हम लोगों के राष्ट्र का मूल नाम 'हिंदुस्थान', 'भरतखंड' नाम के कारण कुछ पिछड़ गया था, परंतु अन्य राष्ट्रों ने इस नए संबोधन के प्रति विशेष ध्यान नहीं दिया तथा सीमा के निकटवर्ती प्रदेशों के लोगों ने पुराना नाम ही व्यवहार में प्रचलित रखा। इसी कारण पारसी, यहूदी (ज्यू), ग्रीक आदि पड़ोसियों ने भी हम लोगों का पुराना नाम 'सिंधु' अथवा 'हिंदू' प्रयोग में जारी रखा। केवल सिंधुतट के प्रदेशों को ही वे इस नाम से जानते थे—ऐसा नहीं है। सिंधुओं ने पूर्व में विभिन्न घटकों को अपनाकर दिग्विजय करते हुए जिस नए राष्ट्र का संवर्धन किया था, उस संपूर्ण राष्ट्र को ही 'सिंधु' नाम से संबोधित किया जाता था। पारसी हम लोगों को हिंदू नाम से संबोधित करते। 'हिंदू' शब्द का कठोर उच्चारण त्यागकर ग्रीक हमें 'इंडोज' कहते और इन्हीं ग्रीकों का अनुकरण करते हुए संपूर्ण यूरोप तथा बाद में अमेरिका भी

हम लोगों को 'इंडियंस' ही कहने लगे। हिंदुस्थान में बहुत दिनों तक भ्रमण करनेवाला चीनी यात्री ह्वेनसांग हम लोगों को 'शिंतु' अथवा 'हिंदू' ही कहता है। पार्थियन लोग[१५] अफगानिस्तान को 'श्वेत भारत' कहते थे। इस प्रकार के कुछ अपवादों को छोड़कर अधिकतर विदेशी लोग हम लोगों का मूल नाम भूले नहीं थे अथवा यह नया नाम उन्होंने स्वीकार नहीं किया था। अपनी शेष इच्छाएँ पूरी करने हेतु संपूर्ण विश्व हम लोगों को 'हिंदू' तथा इस धरती को 'हिंदुस्थान' के नाम से ही संबोधित करता है।

कौन सा नाम रूढ़ हो जाता है?

कोई भी नाम इसलिए रूढ़ अथवा सुप्रतिष्ठित नाम नहीं बन जाता कि हम लोग उसे पसंद करते हैं, बल्कि इसलिए कि सामान्यत: अन्य लोग हम लोगों के लिए उसका प्रयोग करते हैं। यही नाम मान्यता प्राप्त कर लेता है। वास्तव में इसी कारण वह प्रचलन में अपना अस्तित्व बनाए रखता है। किसी प्रकार का मोहक रंग अथवा रूप न होते हुए भी स्वयं की पहचान निरपवाद रूप से बनी रहती है, परंतु यह 'स्व' जब दूसरे 'परा' के सान्निध्य में आता है अथवा उनमें संघर्ष होता है, तब दूसरे से व्यावहारिक संबंध रखने के अथवा दूसरों ने उससे इस प्रकार के संबंध बनाने की आवश्यकता उत्पन्न हो जाती है, तब इस 'स्व' के लिए कोई निश्चित नाम होना आवश्यक हो जाता है। इस खेल में केवल दो ही व्यक्तियों का सहभाग होता है। यदि विश्व के लोग शिक्षक के लिए 'अष्टावक्र'[१६] तथा किसी विनोदी व्यक्ति को 'मुल्ला दो प्याजा'[१७] कहना चाहेंगे, तब यही नाम रूढ़ हो जाने की

कोई भी नाम इसलिए रूढ़ अथवा सुप्रतिष्ठित नाम नहीं बन जाता कि हम लोग उसे पसंद करते हैं, बल्कि इसलिए कि सामान्यत: अन्य लोग हम लोगों के लिए उसका प्रयोग करते हैं। यही नाम मान्यता प्राप्त कर लेता है। वास्तव में इसी कारण वह प्रचलन में अपना अस्तित्व बनाए रखता है।

संभावना बढ़ जाएगी। दुनिया जिस नाम से हमें संबोधित करती है, वह नाम हम लोगों की इच्छा के एकदम विपरीत नहीं होगा तो यह नाम अन्य नामों से अधिक प्रचलित हो जाएगा; परंतु यदि दुनिया के लोगों ने हम लोगों को अपने पूर्व वैभव तथा ऋणानुकंकों का स्मरण करानेवाला नाम खोज लिया तो यह नाम अन्य नामों की तुलना में अधिक प्रचलित तथा चिरस्थायी बन जाता है। वास्तविक रूप से यह सच है। हम लोगों के 'हिंदू' नाम की प्रसिद्धि असाधारण रूप से इसलिए हुई कि इसी के माध्यम से बाहर के लोगों से प्रारंभ में निकट का संपर्क हुआ तथा बाद में कठोर संघर्ष भी हुआ। अत: हम लोगों के अत्यधिक प्रिय नाम की 'भरतखंड' का महत्त्व कम हो गया।

□

बौद्ध धर्म के अभ्युदय तथा ह्रास के कारण 'हिंदू' नाम को असाधारण महत्त्व प्राप्त हुआ

बौद्ध धर्म के उदय से पूर्व हिंदुओं के बाहरी संबंध दुनिया से अबाधित बने हुए थे—

एतद्देशप्रसूतस्य सकाशादग्रजन्मनः ।
स्वं स्वं चरित्र शिक्षरेन् पृथिव्यां सर्व मानवाः ॥

(—मनु)

यह हम लोगों के राष्ट्राभिमानी स्मृतिकारों को गर्व के साथ कहने योग्य था क्योंकि हम लोगों के पराक्रम का क्षेत्र बहुत विस्तृत बन चुका था। तब भी प्रस्तुत विवेचन के परिप्रेक्ष्य में बौद्ध धर्म के अभ्युदय के पश्चात् हिंदुस्थान का अंतरराष्ट्रीय जीवन किस प्रकार का था इसपर विचार करना आवश्यक हो जाता है। अब समय इतना बदल गया है कि हम लोगों की इस भूमि के लिए राजकीय आक्रमण तथा विस्तार की सभी संभावनाएँ समाप्त हो चुकी थीं। राजकीय दिग्विजय के लिए कोई अवसर शेष नहीं बचा था। हम लोगों की राष्ट्रीय आकांक्षाएँ देश की सीमाएँ लाँघती हुई विश्व के अन्य देशों पर आक्रमण करती रहीं। पूर्व इतिहास में ऐसा कोई अन्य उदाहरण नहीं दिखाई देता। विदेशों से भी हमारे संबंध अभूतपूर्व रूप से जटिल हो गए। उसी समय विदेशी राष्ट्र भी एक नई उद्दंडता तथा आक्रमण के उद्देश्य से हम लोगों के

द्वार पर दस्तक देने लगे। इन्हीं राजकीय घटनाओं के साथ बौद्ध भगवान् के धर्मचक्र प्रवर्तन के महान् अवतार-कार्य का प्रारंभ हुआ। उसी समय हिंदुस्थान अन्य राष्ट्रों का केवल हृदय ही नहीं अपितु आत्मा भी बन गया। मिस्र से लेकर मेक्सिको तक के लाखों अनगिनत लोगों के लिए सिंधु की यह भूमि उन्हें ईश्वर तथा संतों की पुण्य पावन भूमि प्रतीत होने लगी। दूर-दूर के क्षेत्रों से लक्षावधि भाविक यात्री यहाँ एकत्र होने लगे तथा हजारों विद्वान् धर्मोपदेशक साधु-संत विश्व के सभी ज्ञात स्थानों पर जाकर संचार करने लगे। विदेशियों ने हमें 'सिंधु' अथवा 'हिंदू' नाम से ही संबोधित करना जारी रखा। इस प्रकार के आवागमन के कारण हम लोगों का पुराना नाम ही राष्ट्रीय नाम के रूप में सर्वमान्य हो गया। हम लोगों से सिंधु अथवा हिंदू नाम से व्यवहार करनेवाले राष्ट्रों के साथ हमारे संबंध राजकीय अथवा दैत्यकर्म विषयक रखते समय प्रारंभ में भरतखंड के साथ हिंदू नाम का प्रयोग करते; परंतु कुछ समय पश्चात् भरतखंड नाम वर्णित कर केवल हिंदू नाम का ही उपयोग करना आवश्यक प्रतीत हुआ।

संपूर्ण विश्व में हिंदू नाम का ही प्रसार होने के पीछे तथा हम लोगों के मन में अपने हिंदू होने की भावना अधिकाधिक दृढ़ होने के पीछे बौद्ध धर्म का अभ्युदय ही था—ऐसा कहा जाए तो इस बात पर आश्चर्य नहीं होता है तथापि बौद्ध धर्म का ह्रास भी इस भावना को अधिक प्रबल बनाने का कारण बन गया था।

संपूर्ण विश्व में हिंदू नाम का ही प्रसार होने के पीछे तथा हम लोगों के मन में अपने हिंदू होने की भावना अधिकाधिक दृढ़ होने के पीछे बौद्ध धर्म का अभ्युदय ही था—ऐसा कहा जाए तो इस बात पर आश्चर्य नहीं होता है तथापि बौद्ध धर्म का ह्रास भी इस भावना को अधिक प्रबल बनाने का कारण बन गया था।

बौद्ध धर्म का ह्रास राजनीतिक कारणों से हुआ था

बौद्ध धर्म का ह्रास जिन घटनाओं के कारण हुआ, उनमें से सर्वाधिक महत्त्वपूर्ण घटना पर विद्वानों ने सूक्ष्मता से विचार नहीं किया। प्रस्तुत विषय से उसका निकट का संबंध न होने के कारण अधिक गहराई से विचार करना इस समय आवश्यक नहीं है। हम यहाँ इस बात पर सामान्य विचार प्रदर्शित करेंगे तथा इसपर सूक्ष्मता से विचार करने के पश्चात् मतप्रदर्शन का कार्य (अधिकारी व्यक्ति द्वारा नहीं किया गया तो) आगामी प्रसंग के लिए छोड़ देते हैं।[१८] बौद्ध का तत्त्वज्ञान भिन्न था, इसी कारण क्या हमारे राष्ट्र ने उसका विरोध किया?

> ***बौद्ध धर्म का ह्रास जिन घटनाओं के कारण हुआ, उनमें से सर्वाधिक महत्त्वपूर्ण घटना पर विद्वानों ने सूक्ष्मता से विचार नहीं किया। प्रस्तुत विषय से उसका निकट का संबंध न होने के कारण अधिक गहराई से विचार करना इस समय आवश्यक नहीं है।***

नहीं, ऐसा नहीं था—इस भूमि में इस प्रकार के भिन्न-भिन्न पंथ और तत्त्वज्ञान विद्यमान थे तथा एक साथ होते हुए भी उनका विकास हो रहा था। तो क्या बौद्ध मठों में वृद्धिंगत होनेवाला भ्रष्टाचार तथा बौद्ध धर्म में उत्पन्न हो रही शिथिलता के कारण ऐसा हुआ? निश्चित रूप से नहीं। कुछ विहारों में दूसरों की कमाई को स्वयं की आजीविका का साधन बनाकर तथा विकास और उपभोग के लिए अन्य लोगों के धन का उपयोग करनेवाली स्वैराचारी, आलसी तथा नीतिभ्रष्ट स्त्री-पुरुषों की टोलियाँ रहती थीं, परंतु दूसरी ओर अध्यात्म के परमोच्च पद पर आसीन अनुभवी लोगों की तथा भिक्षु श्रेष्ठों की परंपरा खंडित नहीं हुई थी। यह भी एक सत्य है कि केवल बौद्ध विहारों में ही इस प्रकार का दुराचार नहीं था। हम लोगों के राष्ट्रीय गौरव तथा अस्तित्व के लिए बौद्ध धर्म का राजकीय प्रसार गंभीर संकट उत्पन्न नहीं करता तो इन दोषों के अतिरिक्त अन्य दोष होते हुए भी बौद्ध धर्म को इतने कठोर विरोध का सामना नहीं करना पड़ता। उनकी सत्ता पूर्ववत् बनी रहती। जब पूर्व शाक्य युवराज बौद्ध धर्म के मंदिर की आधारशिला रख रहा था, तभी उसे उसके छोटे

से प्राजक (राज्य) के नष्ट होने की सूचना मिल गयी थी। कोसल के राजा विद्युत्गर्भ ने शाक्य प्राजक पर आक्रमण करके शाक्यों का पराभव किया। इस बात से शाक्य सिंह[१९] अर्थात् राजपुत्र सिद्धार्थ गौतम ने जीवन में जितने दुःख का अनुभव[२०] किया, वह आगे आनेवाली विपदाओं की झलक ही तो थी।

राष्ट्रकार्य के लिए शूर तथा बलशाली व्यक्तियों की कमी हो गई

बौद्ध ने अपनी जाति के चुने हुए व्यक्तियों को अपने भिक्षु संघ में सम्मिलित कर लिया था। इस कारण शाक्य गणतंत्र राष्ट्र में प्रथम श्रेणी के शूर तथा बलशाली व्यक्तियों की कमी होने लगी। अतः अधिक सामर्थ्यवान तथा अधिक युद्धनिपुण शत्रुओं का सामना करते हुए शाक्य सिंह का यह बलशाली राष्ट्र उसी की उपस्थिति में नष्ट हो गया। इस समाचार का कोई प्रभाव शाक्य सिंह पर नहीं हुआ, उस बौद्ध कोटि को प्राप्त करनेवाले महात्मा को न तो कोई दुःख हुआ, न किसी सुख का अनुभव। अनेक शतक बीत गए। अब शाक्यों का राजा सभी राजाओं का राजाधिराज, अखिल विश्व को पदाक्रांत करनेवाला केवल 'लोकजीत'[२१] बनकर रह गया। उस छोटे शाक्य प्राजक की सीमाएँ हिंदुस्थान की सीमाओं का स्पर्श करने लगीं। अंतिम दैवी सत्य तथा परमोच्च न्याय के अनुसार कपिलवस्तु[२२] के प्राजक पर नियति ने जिस प्रकार मृत्युपाश डाले थे, वही पाश संपूर्ण भारतवर्ष को जकड़ने लगे। संपूर्णतः बलशाली तथा युद्ध निपुण, परंतु शाक्यों जैसे युद्धनिपुण नहीं—लिच्छवि और हूण[२३] लोगों का भारतवर्ष पर अधिकार हो गया। यह

बौद्ध ने अपनी जाति के चुने हुए व्यक्तियों को अपने भिक्षु संघ में सम्मिलित कर लिया था। इस कारण शाक्य गणतंत्र राष्ट्र में प्रथम श्रेणी के शूर तथा बलशाली व्यक्तियों की कमी होने लगी। अतः अधिक सामर्थ्यवान तथा अधिक युद्धनिपुण शत्रुओं का सामना करते हुए शाक्य सिंह का यह बलशाली राष्ट्र उसी की उपस्थिति में नष्ट हो गया।

समाचार सुनने के पश्चात् भी बौद्ध पद को प्राप्त वह शाक्य सिंह पहले जैसा ही अप्रभावित रहता। उसे किसी प्रकार का दुःख नहीं होता। इन लोगों का दुर्दांत हिंसाचार अहिंसा तथा विश्वबंधुत्व के तत्त्वज्ञान से शांत नहीं होनेवाला था। उनके खड्गों की धार मृदु तालवृक्षों से तथा शांति के अनुष्टुपों से निप्रभ नहीं होनेवाली थी। उन आक्रमणकारियों ने हम लोगों पर जो दास्य थोपा था, उसका जहर बौद्ध के समान निर्विकार मन से प्राशन करना संभव नहीं था। इसका अर्थ कदापि यह नहीं है कि भिक्षु संघ द्वारा किया गया विश्वबंधुत्व का उदात्त कार्य हमारे लिए महत्त्वपूर्ण नहीं था। उनपर इस प्रकार का कोई आरोप लगाने की कल्पना हमने भूलवश भी नहीं की थी। इस महान् युति पर कोई भी इतिहास का अध्येता ध्यान दिए बिना नहीं रह सकता। इसी युति का निर्देश हम करनेवाले हैं।

हमारे कथन के प्रत्युत्तर के रूप में कहा जाएगा कि आजतक जितने पराक्रमी तथा महान् (हिंदू) सम्राट् हुए हैं तथा नृपश्रेष्ठ ज्ञात हैं, वे सभी बौद्ध काल की ही उपज थे। लेकिन इन सम्राटों को जानता ही कौन था, तो यूरोपीय लोग तथा हममें से कुछ ऐसे लोग, जिन्होंने यूरोपीय लोगों के विचारों के साथ-साथ उनके पूर्वग्रह-दूषित दृष्टिकोण भी आँखें मूँदकर अपना लिये हों।

आधुनिक शिक्षित लोगों का इतिहास विषयक बौद्धिक दास्य

हमारे कथन के प्रत्युत्तर के रूप में कहा जाएगा कि आजतक जितने पराक्रमी तथा महान् (हिंदू) सम्राट् हुए हैं तथा नृपश्रेष्ठ ज्ञात हैं, वे सभी बौद्ध काल की ही उपज थे। लेकिन इन सम्राटों को जानता ही कौन था, तो यूरोपीय लोग तथा हममें से कुछ ऐसे लोग, जिन्होंने यूरोपीय लोगों के विचारों के साथ-साथ उनके पूर्वग्रह-दूषित दृष्टिकोण भी आँखें मूँदकर अपना लिये हों। एक समय ऐसा भी था कि हिंदुस्थान में इतिहास की पाठ्यपुस्तकों की शुरुआत ही मुसलमानी आक्रमणों के वर्णन से हुआ करती थी, क्योंकि तत्कालीन

अंग्रेजी लेखक हमारे प्राचीन इतिहास के बारे में कुछ भी नहीं जानते थे। अभी-अभी यूरोपवासियों का सामान्य ज्ञान बौद्ध धर्म के अभ्युदय के पूर्वकाल तक पहुँचा है। हम लोग भी यही समझते रहे हैं कि हम लोगों के इतिहास का वैभवपूर्ण काल यही था, परंतु इन दोनों बातों में सत्य का अभाव है। बौद्ध धर्म तथा उनके भिक्षु संघ के प्रति हमारे मन में जो पूज्य प्रेमभाव है, वह अन्य लोगों से कम नहीं है। हम लोग बौद्ध के महान् पराक्रमों को अपने ही पराक्रम मानते हैं तथा उनके दायित्व भी स्वीकार करते हैं। वह देवप्रिय अशोक महान् था तथा बौद्ध भिक्षुओं के दिग्विजय महानतर थे। अशोक[२४] के समतुल्य दिग्विजयी शुद्धाचरणी तथा राजनीतिकुशल राजा उसके पूर्व भी हो चुके थे। वह इसीलिए महान् कहलाते कि उनमें ये सभी गुण विद्यमान थे। हममें राजनीतिक कुशलता, चरित्रवानता आदि के कारण जो व्यक्तित्व विकास हुआ था, वह मौर्यों द्वारा बौद्ध धर्म को स्वीकार किए जाने के कारण से हुआ था अथवा मौर्यों के साथ वह नष्ट हुआ, ऐसा हमें नहीं लगता। बौद्ध धर्म ने भी दिग्विजय प्राप्त किए हैं, लेकिन वे सब दूसरे क्षेत्र में प्राप्त किए हैं। जहाँ तलवारों की धार आसानी से तेज कराई जा सकती है, ऐसे विश्व में नहीं। बहते पानी का सुंदर चित्र देखने भर से प्यास नहीं बुझ सकती। इस वास्तववादी विश्व में उन्होंने दिग्विजय प्राप्त नहीं किए। बौद्ध धर्म ने भी दिग्विजय प्राप्त किए। वे इस विश्व से बहुत भिन्न विश्व में किए गए थे। जब किसी ज्वालामुखी के लावा प्रवाह के समान शक और हूण लोग इस

हममें राजनीतिक कुशलता, चरित्रवानता आदि के कारण जो व्यक्तित्व विकास हुआ था, वह मौर्यों द्वारा बौद्ध धर्म को स्वीकार किए जाने के कारण से हुआ था अथवा मौर्यों के साथ वह नष्ट हुआ, ऐसा हमें नहीं लगता। बौद्ध धर्म ने भी दिग्विजय प्राप्त किए हैं, लेकिन वे सब दूसरे क्षेत्र में प्राप्त किए हैं। जहाँ तलवारों की धार आसानी से तेज कराई जा सकती है, ऐसे विश्व में नहीं।

देश में घुस आए तथा यहाँ की उन्नत और विकसित संस्कृति उन्होंने जलाकर संपूर्णतः ध्वस्त कर दी, तब इसी प्रकार के विचार हम लोगों के देशाभिमानी चिंतकों के मन में उत्पन्न हुए होंगे।

अग्नि तथा तलवार का तत्त्वज्ञान

हिंदुओं को उनकी आँखों के सामने, उन्होंने जी-जान से सँभालकर रखे सिद्धांत और महान् ध्येय, उनके सिंहासन, उनकी राजगद्दियाँ, यहाँ तक कि उनके परिवार ही नहीं बल्कि अपने पूजनीय देवताओं को भी कुचले जाते हुए देखना पड़ा, अपनी प्रिय और पावन भूमि ध्वंस और वीरान होते हुए उन्हें देखनी पड़ी। यह किसने किया था? यह करनेवाले हिंदुओं की तुलना में भाषा, धर्म, तत्त्वज्ञान, मानवता तथा देवत्व के सभी दया-मर्यादि गुणों से अत्यंत क्षुद्र थे, परंतु उनमें अधिक बल था। ऐसे हिंसक आक्रमणकारियों के इस नृशंस नया उद्दाम पंथ का सार दो ही शब्दों में व्यक्त किया जा सकता है, 'अग्नि और तलवार' अथवा 'जलाओ और मारो' इस संपूर्ण घटना का निष्कर्ष बहुत स्पष्ट था। 'जलाओ और मारो' जैसे विलक्षण तत्त्वज्ञान के लिए इस भयावह द्वैतवाद के लिए बौद्ध की न्याय-मीमांसा में कोई सार्थक उत्तर नहीं था। इसी कारण इस अपवित्र, निष्ठुर तथा विध्वंसक अग्नि को नष्ट करने हेतु हम लोगों के चिंतकों तथा अग्रणियों को पवित्र यज्ञाग्नि प्रज्वलित करनी पड़ी। समर्थ शास्त्रास्त्र प्राप्त करने हेतु उन्हें अपनी वेदकालीन खानों में खनन करना पड़ा। क्रोधित महाकाल के तुष्टीकरण हेतु प्रयोग में आनेवाले शस्त्रों को भीषण काली की

हिंदुओं को उनकी आँखों के सामने, उन्होंने जी-जान से सँभालकर रखे सिद्धांत और महान् ध्येय, उनके सिंहासन, उनकी राजगद्दियाँ, यहाँ तक कि उनके परिवार ही नहीं बल्कि अपने पूजनीय देवताओं को भी कुचले जाते हुए देखना पड़ा, अपनी प्रिय और पावन भूमि ध्वंस और वीरान होते हुए उन्हें देखनी पड़ी।

वेदी पर धार लगाने जाना पड़ा। इस दृष्टि से उनका अपेक्षित तर्क भी गलत सिद्ध नहीं हुआ।

हिंदू खड्ग का यथोचित प्रत्युत्तर

इस बार पुनः प्रकट हुई हिंदू तलवार की विजय निस्संदेह थी। विक्रमादित्य[२५] ने इस अन्य देशीय आक्रमणकारियों को हिंदुस्थान की भूमि से खदेड़ दिया तथा ललितादित्य,[२६] जिसने मंगोलिया व तार्तार की गुफाओं में शत्रुओं को पकड़कर सजा दी, वे दोनों परस्पर पूरक थे। जो कार्य केवल शाब्दिक प्रमेयों से सिद्ध नहीं हो सका, वह इन लोगों ने पराक्रम तथा पौरुष से कर दिखाया। एक बार राष्ट्र पुनः पूर्व के यश-शिखर पर जा पहुँचा। जीवन के हर क्षेत्र में उसका प्रकाश फैल गया। स्वातंत्र्य, सामर्थ्य तथा सुयश प्राप्त होने का विश्वास होते ही नया तत्त्वज्ञान, कला शिल्पकला, कृषि तथा वाणिज्य विचार, आचार को अप्रत्याशित रूप से प्रोत्साहन प्राप्त होना आरंभ हो गया; परंतु यह प्रतिक्रिया चरम सीमा तक पहुँच जाने से कुछ दोष भी दिखाई देने लगे, 'वैदिक कर्म का पुनरुत्थान करो', वेदों पर पुनश्च ध्यान दो—ये राष्ट्रीय घोषवाक्य बन गए। उस समय की राजकीय स्थिति में ऐसा होना अत्यंत आवश्यक था।

स्वातंत्र्य, सामर्थ्य तथा सुयश प्राप्त होने का विश्वास होते ही नया तत्त्वज्ञान, कला शिल्पकला, कृषि तथा वाणिज्य विचार, आचार को अप्रत्याशित रूप से प्रोत्साहन प्राप्त होना आरंभ हो गया; परंतु यह प्रतिक्रिया चरम सीमा तक पहुँच जाने से कुछ दोष भी दिखाई देने लगे, 'वैदिक कर्म का पुनरुत्थान करो', वेदों पर पुनश्च ध्यान दो—ये राष्ट्रीय घोषवाक्य बन गए।

सत्यधर्म से विश्व पर विजय पाने का बौद्धधर्म का विफल प्रयोग

विश्वधर्म का संदेश अखिल विश्व में प्रसृत करने का प्रथम विशाल प्रयास बौद्धकर्म द्वारा किया गया, 'हे भिक्षुओ! जाओ, विश्व की दसों दिशाओं

में संचार करो। विश्व धर्म का संदेश अखिल विश्व को दो!' वास्तव में यह एक व्यापक स्वरूप का विश्वकर्म ही था। ये पर्यटन देश पर शासन करने अथवा धन-लाभ की अभिलाषा से नहीं किए जाते। उस धर्म द्वारा किया गया कार्य वास्तव में कितना ही महान् क्यों न हो; वह मनुष्य के अंत:करण से पशुवत् मानसिकता, राजनीतिक इच्छा, आकांक्षाएँ या व्यक्तिगत स्वार्थ के बीज उखाड़कर नष्ट कर नहीं सका, जिससे कि हिंदुस्थान तलवार को त्यागकर, निश्चिंत होकर, हाथ में माला लिये जाप करता। फिर भी, शस्त्र द्वारा विजय प्राप्त करने के बजाय शांतिपूर्ण मार्ग से तथा सत्य के आचरण द्वारा इस विश्व को जीतने में ही हिंदुस्थान ने अपना विश्वास कायम रखा और प्रयास भी किया। लेकिन इसी उदारता के कारण हिंदुस्थान लालची लोगों के उपहास का विषय बन गया। सूक्ष्म जीव-जंतुओं की जान बचाने के लिए हाथी-घोड़ों को पिलाया जानेवाला पानी भी छानकर दिए जाने की आज्ञा हिंदुस्थान के राजाओं ने उस समय दी थी। समुद्र की मछलियों को खिलाने हेतु समुद्र में अन्न डाला जाता था। लेकिन क्या विश्व के अन्य लोगों ने मछलियों को चाव से खाना छोड़ दिया या बड़ी मछलियों ने छोटी मछलियों को खाना बंद कर दिया? हिंसा को पूर्ण रूप से नष्ट करने के प्रयास में हिंदुस्थान ने अपना ही सिर ओखली में देकर अपने की हाथों से मुसली चलाई। अंतत: तलवार की पात के सामने घास की पात की कुछ नहीं चलती, यह बात हिंदुस्थान ने अनुभव से सीखी। जब तक संपूर्ण

शस्त्र द्वारा विजय प्राप्त करने के बजाय शांतिपूर्ण मार्ग से तथा सत्य के आचरण द्वारा इस विश्व को जीतने में ही हिंदुस्थान ने अपना विश्वास कायम रखा और प्रयास भी किया। लेकिन इसी उदारता के कारण हिंदुस्थान लालची लोगों के उपहास का विषय बन गया। सूक्ष्म जीव-जंतुओं की जान बचाने के लिए हाथी-घोड़ों को पिलाया जानेवाला पानी भी छानकर दिए जाने की आज्ञा हिंदुस्थान के राजाओं ने उस समय दी थी।

विश्व के दाँत तथा नाखून रक्तरंजित हैं और जब तक राष्ट्रीय तथा वांशिक भेद मानव को पशुता तक पहुँचाने के लिए पर्याप्त रूप से प्रबल हैं तब तक अपनी आत्मा के प्रकाश के अनुसार किसी भी प्रकार के आध्यात्मिक अथवा राजकीय जीवन में उन्नति करनी है तो राष्ट्रीय तथा जातीय बंधनों से उत्पन्न शक्ति की अवहेलना करना हिंदुस्थान के लिए उचित नहीं होगा। इसीलिए विश्वबंधुत्व आदि शब्दों का केवल वाणी में ही प्रयोग किए जाने के कारण तथा कृति विहीनता के कारण विद्वानों के मन में घृणा उत्पन्न हुई। बहुत खेदपूर्वक उन्होंने कहा—

ये त्वया देव निहिता असुराश्चैव विष्णुना।
ते जाता म्लेच्छरूपेण पुनरद्य महीतले॥
व्यापादयन्ति ते विप्रान् घ्रन्ति यज्ञादिकाः क्रियाः।
हरन्ति मुनि कन्याश्च पापाः किं किं न कुर्वन्ति॥
म्लेच्छाक्रांते च भूलोके निर्वषट्कारमंगले।
यज्ञयागादि विच्छेदाद्देवलोकेऽवसीदति॥

(—गुणाढ्य[२७])

जिस नितांत रम्य भूमि ने श्रद्धायुक्त अंतःकरण से भिक्षु वस्त्रों को अंगीकृत किया था, खड्ग को त्यागकर हाथों में सुमरिनी लेकर भगवान् का नाम जपते हुए अहिंसा की प्रतिज्ञा की थी, उस भूमि को जलाकर जिन्होंने वीरान बना दिया, उन शक, हूणों की हिंस्र टोलियों को सिंधु के पार खदेड़ दिया गया तथा एक नई सुदृढ़ राजसत्ता स्थापित की गई। उस समय के राष्ट्रीय नेताओं को इस बात का अनुभव हुआ होगा कि यदि धर्म ने भी इस कार्य को सहायता दी तो कितना प्रचंड शक्तिसामर्थ्य निर्माण किया जा सकता है।

बौद्धों के 'विश्वधर्म' को हिंदुओं के 'राष्ट्रधर्म' का प्रत्युत्तर

यह सच है कि शत्रु में तथा हम लोगों में एक भी गुण समान हो तो उससे लड़ने की हमारी शक्ति कम हो जाती है। जो गुण हमें विशेष रूप से प्रिय

होते हैं तथा जिन्हें आत्मसात् करने में हमें गौरव का अनुभव होता है, वे सभी गुण यदि हमारे किसी मित्र में विद्यमान हों, तब वह व्यक्ति हमारा सर्वाधिक प्रिय मित्र बन जाता है। इसी तरह जिस शत्रु में तथा हम में ममत्व अथवा समानत्व का कोई बंधन नहीं होता, उसका प्रतिकार अधिक कठोरतापूर्वक किया जाता है। विशेषतः उस समय हिंदुस्थान विश्वबंधुत्व तथा अहिंसा के नशे में इतना डूबा हुआ था कि आक्रमणकारियों का प्रतिकार करने की इसकी शक्ति ही नष्ट हो चुकी थी। इसी हिंदुस्थान में अन्याय के प्रति लोगों के मन में कटु द्वेष प्रज्वलित करने का तथा शाश्वत प्रतिकार-शक्ति का वरदान प्राप्त करा देने के लिए दोनों के लिए पूज्य, पूजा-प्रार्थना तथा मठ-संस्थाओं को नष्ट करना आवश्यक था। तत्पश्चात् ही यह कार्य अत्युत्तम प्रकार से किया जाना संभव था। जिन लोगों ने हिंदुस्थान को एक राष्ट्र के रूप में गला घोंटकर खत्म किया था, उन शत्रुओं के साथ ही पूजा-प्रार्थना तथा मठ आदि के माध्यम से, हिंदुस्थान ने अपने सहधर्मी बंधु कहकर नाता जोड़ने का काम पहले भी किया था। लेकिन ऐसे विश्वधर्म का क्या उपयोग, जिसने हिंदुसथान को असुरक्षित और असजग अवस्था में तो छोड़ा ही, साथ-साथ अन्य राष्ट्रों की क्रूरता और पशुता भी कम न करा सका। संरक्षण का एकमात्र मार्ग अब नजर आता है, तो वह है—राष्ट्रीयता की भावना से उत्पन्न, बलशाली एवं पराक्रमी पुरुषों की समर्थ शक्ति। अवास्तव तत्त्वज्ञान के जंजाल में फँसकर हिंदुस्थान ने अपना रक्त तो बहाया, परंतु उसका परिणाम विपरीत हुआ।

जिन लोगों ने हिंदुस्थान को एक राष्ट्र के रूप में गला घोंटकर खत्म किया था, उन शत्रुओं के साथ ही पूजा-प्रार्थना तथा मठ आदि के माध्यम से, हिंदुस्थान ने अपने सहधर्मी बंधु कहकर नाता जोड़ने का काम पहले भी किया था। लेकिन ऐसे विश्वधर्म का क्या उपयोग, जिसने हिंदुसथान को असुरक्षित और असजग अवस्था में तो छोड़ा ही, साथ-साथ अन्य राष्ट्रों की क्रूरता और पशुता भी कम न करा सका।

विदेशियों की दासता को आमंत्रित करनेवाला तथा स्वदेश को गर्त में डालनेवाला बौद्ध धर्म

जब बौद्ध धर्म द्वारा बलपूर्वक तथा शस्त्रों की सहायता से हिंदुस्थान पर अपनी सत्ता प्रस्थापित करने के प्रयास प्रारंभ किए गए, तब बौद्ध धर्म की विश्वबंधुत्व की प्रवृत्तियों का विरोध करनेवाले आंदोलन भी अधिक तीव्र तथा बलशाली होने लगे। बाहर से यहाँ आकर हमारे देश पर आक्रमण करनेवालों को हम लोगों ने स्वामी के रूप में स्वीकार नहीं किया तथा देश की स्वतंत्रता का सौदा करना भी देशाभिमानी प्रवृत्ति के लोगों ने स्वीकार नहीं किया। स्पेन के कैथोलिक इंग्लैंड के सिंहासन पर कैथोलिक पंथ के राजा को आसीन करने का प्रयास कर रहे थे। उन्हें सहानुभूति दरशानेवाला एक प्रमुख गुट इंग्लैंड में प्रत्यक्ष रूप से विद्यमान था। उसी प्रकार बौद्ध धर्म के अनुकूल विचार रखनेवाले कुछ आक्रमणकारियों को भी हिंदुस्थान में चल रहे युद्ध के समय गुप्त रूप से सहानुभूति दिखानेवाले अनेक बौद्धधर्मीय लोग यहाँ भी विद्यमान थे। इसके अतिरिक्त बाहर के बौद्धधर्मीय राष्ट्रों ने निश्चित राष्ट्रीय तथा धार्मिक उद्‌देश्य से हिंदुस्थान पर आक्रमण किए थे। इन घटनाओं के स्पष्ट प्रमाण हम लोगों के प्राचीन ग्रंथों में विभिन्न स्थानों पर मिलते हैं। हम यहाँ उस काल के समग्र इतिहास का विचार नहीं कर रहे हैं, परंतु इस आर्य देश तथा राष्ट्र पर हूणों के राजा न्यूनपति तथा उसके बौद्धपंथीय सहायकों ने एक साथ मिलकर जो आक्रमण किया तथा जिसका लाक्षणिक और यथार्थ, परंतु संक्षिप्त वर्णन हम लोगों के प्राचीन ग्रंथों में मिलता है, उसका निर्देश हम यहाँ करनेवाले हैं।

> *जब बौद्ध धर्म द्वारा बलपूर्वक तथा शस्त्रों की सहायता से हिंदुस्थान पर अपनी सत्ता प्रस्थापित करने के प्रयास प्रारंभ किए गए, तब बौद्ध धर्म की विश्वबंधुत्व की प्रवृत्तियों का विरोध करनेवाले आंदोलन भी अधिक तीव्र तथा बलशाली होने लगे।*

इस प्राचीन ग्रंथ में कुछ पौराणिक प्रकार से 'हहा नदी के तट पर

प्रचंड युद्ध किस प्रकार किया गया, बौद्धों की सेनाओं का शिविर चीन देश में किस कारण स्थापित हुआ' (चीन देशमुपागम्य युद्धभूमीमकारयत्) विभिन्न बौद्ध राष्ट्रों की सहायक सेनाएँ उन्हें किस प्रकार आकर मिलीं तथा इस कारण उनके सैन्य की संख्या में कितनी वृद्धि हुई (श्याम देशोद्भलक्षास्तथा लक्षाश्च जापका:। दश लक्ष्याश्चीनदेश्या युद्धाय समुपस्थित:॥) तथा अंत में बौद्धों को किस प्रकार पराभूत होना पड़ा और इस पराजय के फलस्वरूप उन्हें कितना जबरदस्त दंड मिला—आदि का वर्णन किया गया है। अंतत: बौद्धों को प्रकट रूप से अपनी राष्ट्रीय ध्येयाकांक्षाओं को स्वीकार करना पड़ा तथा उन्हें त्यागना पड़ा। भविष्य में किसी प्रकार के राजकीय उद्‌देश्य से हिंदुस्थान में प्रवेश न करने की स्पष्ट तथा बंधनकारक शपथ उन्हें लेनी पड़ी। हिंदुस्थान सभी के साथ सहिष्णुतापूर्वक आचरण करता था। अत: बौद्धों को व्यक्तिगत रूप से किसी तरह का भय होने का कोई कारण नहीं था। हिंदुस्थान की स्वतंत्रता तथा राजनीतिक जीवन के लिए संकट उत्पन्न करनेवाली सभी आकांक्षाओं का त्याग करना उनके लिए आवश्यक था। 'सर्वैश्च बौद्धवृदैश्च तत्रैव शपथं कृतम्। आर्यदेशं न यास्याम: कदाचिद्राष्ट्रहेतवे॥'

(—भविष्यपुराण, प्रतिसर्ग पर्व)

भविष्य में किसी प्रकार के राजकीय उद्‌देश्य से हिंदुस्थान में प्रवेश न करने की स्पष्ट तथा बंधनकारक शपथ उन्हें लेनी पड़ी। हिंदुस्थान सभी के साथ सहिष्णुतापूर्वक आचरण करता था। अत: बौद्धों को व्यक्तिगत रूप से किसी तरह का भय होने का कोई कारण नहीं था। हिंदुस्थान की स्वतंत्रता तथा राजनीतिक जीवन के लिए संकट उत्पन्न करनेवाली सभी आकांक्षाओं का त्याग करना उनके लिए आवश्यक था।

वैदिक धर्म का प्रतिक्रियात्मक पुनरुज्जीवन

इस प्रकार हम लोगों की राष्ट्रीय विशेषताएँ स्पष्ट रूप से प्रकट करनेवाली संस्थाओं को पुनः प्रारंभ किया गया। बौद्धों की राज्यसत्ता की अर्जितावस्था में भी जो वर्णाश्रम व्यवस्था पूर्णतः नष्ट नहीं की जा सकी थी, उसे अत्यधिक उन्नत दशा प्राप्त हुई। राजाओं तथा सम्राटों ने स्वयं की महानता स्थापित करने हेतु 'वर्णव्यवस्थानपरः' (सोनपत ताम्रलेख) तथा 'वर्णाश्रमव्यवस्थापनप्रवृत्तचक्रः' (मधवत ताम्रपट) आदि उपाधियों का उपयोग अभिमानपूर्वक करना प्रारंभ किया। वर्ण-व्यवस्था की पुनर्स्थापना के लिए इस प्रतिक्रिया से बहुत बल मिला। वह भविष्य में इतनी शक्तिशाली बन गई कि वह हम लोगों की राष्ट्रीयता की पहचन बन गई। हम लोगों से विदेशी किस प्रकार भिन्न थे—इसे इस प्रकार परिभाषित किया गया है—

इस प्रकार हम लोगों की राष्ट्रीय विशेषताएँ स्पष्ट रूप से प्रकट करनेवाली संस्थाओं को पुनः प्रारंभ किया गया। बौद्धों की राज्यसत्ता की अर्जितावस्था में भी जो वर्णाश्रम व्यवस्था पूर्णतः नष्ट नहीं की जा सकी थी, उसे अत्यधिक उन्नत दशा प्राप्त हुई।

चातुर्वर्ण्यव्यवस्थानं यस्मिन्देशे न विद्यते।
तं म्लेच्छदेशं जानीयात आर्यावर्तस्ततः परम्॥

ऊपर किए गए विवेचन के परिप्रेक्ष्य में इस परिभाषा का अर्थ समझने का प्रयास किया जाना चाहिए। इससे यह ज्ञात होगा कि जो देश हम लोगों की वर्णाश्रम जैसी संस्था के लिए अनुकूल नहीं थे तथा इसके लिए उनके मन में शत्रुता की भावना विद्यमान थी और जिन देशों में हम लोगों की धार्मिक संस्कृति तथा संस्कार जीवित रखने के लिए उचित संरक्षण प्राप्त नहीं हो सकता था, उन देशों में न जाने पर प्रतिबंध लगाने हेतु धर्माज्ञा प्रसृत करना आवश्यक प्रतीत हुआ। यह प्रतिक्रिया अस्पष्ट अविचार के कारण ही हुई थी। फिर भी राजनीतिक दृष्टि से विचार करने के पश्चात् हम लोगों को भी

लगा कि जिन देशों में अपने देशवासियों को अपमानित किया जाता है तथा राष्ट्रीय दृष्टि से उन्हें नपुंसक बना दिया जाता है, उस देश में किसी को न भेजने का निर्णय तथा वहाँ जाना प्रतिबंधित करना उचित था। इस बात से सहमत होनेवाले चिंतक आज भी विद्यमान हैं।

हिंदू राष्ट्र को अपने स्वतंत्र अस्तित्व की पहचान

हिंदुस्थान में बौद्ध धर्म के ह्रास के लिए तथा इसके पूरा होने के लिए राष्ट्रीय और राजकीय घटनाएँ ही उत्तरदायी थीं। बौद्ध धर्म का अब कोई भौगोलिक केंद्र नहीं था। बौद्ध धर्म को सिर-आँखों पर बैठाकर नर्तन करने से हिंदुस्थान का संतुलन बिगड़ गया था। उसे पूर्व स्थिति में लाना अत्यधिक आवश्यक हो गया था। किसी जीव-जंतु के समान राष्ट्र को अपने अस्तित्व की पहचान जब हुई तथा इस अस्तित्व को मिटाने हेतु आक्रमण करनेवाली विदेशी शक्ति से युद्ध आरंभ हुआ, तब हमारा निश्चित स्थान कौन सा है, इसे प्रदर्शित करना बहुत आवश्यक हो गया। हम सामूहिक तथा राष्ट्रीय दृष्टि के अतिरिक्त भौगोलिक दृष्टि से भी निश्चित ही स्वतंत्र राष्ट्र है, ऐसा समूचे विश्व को गरजकर कहने के लिए हमने स्वयंप्रेरणा से अपने अधीन भूभाग दरशानेवाली, सुस्पष्ट सीमाएँ दिखानेवाली रेखाएँ खींच डालीं। प्रकृति ने ही हमारे दक्षिण दिशा के सीमांत प्रदेश सुरक्षित बना दिए थे। राजनीतिक गतिविधियों की नजर में वे मान्यता प्राप्त भी थे और पवित्र भी।

हिंदुस्थान में बौद्ध धर्म के ह्रास के लिए तथा इसके पूरा होने के लिए राष्ट्रीय और राजकीय घटनाएँ ही उत्तरदायी थीं। बौद्ध धर्म का अब कोई भौगोलिक केंद्र नहीं था। बौद्ध धर्म को सिर-आँखों पर बैठाकर नर्तन करने से हिंदुस्थान का संतुलन बिगड़ गया था। उसे पूर्व स्थिति में लाना अत्यधिक आवश्यक हो गया था।

हिंदू राष्ट्र का उत्तर-दक्षिण सीमांत

हम लोगों का दक्षिण द्वीप समुदाय अमर्यादा तथा असीम सागर से परिवेष्टित था। सागरी सौंदर्य के लिए यह अत्यधिक उत्कृष्ट, अतीव रमणीय तथा नितांत काव्यमय है। इस समुद्र के दर्शन से हमारी अनेक पीढ़ियों के कवियों तथा देशवासियों को दर्शन-सुख मिला, परंतु वायव्य सीमा प्रांत में विभिन्न जातियों के परस्पर संबंधों में इतनी अधिक वृद्धि हुई कि इससे हम लोगों की जातियों का विशुद्ध स्वरूप नष्ट होने का भय उत्पन्न हो गया। वहाँ की सीमाएँ भी बहुशः बदलती रहीं। राष्ट्र की सुरक्षा के लिए भी यह एक संकट बन गया। इसमें कोई आश्चर्य नहीं कि उज्जयनी नगरी के 'महाकाल' के नेतृत्व में मिली स्वदेशनिर्माण की प्रेरणा से, दक्षिण की तरह उत्तर की सीमारेखा भी सुस्पष्ट और सुरक्षित करने की ओर देशभक्तों का ध्यान गया। 'सिंधु' नदी जैसी भव्य और रमणीय नदी से बढ़कर अच्छी सीमारेखा उन्हें कहाँ मिलती। जिस दिन हमारे पूर्वज इस नदी को लाँघकर आए, उसी दिन से, नदी के उस पार रह रहे परिजनों से उनका कोई नाता नहीं रहा। यहाँ उन्होंने नए राष्ट्र की आधारशिला रखी तथा स्वतंत्र राष्ट्र के रूप में उनका पुनर्जन्म हुआ। नवीन आशा तथा ध्येयाकांक्षाओं से प्रेरित होकर उन्होंने अन्य लोगों को अपने में समा लिया। स्वयं की अभिवृद्धि के साथ एक नई जाति तथा राज संस्था के रूप में भविष्य में अत्यधिक विकास तथा उन्नति करने की बात एक अटल

हम लोगों का दक्षिण द्वीप समुदाय अमर्यादा तथा असीम सागर से परिवेष्टित था। सागरी सौंदर्य के लिए यह अत्यधिक उत्कृष्ट, अतीव रमणीय तथा नितांत काव्यमय है। इस समुद्र के दर्शन से हमारी अनेक पीढ़ियों के कवियों तथा देशवासियों को दर्शन-सुख मिला, परंतु वायव्य सीमा प्रांत में विभिन्न जातियों के परस्पर संबंधों में इतनी अधिक वृद्धि हुई कि इससे हम लोगों की जातियों का विशुद्ध स्वरूप नष्ट होने का भय उत्पन्न हो गया।

सत्य बन गई। इस नई जाति तथा राज संस्था का अन्य नाम नहीं था, परंतु ये लोग अत्यंत योग्य तथा स्फूर्तिमय 'सिंधु' अथवा 'हिंदू' नाम ही धारण करेंगे—यह निश्चित हो गया—

सिंधुस्थानमितिज्ञेयं राष्ट्रमार्यस्य चोत्तमम्।

सिंधु के प्रवाह के अनुसार हम लोगों का सीमा-निर्धारण कोई अभूतपूर्व घटना नहीं थी। राष्ट्र को नवचैतन्य प्रदान करनेवालों ने घोषित किया था कि 'पुनः वेदों की ओर चलो' इस महान् उद्घोषणा की ही वह निष्पत्ति थी। वैदिक धर्मानुसार स्थापित किए गए तथा वैदिक धर्म पर आधारित राष्ट्र का नाम वैदिक होना अपरिहार्य था। उस समय की संभावनाओं का विचार करते हुए वैदिक प्रथा के अनुसार ही नाम दिया गया। सारांश में इतिहास के निष्कर्ष के अनुसार जो घटनाएँ घटीं वे हम लोगों की अपेक्षानुसार, प्रत्यक्ष रूप में भी उसी क्रम से घटीं। स्वदेश प्रेम से प्रेरित होकर लिखे किसी पुराण में स्पष्ट उल्लेख है कि विक्रमादित्य के पोते शालिवाहन ने विदेशियों का हिंदुस्थान पर विजय पाने का दूसरा प्रयास विफल किया तथा उन्हें सिंधु के पार खदेड़ दिया। एक राजाज्ञा द्वारा उसने घोषित किया कि 'इसके पश्चात् हिंदुस्थान तथा अन्य अहिंदू राष्ट्रों के बीच सिंधु ही सीमा रेख मानी जाए।'

सिंधु के प्रवाह के अनुसार हम लोगों का सीमा-निर्धारण कोई अभूतपूर्व घटना नहीं थी। राष्ट्र को नवचैतन्य प्रदान करनेवालों ने घोषित किया था कि 'पुनः वेदों की ओर चलो' इस महान् उद्घोषणा की ही वह निष्पत्ति थी। वैदिक धर्मानुसार स्थापित किए गए तथा वैदिक धर्म पर आधारित राष्ट्र का नाम वैदिक होना अपरिहार्य था।

एतस्मिन्नंतरे तत्र शालिवाहन भूपतिः।
विक्रमादित्यपौत्रश्च पितृराज्यं प्रपेदिरे॥
जित्या शकान् दुराधर्षान चीनतैत्तिरि देशजान्।

बाल्हिकान् कामरूपांश्च रोमजान् खुरजान् शठान्॥
तषां कोशान् गृहीत्वाच दडयोग्यानकारयत्।
स्थापिता तेन मर्यादा म्लेच्छार्याणां पृथक् पृथक्॥
सिंधुस्थानमितिज्ञेयं राष्ट्रमार्यस्य चोत्तमम्।
म्लेच्छस्थानं परं सिधोः कृतं तेन महात्मना॥

(—भविष्य पुराण, प्रतिसर्ग, अ. २)

सिंधु ही हिंदुस्थान की स्फूर्ति

हम लोगों के देश का प्राचीनतम नाम 'सप्तसिंधु' अथवा 'सिंधु' होने के निश्चित प्रमाण उपलब्ध हैं। भारतवर्ष नाम भी इसके पश्चात् ही दिया गया था, यह भी प्रमाणित हो चुका है। यह नाम व्यक्तिनिष्ठ है तथा इसमें किसी व्यक्ति के प्रति निष्ठा प्रकट की गई है। किसी का व्यक्तिगत यश व कीर्ति कितनी भी उज्ज्वल क्यों न हो, समय के साथ उसमें कमी आने लगती है। इस प्रकार के नाम से व्यक्ति-विषयक मधुर भावनाओं की स्मृतियाँ जुड़ी रहती हैं, तथापि किसी अत्यंत कल्याणकारी तथा चिरंतन प्राकृतिक कृति से संबद्ध नाम की तुलना में किसी व्यक्ति के पराक्रम तथा उसकी महानता के कारण जो नाम महत्त्वपूर्ण बन जाता है। वह नाम सदैव जाग्रत् रहनेवाले स्वत्व की पहचान तथा कृतज्ञता का स्थायी तथा अधिक प्रभावी स्फूर्ति स्थान नहीं बन सकता। सम्राट् भरत का निधन हो गया। अन्य सम्राटों की भी मृत्यु हो गई, परंतु सिंधु अखंड व चिरंतन बनी हुई है। हम लोगों के स्वाभिमान को प्रज्वलित करती हुई, हम लोगों की कृतज्ञता बुद्धि सदैव जाग्रत् रखती हुई तथा सदैव

हम लोगों के देश का प्राचीनतम नाम 'सप्तसिंधु' अथवा 'सिंधु' होने के निश्चित प्रमाण उपलब्ध हैं। भारतवर्ष नाम भी इसके पश्चात् ही दिया गया था, यह भी प्रमाणित हो चुका है। यह नाम व्यक्तिनिष्ठ है तथा इसमें किसी व्यक्ति के प्रति निष्ठा प्रकट की गई है।

स्फूर्तिदायक बनकर प्रवाहित हो रही है। हम लोगों के प्राचीनतम भूतकाल से हमारे सुदूर भविष्यकाल को जोड़नेवाला राष्ट्र का अत्यधिक आवश्यक तथा जीवभूत पृष्ठवंश का—पठिका—मेरुदंड ही है। हम लोगों के राष्ट्र से इस नदी का संबंध होने के कारण तथा उसके नाम से हम लोग एकरूप हो गए हैं, इसलिए प्रकृति भी हम लोगों का साथ दे रही है, ऐसा कहना गलत नहीं होगा। हम लोगों के राष्ट्र के भविष्य का आकार इतना सुदृढ़ है कि मानवी कालगणना के अनुसार यह युगों-युगों तक चिरंजीव बना रहेगा। इसी प्रकार के विचार उस समय के चिंतकों के तथा कृतिवंतों के मन में उत्पन्न हुए होंगे। इसी कारण हम लोगों के राष्ट्र को प्राचीन वैदिक नाम 'हिंदुस्थान' से संबोधित करते हुए अधिक प्रतिष्ठित बनाने का विचार उन्हें उचित प्रतीत हुआ होगा। सिंधुस्थान 'राष्ट्रमार्यस्य चोत्तमम्।'

सिंधुस्थान वैदिक नाम होने के कारण ही महत्त्वपूर्ण नहीं बना है। उसका एक अतिरिक्त महत्त्व भी है। वह उसे परिस्थितिवश ही प्राप्त हुआ है। परंतु वह इतना क्षुद्र भी नहीं है कि उसकी उपेक्षा की जा सके। संस्कृत के 'सिंधु' शब्द का अर्थ केवल सिंधु नदी तक ही सीमित नहीं है।

उत्तर-दक्षिण सीमांत दरशानेवाला एक ही शब्द–'सिंधु'

सिंधुस्थान वैदिक नाम होने के कारण ही महत्त्वपूर्ण नहीं बना है। उसका एक अतिरिक्त महत्त्व भी है। वह उसे परिस्थितिवश ही प्राप्त हुआ है। परंतु वह इतना क्षुद्र भी नहीं है कि उसकी उपेक्षा की जा सके। संस्कृत के 'सिंधु' शब्द का अर्थ केवल सिंधु नदी तक ही सीमित नहीं है। उसका दूसरा अर्थ होता है सागर, दक्षिण द्वीपसमूह को परिवेष्टित करनेवाला 'समुद्ररशना' भी होता है। इसलिए 'सिंधु' शब्द के उच्चारण से हम लोगों के सभी सीमांतों का एक साथ बोध होता है। हिमालय के पूर्व तथा पश्चिम पठार से दो पृथक् प्रवाहों में बहनेवाली सिंधु की ही ब्रह्मपुत्र एक शाखा है—ऐसा प्राचीन काल

से ही समझा जाता रहा है। हम लोगों ने इसपर विशेष ध्यान नहीं दिया; परंतु यह निर्विवाद रूप से सत्य है कि सिंधु उत्तर-पश्चिम सीमाओं की परिक्रमा करती हुई अग्रसर होती है। सिंधु से सागर तक की हमारी मातृभूमि आँखों के सामने साकार हो उठती है।

सिंधुस्थान तथा म्लेच्छस्थान

भौगोलिक दृष्टि से सुयोग्य होने के कारण ही 'सिंधु' नाम देशप्रेमियों ने स्वीकार किया है—ऐसा मानने का कोई आधार नहीं है। इस नाम से केवल भौगोलिक अर्थ ही सूचित नहीं होता। यह निश्चित राष्ट्र की ओर भी संकेत करता है। सिंधुस्थान कोई छोटा सा क्षेत्रीय संघ नहीं है। वह एक राष्ट्र है अर्थात् 'राज्ञः राष्ट्रम्'। इस अर्थ में वह सदा किसी एक शासन के अधीन नहीं रहा, तथापि एकता की भावना के कारण निश्चित रूप से एक अखंड राष्ट्र था। वहाँ जिस संस्कृति का विकास हुआ तथा जो लोग इस राष्ट्र के नागरिक बने, उन दोनों को वैदिक काल की प्रथा के अनुसार 'सिंधु' कहा जाता। इस बात के प्रमाण उपलब्ध हैं। विदेशी म्लेच्छस्थान से सर्वथा भिन्न तथा स्वतंत्र राष्ट्र आर्यों का सर्वोत्तम राष्ट्र बन गया (राष्ट्रमार्यस्य चोत्तमम्) तथा 'सिंधुस्थान' नाम से पहचाना जाने लगा। यहाँ कह देना आवश्यक है कि यह परिभाषा किसी धार्मिक वृथाभिमान अथवा धर्ममतों पर आधारित नहीं है। यहाँ 'आर्य' शब्द का प्रयोग इसीलिए किया गया है, ताकि सिंधु नदी के इस ओर के अपने वैभवशाली राष्ट्र के तथा जातियों के सभी अनिवार्य घटकों का उसमें समावेश हो। इसमें वैदिक

भौगोलिक दृष्टि से सुयोग्य होने के कारण ही 'सिंधु' नाम देशप्रेमियों ने स्वीकार किया है—ऐसा मानने का कोई आधार नहीं है। इस नाम से केवल भौगोलिक अर्थ ही सूचित नहीं होता। यह निश्चित राष्ट्र की ओर भी संकेत करता है। सिंधुस्थान कोई छोटा सा क्षेत्रीय संघ नहीं है। वह एक राष्ट्र है अर्थात् 'राज्ञः राष्ट्रम्'।

या अवैदिक, ब्राह्मण अथवा शूद्र आदि भेद नहीं किया गया। केवल समान संस्कृति, रक्त-संबंध देश तथा राज्यसंस्था का उत्तराधिकार जिन्हें प्राप्त हुआ है, वे सभी 'आर्य' कहलाते हैं। इससे विपरीत हिंदुस्थान से सर्वथा भिन्न म्लेच्छ स्थान का अर्थ कदाचित् धर्म की दृष्टि से नहीं बल्कि राष्ट्रीयता तथा जातीय एकात्मता की दृष्टि से भिन्न तथा परायों का देश ऐसा ही होता है।

'हिंदुस्थान' नाम की अनेक शतकों की परंपरा

यह राजाज्ञा हिंदुस्थान की अन्य राजाज्ञाओं के समान ही एक लोकप्रिय तथा समर्थ आंदोलन का दृश्यफल थी। हिंदुस्थान की भूमि के अंतिम सिरे पर अटक बसा था। यदि यह कल्पना हमारे राष्ट्र के मस्तिष्क की उपज नहीं होती अथवा उसे स्वीकार्य नहीं होती तो उसका अस्तित्व में आना ही असंभव था। फिर अनेक शतकों तक लोगों का मुखोग्दत रहना तो और भी कठिन था। समूचे देशवासियों ने, राजाओं से लेकर गरीब लोगों तक सबने यह धारणा अत्यधिक भक्तिभाव से तथा दृढ़तापूर्वक और आग्रहपूर्वक जीवित रखी। इसी कारण हम लोगों ने प्राचीन सिंधु को ही सीमांत के रूप में स्वीकार किया। इसे मान्यता प्रदान करनेवाला तथा हम लोगों की भूमि को 'सिंधुस्थान' नाम निर्धारित करनेवाला कोई राजाज्ञापत्र अधिकृत रूप से प्रसृत किया होगा, ऐसी धारणा ही इस बात का स्पष्ट प्रमाण है। इस राज्ञानुशासन को तथा जनता की इच्छा को धर्म का पवित्र शुभाशीर्वाद प्राप्त हुआ था। अतः देश के लिए वैदिक नाम प्राप्त करने के हम लोगों के प्रयास संभव हुए। इस नाम को चिरंजीव तथा चिरविजयी बनाने

यह राजाज्ञा हिंदुस्थान की अन्य राजाज्ञाओं के समान ही एक लोकप्रिय तथा समर्थ आंदोलन का दृश्यफल थी। हिंदुस्थान की भूमि के अंतिम सिरे पर अटक बसा था। यदि यह कल्पना हमारे राष्ट्र के मस्तिष्क की उपज नहीं होती अथवा उसे स्वीकार्य नहीं होती तो उसका अस्तित्व में आना ही असंभव था।

का कार्य भी सफल हुआ। सिंधुसभा, सिंधुस्थान—इन नामों का भवितव्य निश्चित हो जाने के पश्चात् इनका उत्कर्ष साधने हेतु तथा संपूर्ण राष्ट्र का प्रयोजन स्पष्ट होने के लिए पर्याप्त रूप से प्रबल तथा प्रभावशाली बनकर हम लोगों की जाति के लिए एक अमूल्य आधार-स्तंभ के रूप में उसकी स्थापना अनेक शतकों के पश्चात् ही संभव हो सकी। बहुत सी महत्त्वपूर्ण घटनाएँ होनी थीं। अंततः उनके प्रयासों से ही संभव हो सका। यह ज्ञात है कि आर्यावर्त तथा भारतवर्ष का वास्तविक अर्थ न जाननेवाले आज भी हजारों लोग है, परंतु किसी भी रास्ते पर चलनेवाले व्यक्ति को हिंदू तथा हिंदुस्थान नाम अपने ही लगते हैं। (कृपया परिशिष्ट देखें।)

भगवान् बौद्ध के लिए नितांत आदरयुक्त भक्तिभावना

इन नाम के इतिहास में इसके पश्चात् क्या-क्या स्थित्यंतर हुए—यह विवेचना करने से पूर्व हमें क्षमा-याचना करने की आवश्यकता प्रतीत होती है। अभी तक के विवेचन का यह संपूर्ण भाग लिखते समय हमने अपनी भावनाओं को क्षति पहुँचाई है। इसलिए प्रारंभ में ही यह कहना आवश्यक हो जाता है कि बौद्ध धर्म को किस राजनीतिक स्थिति के कारण हिंदुस्थान से बाहर खदेड़ दिया गया, इस विषय पर विवेचन करते समय कुछ कठोर शब्दों का प्रयोग हमें करना पड़ा था। इसलिए ऐसा मानना उचित नहीं होगा कि हमारे मन में बौद्ध धर्म के प्रति आदरभाव का अभाव है; परंतु यह सच नहीं है। बौद्ध धर्म को दीक्षा ग्रहण करनेवाले किसी भी भिक्षु के समतुल्य हम भी उस पावन संघ के एक विनम्र पूजक तथा गुणोपासक हैं। हमने बौद्ध धर्म का अनुयायित्व नहीं

इन नाम के इतिहास में इसके पश्चात् क्या-क्या स्थित्यंतर हुए—यह विवेचना करने से पूर्व हमें क्षमा-याचना करने की आवश्यकता प्रतीत होती है। अभी तक के विवेचन का यह संपूर्ण भाग लिखते समय हमने अपनी भावनाओं को क्षति पहुँचाई है।

स्वीकारा है, परंतु इसका कारण यह नहीं है कि वह धर्म ही हमारे लिए उचित नहीं है। वह धर्म मंदिर तत्त्वों की सुदृढ़ नींव पर खड़ा है तथा केवल शिलाओं पर स्थित राजप्रासाद से अधिक समय तक उसका अस्तित्व बना रहेगा। उस धर्ममंदिर की सीढ़ी पर चरण रखने की योग्यता हममें नहीं है। हिंदुस्थान में जनमे, हिंदुस्थान में ही परिपक्व हुए तथा हिंदुस्थान को ही अपनी मातृभूमि मानकर उसे पूजनेवाले अनेक श्रेष्ठ अर्हताओं तथा भिक्षुओं के महान् कर्म संघों ने मानव को अपनी मूल पाशवी प्रवृत्तियों से दूर करने का प्रथम तथा यशस्वी प्रयास करने का संकल्प करने के पश्चात् उसका प्रयोग अनेक शतकों तक किया। इसी एक बात से हमारी भावनाएँ इस प्रकार आंदोलित हो उठती हैं कि उन्हें शब्दों में प्रकट करना असंभव है। जिस संघ के लिए हमारे मन में इस प्रकार की भावनाएँ विद्यमान हैं। उस परमज्ञानी बौद्ध भगवान् के लिए हम किन शब्दों में आदर व्यक्त कर सकते हैं? हे तथागत बुद्ध! अत्यंत क्षुद्र कोटि के हीनतम मानव के रूप में हमारे दैन्य तथा अल्पता को ही तुम्हारे चरणों पर अर्पण करने हेतु हम तुम्हारे सम्मुख उपस्थित होने का साहस नहीं कर सकते। तुम्हारे उपदेश का सार हमारी बुद्धि ग्रहण नहीं कर सकती। तुम्हारे शब्द ईश्वर के मुख से निकले शब्द हैं। हमारी बुद्धि इस प्राकृत तथा व्यावहारिक विश्व की बातें सुनने की अभ्यस्त हो चुकी है। कदाचित् तुमने अपना धर्मचक्र प्रवर्तन असमय प्रारंभ किया होगा तथा अपनी धर्मध्वजा फहराई होगी। तभी दिन का उदय हो रहा था, अतः तुम्हारी गति से चलना इस विश्व के लोगों के लिए संभव नहीं हुआ होगा। तुम्हारे दैदीप्यमान ध्वज को देखते ही उनकी दृष्टि चकाचौंध

हिंदुस्थान में जनमे, हिंदुस्थान में ही परिपक्व हुए तथा हिंदुस्थान को ही अपनी मातृभूमि मानकर उसे पूजनेवाले अनेक श्रेष्ठ अर्हताओं तथा भिक्षुओं के महान् कर्म संघों ने मानव को अपनी मूल पाशवी प्रवृत्तियों से दूर करने का प्रथम तथा यशस्वी प्रयास करने का संकल्प करने के पश्चात् उसका प्रयोग अनेक शतकों तक किया।

होकर धुँधली बन गई होगी। 'चलानामचला भक्ष्या दंष्ट्रीणामप्यदंष्ट्रिण:। अहस्ताश्च सहस्तानां शूराणां चैव भीरव:॥ (मनु)। यह दुष्टता जब तक इस विश्व में हावी रहेगी और जब तक आकाश में चमकने वाले तारों की भाँति दूर से ही सुहानेवाले सत्य धर्म के विचार इस दुष्टता की पराजय नहीं करते, तब तक कोई भी राष्ट्र अपना ध्वज त्यागकर विश्वबंधुत्व का ध्वज फहराने के लिए मान्यता नहीं देगा। फिर भी, हमारे देवी-देवताओं के पूजन से पावन हुए हमारे ध्वज के नीचे भगवान् बौद्ध यदि नहीं होते, तो हमारे ध्वज की श्रेष्ठता में थोड़ी कमी अवश्य रह जाती। जिस प्रकार श्रीराम, श्रीकृष्ण अथवा महावीर हमें अपने लगते हैं, उसी प्रकार हे भगवन्, तुम भी हमारे ही हो। ये शब्द हम लोगों की आत्मा की तीव्र भावनाओं से उपजे शब्द हैं। तुम्हारा दिव्य साक्षात्कार भी हम लोगों को आया हुआ एक स्वप्न है। यह इस मानवी भूमि पर सद्धर्म के तत्त्वज्ञान की विजय हुई तो हे भगवान्! तुम्हारे ध्यान में यह आ जाएगा कि जिस भूमि ने तुम्हें पालने में झुलाया है, जिस जाति ने तुम्हें पाल-पोसकर बड़ा किया है, वही भूमि तथा वही जाति इस सद्धर्म के यश का कारण है। तुम्हें जन्म देने से यह बात प्रमाणित न हो सकी है तो इन घटनाओं से वह अवश्य सिद्ध होगी कि यहाँ की भूमि और लोग इस धर्म के लिए जिम्मेदार हैं।

□

तं वर्ष भारतं नाम भारती यत्र संततिः

अभी तक हम लोगों ने संस्कृत ग्रंथों का आधार लेकर 'सिंधु' शब्द किस प्रकार बना—इसे समझने का प्रयास किया। हिंदू राष्ट्र की कल्पना में समय-समय पर वृद्धि होने के साथ ऐसा प्रतीत हुआ कि उस समय दिया हुआ 'सिंधुस्थान' नाम ही किसी भी अन्य नाम से अधिक सार्थक है। इसी स्थान पर हम लोगों ने अपना अनुसंधान अधूरा छोड़ दिया था। आर्यावर्त के समान इस नाम में भी संकीर्णता तथा एकपक्षीयता का दोष विद्यमान है। ऐसा आरोप यदि लगाया जाता है तो इस आरोप का खंडन करने हेतु 'सिंधुस्थान' शब्द की परिभाषा करते समय किसी भी पक्षपाती संस्था अथवा धार्मिक पंथ का संबंध अस्वीकार कर दिया गया। उदाहरण के लिए 'आर्यावर्त' की इस परिभाषा का अवलोकन करें। 'चातुर्वर्ण्यव्यवस्थानं यस्मिन्देशे न विद्यते। तं म्लेच्छदेशं जानीयादार्भावर्तस्ततः परम्॥' यह व्याख्या योग्य है, परंतु सार्वकालिक नहीं है। संस्था समाज के लिए होती है, परंतु समाज तथा उसके ध्येय किसी संस्था के लिए नहीं होते। हम लोगों का ध्येय सफल हो जाने पर अथवा उसके सफल होने की कोई संभावना न रहने पर चातुर्वर्ण्य व्यवस्था कदाचित् लुप्त हो जाएगी। तब क्या यह भूमि परायों की अथवा म्लेच्छभूमि बन जाएगी? संन्यासी, आर्यसमाजी, सिख तथा अन्य अनेक चातुर्वर्ण्य व्यवस्था को नहीं मानते। उन्हें क्या इस परिभाषा के अनुसार पराया मानना होगा? कदापि नहीं। हम लोगों के रक्त से ही वे उपजे हैं, एक ही ईश्वर मानते हैं, तं वर्ष भारतं नाम। भारती यत्र संततिः॥ यह परिभाषा पूर्व

की परिभाषा से दस गुना अधिक सार्थक है। यह अधिक वास्तविक है। हम हिंदू लोग एक हैं तथा हम लोगों का राष्ट्र भी एक है। 'भारती संततिः' (हम सब एक ही राष्ट्र की संतति हैं।)

हमारे राष्ट्र की जीवंत मातृभाषा—संस्कृतनिष्ठ हिंदी

इतिहास के उस काल में बौद्ध धर्म के अभ्युदय तथा ह्रास के पश्चात् हिंदुस्थान में हिंदी प्राकृत भाषाओं का विस्तार तथा विकास विलक्षण गति से हुआ। प्राचीन शिक्षित परंपरा की अभेद्य सीमाओं में संस्कृत भाषा इस प्रकार जकड़ गई थी कि नवीन शब्दों तथा नवीन कल्पनाओं का शिष्ट (भाषा में) वाङ्मय में प्रयोग करने से पूर्व ही उनका रूपांतर भाषा में करने की प्रथा प्रचलित हो गई। इसी कारण नित्य के व्यवहार के लिए तथा सामाजिक गतिविधियों के लिए प्राकृत भाषाओं का उपयोग किया जाने लगा। वस्तुतः ये प्राकृत भाषाएँ ही लोगों के प्रचलित तथा प्रज्वलित विचारों को नवीनता तथा संक्षिप्तता देने के लिए सर्वस्वी योग्य थीं। इसी कारण 'सिंधु' तथा 'सिंधुस्थान' शब्द कतिपय संस्कृत ग्रंथों में मिलते हैं, परंतु अधिकतर संस्कृत ग्रंथकारों ने प्रगल्भता निर्देश 'भारत' शब्द का ही उपयोग किया है, परंतु सभी प्राकृत बोलियों ने (प्राकृत) आर्यावर्त अथवा भारत जैसे परंपरागत तथा प्रिय नामों को स्वीकार नहीं किया तथा हम लोगों की भूमिका ने अधिक लोकप्रिय संबोधन हिंदुस्थान (सिंधुस्थान) ही प्रचलन में रखा। संस्कृत भाषा का 'स' अहिंदू

इतिहास के उस काल में बौद्ध धर्म के अभ्युदय तथा ह्रास के पश्चात् हिंदुस्थान में हिंदी प्राकृत भाषाओं का विस्तार तथा विकास विलक्षण गति से हुआ। प्राचीन शिक्षित परंपरा की अभेद्य सीमाओं में संस्कृत भाषा इस प्रकार जकड़ गई थी कि नवीन शब्दों तथा नवीन कल्पनाओं का शिष्ट (भाषा में) वाङ्मय में प्रयोग करने से पूर्व ही उनका रूपांतर भाषा में करने की प्रथा प्रचलित हो गई।

तथा हिंदू प्राकृत भाषाओं में 'ह' में किस प्रकार परिवर्तित हो जाता है, इस विषय का विवेचन यहाँ पुन: प्रस्तुत करने की आवश्यकता नहीं है। इसीलिए प्राकृत भाषाओं के वाङ्मयों में हिंदू तथा हिंदुस्थान का उल्लेख कई भिन्न स्थानों पर किया जाता रहा है। संस्कृत भाषा हम लोगों की जाति की अत्यंत पवित्र तथा अभिमानास्पद चिरंतन आनुवंशिक संपत्ति है, प्रमुख रूप से उसी के सामर्थ्य के कारण ही हम लोगों की जाति की मूलभूत एकता बनी रही। हमारे जीवन के सिद्धांत तथा हमारे ध्येय, आकांक्षाओं को अधिक उन्नत बनाकर देवभाषा संस्कृत ने ही हमारे जीवन-प्रवाह विशुद्ध तथा परिपूर्ण बनाए।

हमारे जीवन के सिद्धांत तथा हमारे ध्येय, आकांक्षाओं को अधिक उन्नत बनाकर देवभाषा संस्कृत ने ही हमारे जीवन-प्रवाह विशुद्ध तथा परिपूर्ण बनाए। फिर भी हमारे राष्ट्र के लोगों की जीवंत मातृभाषा बनने का बहुमान संस्कृत की ज्येष्ठ कन्या हिंदी को प्राप्त हुआ।

फिर भी हमारे राष्ट्र के लोगों की जीवंत मातृभाषा बनने का बहुमान संस्कृत की ज्येष्ठ कन्या हिंदी को प्राप्त हुआ। प्राचीन सिंधुओं अथवा हिंदुओं की राष्ट्रीय तथा सांस्कृतिक परंपरा चलाते हुए विख्यात बने हिंदुओं की भाषा बन गई—आज हिंदी निर्विवाद रूप से हिंदुस्थान की भाषा है। हिंदी को राष्ट्रभाषा के सम्राज्ञी पद पर स्थापित करने का प्रयास कुछ नया नहीं है। यह विवश होकर किया गया प्रयास भी नहीं है। हिंदुस्थान में ब्रिटिश साम्राज्य की स्थापना होने के अनेक शतक पूर्व संपूर्ण हिंदुस्थान की व्यावहारिक भाषा हिंदी ही थी। इस बात के प्रमाण उपलब्ध हैं। रामेश्वरम् से निकलकर हरिद्वार की यात्रा पर जानेवाला कोई साधु, संन्यासी अथवा कोई व्यापारी संपूर्ण यात्रा के समय संपूर्ण हिंदुस्थान में इसी भावना का प्रयोग करता गया। अपने मनोभाव व्यक्त करने में उसे किसी प्रकार की कठिनाई नहीं होती, पंडितों अथवा पृथ्वीपतियों की सभाओं में संस्कृत के कारण उसे प्रवेश मिलता, परंतु राजसभा में तथा हाट-बाजारों में हिंदी भाषा का ही प्रयोग किया जाता। हिंदी सब लोगों को जोड़नेवाली भाषा

थी। किसी नानक[२८] को अथवा रामदास को अथवा किसी अन्य चैतन्यशक्ति[२९] व्यक्ति को देश की एक सीमा से दूसरी सीमा तक यात्रा करते समय यह प्रतीत होता था कि वह अपने ही प्रदेश में घूम रहा है। अपने तत्त्वों का अथवा मंत्रणा का मुक्त प्रचार करने हेतु इसी भाषा का प्रयोग आवश्यक था तथा ऐसा ही किया गया। सिंधुस्थान अथवा सिंधु या हिंदुस्थान अथवा हिंदू—इन पुराने नामों का पुनरुज्जीवन हुआ। ये नाम लोकप्रिय होते गए तथा इसी के साथ हम लोगों की राष्ट्रीय भाषा का विकास तथा विस्तार भी होता गया। यह संपूर्ण राष्ट्र की संपत्ति बन जाने के पश्चात् इसे उचित रूप से 'हिंदी' नाम दिया गया।

हूणों तथा शकों को अपने पराक्रम से खदेड़ देने के पश्चात् कई शतकों तक हिंदुस्थान निर्भय स्वतंत्रता का आश्रय-स्थान बना रहा। इस भूमि पर स्वातंत्र्य तथा समृद्धि का साम्राज्य पुनः स्थापित हुआ। राजा तथा रंक—दोनों ही स्वराज्य और स्वातंत्र्य का सुखोपभोग करने लगे।

हिंदू राष्ट्र के वैभव का काल

हूणों तथा शकों को अपने पराक्रम से खदेड़ देने के पश्चात् कई शतकों तक हिंदुस्थान निर्भय स्वतंत्रता का आश्रय-स्थान बना रहा। इस भूमि पर स्वातंत्र्य तथा समृद्धि का साम्राज्य पुनः स्थापित हुआ। राजा तथा रंक—दोनों ही स्वराज्य और स्वातंत्र्य का सुखोपभोग करने लगे। इन हजार वर्षों के इतिहास का वर्णन इस देश के कवियों ने बड़े ही हर्षित भाव से किया है—

ग्रामे-ग्रामे स्थितो देवः देशे देशे स्थितो मखः।
गेहे गेहे स्थितं द्रव्यं धर्मश्चैव जने जने॥

(—भविष्य पुराण, प्रतिसर्ग पर्व)

सिंहल द्वीप से कश्मीर तक संपूर्ण हिंदुस्थान पर राजपूत वंश के एक ही राजा की सत्ता थी। कई बार परस्पर विवाहों के कारण राजपरिवारों में अधिक निकट के संबंध बन जाते तथा समान धर्म तथा संस्कृति के कारण वे

दृढ़ हो जाते। सुख तथा समृद्धि के कारण संपूर्ण राष्ट्र का जीवन मंगलमय, सुसंवादी और सामंजस्यपूर्ण बन गया था। राष्ट्रभाषा का उत्कर्ष हमारे राष्ट्रीय जीवन की एकता व अखंडता का प्रत्यक्ष प्रमाण था।

मुसलमानों के आक्रमण तथा हिंदुओं द्वारा शौर्यपूर्ण प्रतिकार

हिंदुस्थान के लोग सुख-समृद्धि के आनंद में मग्न होकर, सदा के लिए सुरक्षित होने के भ्रम में रहने के अभ्यस्त हो चुके थे। ऐसी घटनाएँ इतिहास में कई बार इससे पूर्व भी हो चुकी हैं। जब गजनी के महमूद[३०] ने सिंधु को पार करते हुए सिंधुस्थान पर आक्रमण किया, तब नींद में कुछ बाधा उत्पन्न हुई तथा हिंदुस्थान भय से जाग्रत् हो उठा। उसी दिन से जीवन-मरण का वास्तविक युद्ध प्रारंभ हुआ, पर जब युद्ध करने का प्रसंग आता है, तभी 'स्वतः' की पहचान अधिक स्पष्ट हो जाती है। समान बलशाली शत्रु के कारण राष्ट्रीय एकता[३१] बनाए रखने की अथवा एक विशाल राष्ट्र में एकजुट की भावना निर्माण करने की संभावना बढ़ जाती है। इस आक्रमण के कारण सिंधुस्थान को अधिक प्रभावी प्रेरणा इससे पूर्व में कभी प्राप्त नहीं हुई थी। इससे पूर्व कासिम के नेतृत्व में मुसलमान सिंधु पार करने में सफल हुए थे, परंतु उनका प्रहार सतही या शरीर को स्पर्श करनेवाला था तथा इससे हृदय पर कोई आघात नहीं हुआ था। प्रहार करनेवाले भी कुछ अधिक नहीं करना चाहते थे। निर्णायक संग्राम का प्रारंभ महमूद के साथ हुआ तथा इसका अंत अब्दाली[३२] से हुए युद्ध के पश्चात् ही हो सका। कई वर्षों, दशकों तथा शतकों

हिंदुस्थान के लोग सुख-समृद्धि के आनंद में मग्न होकर, सदा के लिए सुरक्षित होने के भ्रम में रहने के अभ्यस्त हो चुके थे। ऐसी घटनाएँ इतिहास में कई बार इससे पूर्व भी हो चुकी हैं। जब गजनी के महमूद ने सिंधु को पार करते हुए सिंधुस्थान पर आक्रमण किया, तब नींद में कुछ बाधा उत्पन्न हुई तथा हिंदुस्थान भय से जाग्रत् हो उठा।

तक यह संग्राम चलता रहा और इस अविरत चलनेवाले संग्राम में अरबस्तान कुछ ही वर्षों में नामशेष हो गया। ईरान जलकर राख बन गया। मिस्र, सीरिया, अफगानिस्थान (गजनी), बलूचिस्थान, तार्तार तथा (स्पेन) ग्रानडा गजनी तक के राष्ट्र तथा संस्कृति इसलाम के शांति प्रेमी (श्मशान शांति) खड्ग द्वारा संपूर्णतः नष्ट कर दी गई, परंतु इन देशों पर निर्णायक विजय प्राप्त करने का श्रेय नहीं मिला। उन्हें पूर्णतः नष्ट करने का श्रेय उसे मिल सका, केवल उनपर आघात करने का संतोष प्राप्त हुआ। प्रत्येक प्रहार पर जो घाव पड़ जाता वह पुनः प्रहार करने के समय तक ठीक हो जाता। पराजित लोगों की प्रतिकार-क्षमता विजयी आक्रमण से अधिक प्रभावी तथा प्रबल सिद्ध हुई। हिंदुस्थान का यह संग्राम केवल एक जाति से, राष्ट्र से अथवा किसी एक जनशक्ति से नहीं हो रहा था। संपूर्ण एशिया के अधिकतर राष्ट्र तथा उन्हें सहायता करनेवाले संपूर्ण यूरोप के राष्ट्र संग्राम में उपस्थित थे। अरबों ने सिंध प्रांत पर अधिकार कर लिया, परंतु इससे कुछ अधिक करने की शक्ति उनमें नहीं थी। कुछ समय पश्चात् अपनी ही भूमि में स्वतंत्र रहना अरबों के लिए असंभव हो गया। निकट भविष्य में एक स्वतंत्र राष्ट्र के रूप में उनकी पहचान नहीं रही, परंतु अरब, पर्शियन, पठान, बलूची, तार्तार, तुर्क, मुगल आदि के जागतिक स्वरूप में प्रचंड झंझावात से व्याप्त सहारा मरुस्थल से युद्ध करना पड़ा। धर्म एक अत्यधिक प्रभावी शक्ति है। लूटपाट करने की लालसा भी ऐसी ही एक प्रबल शक्ति है। जब यह शक्ति धर्मभावना पर हावी हो जाती है, तब उनके संयोग से एक भयावह दानवी शक्ति उपजती है। वह मानव का संहार करती है तथा प्रदेशों को जलाकर नष्ट कर देती है। जब महमूद सिंधु के पार

प्रत्येक प्रहार पर जो घाव पड़ जाता वह पुनः प्रहार करने के समय तक ठीक हो जाता। पराजित लोगों की प्रतिकार-क्षमता विजयी आक्रमण से अधिक प्रभावी तथा प्रबल सिद्ध हुई। हिंदुस्थान का यह संग्राम केवल एक जाति से, राष्ट्र से अथवा किसी एक जनशक्ति से नहीं हो रहा था।

आया तथा आक्रमण करते हुए उसने जिस प्रकार भयंकर संहार किया, इस बात पर आश्चर्य हुआ कि स्वर्ग तथा नरक इस कार्य के लिए साथी कैसे बन गए। यह भीषण संहार कई शतकों तक चलता रहा और हिंदुस्थान को इसका सामना अकेले ही करना पड़ा। नैतिक तथा सैनिक, दोनों ही दृष्टि से इस लड़ाई के समय अकबर ने जब राजसत्ता सँभाल ली और दाराशिकोह[33] का जन्म हुआ, तब हिंदुओं की वास्तविक नैतिक विजय हुई। अपनी खोई हुई नैतिक प्रतिष्ठा पुनः प्राप्त करने हेतु औरंगजेब ने जिस पागलपन का सहारा लिया, उससे तो अपनी सैनिक-श्रेष्ठता भी खो देने का खतरा उसके समक्ष उत्पन्न हो गया। अंततः सदाशिवराव भाऊ ने मुगल सिंहासन को हथौड़े के प्रहार से खंड-खंड कर दिया। पानीपत की लड़ाई में हिंदुओं को पराजित होना पड़ा, परंतु इस संपूर्ण युद्ध में जीत इन्हीं की हुई। तत्पश्चात् मराठों ने अटक पर विजयी हिंदू ध्वज फहराया। सिखों ने इसी ध्वज को सिंधु पार से जाते हुए इसे काबुल में गाड़ दिया। (सावरकर समग्र, खंड ३ के, हिंदूपदपादशाही, ग्रंथ में इसका विवरण अधिक विस्तार से दिया गया है।)

नैतिक तथा सैनिक, दोनों ही दृष्टि से इस लड़ाई के समय अकबर ने जब राजसत्ता सँभाल ली और दाराशिकोह का जन्म हुआ, तब हिंदुओं की वास्तविक नैतिक विजय हुई। अपनी खोई हुई नैतिक प्रतिष्ठा पुनः प्राप्त करने हेतु औरंगजेब ने जिस पागलपन का सहारा लिया, उससे तो अपनी सैनिक-श्रेष्ठता भी खो देने का खतरा उसके समक्ष उत्पन्न हो गया।

हिंदुत्व का आत्म-साक्षात्कार

इस भीषण तथा सुदी काल में जो युद्ध हुए, उनके परिणामस्वरूप हम सभी लोगों को हिंदू होने की अपनी पहचान अधिक स्पष्ट रूप से हो गई। इतिहास काल में पूर्व में ऐसा कभी नहीं हुआ था। संपूर्ण राष्ट्र एक समान राष्ट्रीय भावना से जुड़ गया। यह भूलना उचित नहीं होगा कि हमने अब तक

केवल हिंदुओं की गतिविधियों का विचार एकात्म रूप से ही किया है। ऐसा करते समय हिंदू धर्म के अतिरिक्त हिंदुत्व में समाविष्ट किसी अन्य कर्म का अथवा पंथ का विकार अभिप्रेत हमें नहीं था। सनातनी,[३४] सतनामी,[३५] सिख, आर्य,[३६] मराठा ब्राह्मण, पंचम[३७] आदि सभी ने हिंदू कहलाते हुए ही पराजय स्वीकार की थी तथा हिंदू बनकर विजय भी प्राप्त की। हम लोगों ने इस भूमि के तथा जाति के अन्य सभी नाम त्यागकर 'हिंदू' तथा 'हिंदुस्थान'—इन्हीं नामों को सुप्रतिष्ठित किया। आर्यावर्त दक्षिणापथ अथवा जंबुद्वीप और भारतवर्ष हम लोगों की राजनीतिक अथवा सांस्कृतिक विशेषताएँ स्पष्ट रूप से प्रकट करने हेतु असमर्थ सिद्ध हुए। हिंदुस्थान नाम में सामर्थ्य विद्यमान थी। सिंधु से सागर तक की भूमि हम लोगों की जन्मभूमि है—यह माननेवाले तथा सिंधु के इस तट पर निवास करनेवाले लोगों को स्पष्ट रूप से ज्ञात हो गया कि इस भूमि को एक ही नाम हिंदुस्थान से पहचाना जाता है। हिंदू होने के कारण हम लोगों के शत्रुओं के मन में हमारे प्रति द्वेषभाव था। इस कारण अकस्मात् कटक से अटक तक की जातियों को, पंथों को तथा मूल्यों को एक साथ सम्मिलित करनेवाला एक राष्ट्र अस्तित्व में आया। इस समय हम कहना चाहेंगे कि ई.स. १३०० से १८०० तक कश्मीर से सीलोन तक तथा सिंधु से बंगाल तक जो गतिविधियाँ तथा घटनाएँ घटीं वे कभी एक-दूसरे से संबद्ध थीं तो कभी उनमें अन्यान्य समानता दिखाई देती थी। इनसे राष्ट्र की अभिन्नता तथा एकरूपता स्पष्ट रूप से प्रकट हुई। इन गतिविधियों तथा घटनाओं का सूक्ष्म अध्ययन करते हुए उनकी ऐतिहासिक मीमांसा अथवा समालोचन अभी तक नहीं किया गया है। इसका कारण यह

सिंधु से सागर तक की भूमि हम लोगों की जन्मभूमि है—यह माननेवाले तथा सिंधु के इस तट पर निवास करनेवाले लोगों को स्पष्ट रूप से ज्ञात हो गया कि इस भूमि को एक ही नाम हिंदुस्थान से पहचाना जाता है। हिंदू होने के कारण हम लोगों के शत्रुओं के मन में हमारे प्रति द्वेषभाव था।

था कि हिंदुस्थान की प्रतिष्ठा तथा स्वातंत्र्य अबाधित केवल हिंदुस्थान की ही नहीं, अपितु सारे हिंदुत्व की संस्कृति तथा सार्वजनिक जीवन से जुड़ी एकता को प्रस्थापित करने का कार्य अधिक महत्त्वपूर्ण समझा गया था। इसी हिंदुत्व के लिए सैकड़ों रणभूमियों पर युद्ध करना पड़ा तथा हर प्रकार की राजनीतिक युक्ति का भी प्रयोग करना पड़ा। 'हिंदुत्व' शब्द हमारे संपूर्ण राजनैतिक जीवन की रीढ़ की हड्डी बन गया। इतना कि कश्मीर के ब्राह्मणों की यातनाओं से मलाबार के नायरों की आँखें अश्रुपूरित हो जातीं। हम लोगों के स्तुतिपाठक कवियों ने हिंदुओं की पराजय पर शोक काव्यों की रचना की। भविष्य-द्रष्टाओं ने हिंदुओं की भावनाएँ प्रज्वलित कीं। वीर योद्धाओं ने युद्ध किए, संत-महात्माओं ने हिंदुओं के प्रयासों को शुभाशीष दिए। राजनीतिक नेताओं ने हिंदुओं के परमोच्च भवितव्य को साकार किया। हम लोगों की माताओं ने युद्ध में जख्मों को सहलाया। हिंदुओं के पराक्रम तथा दिग्विजय से उनकी आँखें आनंदाश्रुओं से भर आईं।

हमारे इन कथनों की पुष्टि करनेवाले तथा उनकी मान्यता प्रस्थापित करनेवाले उद्धरण, जो हम लोगों के पूर्वजों के ग्रंथों में विद्यमान हैं, उन्हें संक्षेप में देना अथवा उन वचनों का उल्लेख करना संभव नहीं है। यदि ऐसा करने के प्रयास किए जाते हैं तो एक पूरा ग्रंथ बन जाएगा। हमारे विवेचन की दृष्टि से यह बहुत आकर्षक प्रतीत होता है।

महत्त्वपूर्ण स्फूर्तिदायक उद्धरण

हमारे इन कथनों की पुष्टि करनेवाले तथा उनकी मान्यता प्रस्थापित करनेवाले उद्धरण, जो हम लोगों के पूर्वजों के ग्रंथों में विद्यमान हैं, उन्हें संक्षेप में देना अथवा उन वचनों का उल्लेख करना संभव नहीं है। यदि ऐसा करने के प्रयास किए जाते हैं तो एक पूरा ग्रंथ बन जाएगा। हमारे विवेचन की दृष्टि से यह बहुत आकर्षक प्रतीत होता है। परंतु इस बात पर ध्यान देना

संभव प्रतीत नहीं होता, तथापि अति योग्य हिंदू व्यक्तियों के मुख से अथवा उनकी रचनाओं में जो आवेशयुक्त तथा स्फूर्तिप्रद वचन प्रकट हुए हैं, उनमें से कुछ प्रतिनिधिक रूप से उद्‌धृत करने में ही संतोष का अनुभव करना आवश्यक हो जाता है।

पृथ्वीराज रासो

चंदबरदाई द्वारा रचित 'पृथ्वीराज रासो' नामक महाकाव्य के समतुल्य प्राचीन तथा अधिकृत अन्य ग्रंथ हिंदी भाषा में आज तक लिखे गए नए व पुराने ग्रंथों में उपलब्ध नहीं है। ऐतिहासिक अनुसंधान का यही निष्कर्ष है। इस रचना का केवल एक ही लघुकाव्य उपलब्ध है, परंतु परम सौभाग्य और विलक्षण बात यह है कि प्राकृत भाषा में रचित इस आद्य काव्य में हिंदुस्थान का उल्लेख ज्वलंत देशाभिमान से किया गया है। चंदरबरदाई के पिता वेन कवि पृथ्वीराज के पिता को, अर्थात् अजमेर के राजा को संबोधित करते हुए कहते हैं—

> *चंदबरदाई द्वारा रचित 'पृथ्वीराज रासो' नामक महाकाव्य के समतुल्य प्राचीन तथा अधिकृत अन्य ग्रंथ हिंदी भाषा में आज तक लिखे गए नए व पुराने ग्रंथों में उपलब्ध नहीं है। ऐतिहासिक अनुसंधान का यही निष्कर्ष है। इस रचना का केवल एक ही लघुकाव्य उपलब्ध है...*

अटल ठाट महिपाठ, अटल तारागढ्थानं
अटल नग्न अजमेर, अटल हिंदव अस्थानं
अटल तेज परताप, अटल लंकागढ डंडिय
अटल आप चहुवान, अटल भूमिजस मंडिय
समरि भूप सोमेस नृप, अटल छत्र ओपै सुसर
कविराय वेन आसीस दे, अटल जगां रफेस कर।

हिंदी वाङ्मय के आद्यकवि की मान्यता प्राप्त कवि के रूप में चंदबरदाई

मुसलमानों द्वारा दिया हुआ यह निंदाजनक नाम स्वीकारते हुए राजपूतों के लिए यह आवश्यक नहीं था कि इस नाम का प्रयोग हमारे राष्ट्र का नाम मानकर उसी नाम से हम लोगों के राष्ट्र को संबोधित करते तथा अभिमानपूर्वक उसका प्रचार करते। हिंदुओं द्वारा शहाबुद्दीन को बाँधकर लाने के पश्चात् उसे इस शर्त पर मुक्त कर दिया गया कि पुनः हम लोगों की ओर आँखें उठाकर देखेगा भी नहीं।

का उल्लेख किया जाना अपरिहार्य हो जाता है। इस स्तुतिपाठक ने, हिंदू ने, 'हिंदवान' अथवा 'हिंद' शब्दों का प्रयोग इतनी सहजता से तथा सतत किया है कि ग्यारह शतक के पूर्व भी ये संबोधन मान्यता प्राप्त कर रोज के व्यवहार में भी रूढ़ हो चुके थे—ऐसा प्रतीत होता है। तब तक पंजाब में मुसलमानों के पैर जम नहीं पाए थे। इसलिए मुसलमानों द्वारा दिया हुआ यह निंदाजनक नाम स्वीकारते हुए राजपूतों के लिए यह आवश्यक नहीं था कि इस नाम का प्रयोग हमारे राष्ट्र का नाम मानकर उसी नाम से हम लोगों के राष्ट्र को संबोधित करते तथा अभिमानपूर्वक उसका प्रचार करते। हिंदुओं द्वारा शहाबुद्दीन को बाँधकर लाने के पश्चात् उसे इस शर्त पर मुक्त कर दिया गया कि पुनः हम लोगों की ओर आँखें उठाकर देखेगा भी नहीं। इस संबंध में कवि कहता है—

राखी पंचदिन साहि अदब आदर बहु किन्नो
सुज हुसेन गाजी सुपूत हथ्थै ग्रहि दिन्नो
कियं सलाम तिनबार जाहु अपन्ने सुथानह
मति हिंदुपर साहि सज्जि आऔ स्वस्थानह

परंतु हिंदुओं के परम सौजन्य से ठीक रास्ते पर शहाबुद्दीन लौटनेवाला नहीं था। वह सतत आक्रमण करता रहा तथा संग्राम होता रहा। इससे देवलोक के कलहप्रिय नारद को अत्यधिक हर्ष हुआ होगा।

जय हिंदुदल जोर हुअ छुट्टि मीरधर भ्रम
असमय अरबस्तान चला करन उद्वसाक्रम

और पुन:

जुरे हिंदु मीरं बहे खग्ग तारं
मुखे मारंमार कहे सूरसारं

तथा अंत में

हिंदु म्लेच्छ अधाअि घाअिन
नंची नारद युद्ध चायन!!

हिंदुओं को कुचलकर नामशेष करने के शहाबुद्दीन के प्रयास भी सफल नहीं हुए। एक दिन प्रद्युम्न राम द्वारा शहाबुद्दीन का वध करने की वार्त्ता दिल्ली में पहुँची और संपूर्ण दिल्ली नगर 'न भूतो न भविष्यति' हर्ष से नाचने लगा। हम लोगों के राजराजेश्वर पृथ्वीराज का अभिनंदन उस संपूर्ण नगर द्वारा किया गया।

आज भाग चहुआन घर।
आज भाग हिंदुवानं॥
इन जीवित दिल्लीश्वर।
गंज न सक्के आन॥

आज तक अनेक बार शपथ लेकर उन्हें तोड़नेवाला शहाबुद्दीन पुन: शपथ लेकर मुक्त हो गया था और उसने पुन: हिंदुस्थान पर भयंकर आक्रमण किया था। एक बार झपटकर वह दिल्ली तक भी पहुँच गया था। हिंदपति पृथ्वीराज ने तत्काल अपनी युद्धमंडल की सभा आमंत्रित की। शहाबुद्दीन ने उद्धततापूर्वक युद्ध के लिए ललकारा, रावल और सामंत का क्रोध भड़क उठा। मुसलमान दूत को विवाद करते समय उसे स्मरण दिलाते हुए कहा कि शाह ने कई बार हम लोगों के पैरों की धूल चाटी है।

निर्लज्ज म्लेच्छ लजे नहिं। हम हिंदु लजवानं॥

अंततः वह भीषण दिन समीप आने लगा। अब अनर्थकारक, भीषण निर्णायक युद्ध होगा—इसे दोनों पक्ष निश्चित रूप से समझ गए। हम्मीर ने जिस दिन विश्वासघात किया, उसी दिन चंदबरदाई स्तुतिपाठक दुर्गादेवी के समक्ष उपस्थित हुआ; उसने करुण रस परिप्लुत, परंतु देशाभिमान की याचना करते हुए निम्न प्रार्थना स्तोत्र के रूप में सादर की—

द्रग्गे हिंदुराजान बंदीन आयं
जैप जाप जालधरं तू सहायं
नमस्ते नमस्ते इ जालंधरानी
सुरं आसुरं नागपूजा प्रमानी॥

इस संग्राम का जो भयंकर निर्णय हुआ, उसका तथा उसके पश्चात् चंदबरदाई की जिस चतुर युक्ति से पृथ्वीराज ने शहाबुद्दीन का वध किया, उसका समग्र वर्णन करते हुए युद्ध में मरनेवाले उस हिंदू सम्राट् को अपनी अत्यंत हृदयस्पर्शी श्रद्धांजलि अर्पित करते हुए कवि ने अपना काव्य पूर्ण किया है—

धनि हिंदु प्रथिराज, जिन रजवट्ट उजारिय
धनि हिंदु प्रथिराज बोल कलिमझ्झ उगारिय
धनि हिंदु प्रथिराज जेन सुविहान ह संध्यो
बारबारह ग्रहिमुक्कि अंतकाल सर बंध्यो॥

श्री रामदास स्वामी का गूढ़ स्वप्न

'रासो' में भारत शब्द का प्रयोग अनेक स्थानों पर महाभारत के लिए किया गया है, परंतु 'भारतवर्ष' इस अर्थ में इसका उपयोग कम ही हुआ है। यह बात ध्यान देने योग्य है। यह बात हमारे अत्यंत प्राचीन प्राकृत ग्रंथों में दिखाई देती है। महान् हिंदवी क्रांति के बारे में तथा हिंदुओं की स्वतंत्रता के लिए मराठों ने जो युद्ध किए, के बारे में प्राकृत वाङ्मय में पढ़ने को मिलता

है। हिंदवी क्रांति के ज्ञाता तथा श्रेष्ठ अधिकारी उपदेशक समर्थ रामदास ने उन्होंने देखे हुए एक स्वप्न का उल्लेख भविष्यसूचक काव्य में दिया है। इस स्वप्न के अधिकांश सत्य होने की बात भी कही है—

स्वप्नी जे देखिले रात्री, ते ते तैसेचि होत से
हिंडता फिरता गेलो, आनंदवन भूवनी॥ १॥
बुडाले सर्वहि पापी हिंदुस्थान बळावले
अभक्तांचा क्षयो झाला, आनंदवन भूवनी॥ २॥
कल्पांत मांडिला मोठा, म्लेच्छ दैत्य बुडावया
कैपक्ष घेतला देवी, आनंदवन भूवनी॥ ३॥
येथून वाढला धर्म, राजधर्म समागमे
संतोष मांडिला मोठा, आनंदवनभूवनी॥ ४॥
बुडाला औरंग्या पापी, म्लेच्छ संहार जाहला
मोडिली मांडिली छत्रे, आनंदवन भूवनी॥ ५॥
बोलणे वाउगे होते चालणे पाहिजे बरे
पुढे घडेल ते खरे, आनंदवन भूवनी॥ ६॥
उदंड जाहले पाणी, स्नानसंध्या करावया
जपतप अनुष्ठाने, आनंदवन भूवनी॥ ७॥
स्मरले लिहिले आहे, बोलता चालता हरी
रामकर्ता रामभोक्ता, आनंदवन भूवनी॥ ८॥

शिवाजी महाराज का भक्तकवि—भूषण

देश की एक सीमा से दूसरी सीमा तक यात्रा करते हुए जिन्होंने हिंदुओं को कृति करने हेतु जाग्रत् किया तथा मुक्ति युद्ध करने तथा उसमें यशस्वी होने के लिए स्फूर्ति दी, उन राष्ट्रीय स्तुति पाठकों में राष्ट्रीय स्तुतिपाठ के रूप में अत्यंत विख्यात कवि भूषण ने औरंगजेब से इस प्रकार का प्रश्न पूछा—

लाज धरौ शिवजीसे लरौ सब सैयद सेख पठान पठायके
भूषन ह्यां गढकोटन हारे उह्य तुग क्यों मठ तोरे रिसायके॥

हिंदू के पति सोन विसात सतावन हिंदू गरीबन पायके।
लीजै कलंक न दिल्लीके बालम आलम आलमगीर कहायके॥

एक अन्य स्थान पर भूषण लिखता है—

'जगत् में जीते महावीर महाराजन ते'
'महाराज बावन हूँ, पातसाह लेवाने॥
पातसाह बावनौ दिल्ली के पातशाह दिल्लीपति
पातसाह जीसो हिंदूपति सेवा ने'
दाढी के रखैयन की दाढ़ीसी रहति छाति
वाढी जस मर्याद हद्द हिंदुवाने की
कढि गयि रयतिके मनकी कसम मिट गई
ठसक तमाम तुरकाने की
भूषण भनत दिल्लीपति दिल धकलका सुनिसुनि
धाक सिवराज मरदाने की
मोठी भयि चंडि बिन चोटी के चबाय सीस
खोटी भई संपति चकताके[३८] घराने की

(गरीब दीन गुसाइयों को, भिखमंगों को पीड़ा पहुँचाने से तथा हिंदुओं के मठ-मंदिरों को नष्ट करने में हे औरंगजेब! तुम इतनी बड़ाई क्यों दिखाते हो? प्रत्यक्ष हिंदूपति से संग्राम करने का धैर्य तुममें नहीं है, हिंदू सम्राट् शिवाजी ने तुम्हारा घमंड तोड़ दिया। तथापि विश्वविजेता, अर्थात् आलमगीर का असत्य खिताब अपने नाम के साथ जोड़ने का लांछनास्पद कार्य तुम करते रहे।)

शिवाजी महाराज के पराक्रम के विषय में भूषण गाता है—

राखी हिंदूवानो, हिंदूवान के तिलक राख्यो
स्मृति और पुराण राख्यो वेद विधी सुनि मै
राखी रजपूती राजधानी राखी राजन की,
धरामे धरम राख्या, राख्यो गुण गुणी में
भूषण सुकविजीति हद्द मरहट्टकी देस-देस

करिति बखानी तब सुनि मै
साही के सुपूत शिवराज समसेर तेरी दिल्लीदल
दाबीक दीवाल[३९] राखी दुनि मै ॥

छत्रसाल का गुणगान

शिवाजी राजा तथा उनके देश के वीरों ने वीरता व पराक्रम के जो कार्य किए थे, उनके संबंध में हिंदुस्थान के सभी स्वकीय हिंदुओं के मन में अभिमान तथा प्रशंसा की भावना विद्यमान थी। भूषण मराठा नहीं था, तथापि शिवाजी राजा से बाजीराव तक के मराठा योद्धाओं द्वारा किए गए आक्रमणों को अपने ही जाति के बांधवों द्वारा किए हुए आक्रमण मानकर उनपर वह गर्व का अनुभव करता था—ऐसा प्रतीत होता है। वह एक सच्चा तथा कट्टर हिंदू था। अंत तक वह अखिल हिंदू आंदोलन का महत्त्व बड़े नेताओं को समझाते हुए उसी प्रकार के स्फूर्तिप्रद तथा प्रभावी काव्यों की रचना करता रहा। भूषण कवि का अन्य प्रिय पुरुष था बुंदेलखंड का छत्रसाल—

शिवाजी राजा तथा उनके देश के वीरों ने वीरता व पराक्रम के जो कार्य किए थे, उनके संबंध में हिंदुस्थान के सभी स्वकीय हिंदुओं के मन में अभिमान तथा प्रशंसा की भावना विद्यमान थी।

हैवर[४०] हरट्ट[४१] साजि गैवर[४२] गरट्ट[४३] सम पैदर थट्ट फौज तुरकांनकी
भुषण भनत रायचंपतिको छत्रसाल रोप्यो रनख्याल

छत्रसाल की जो महिमा यहाँ वर्णित की गई है, उसमें असत्य का अंश भी नहीं है। शिवाजी, राजसिंह, गुरुगोविंदसिंह आदि के समान छत्रसाल वास्तव में हिंदुओं की रक्षक ढाल था। वह स्वयं को 'हिंदुओं का रक्षक' कहलाता था। छत्रसाल कहता है—

हिंदु तुरक दीन द्वै गाये। तिनसो बैर सदाचलि आये॥
लेख्यो सुर-असुर नको जैसो। केहरि करिन बखानो तैसो॥

जबते शहा तखत पर बैठे। तब ते हिंदुन सौं उर डाठे॥
सहगेकर तीरथनि लगाये। वेद आपके चित्त कि चाही॥
आठ पातशाही झुक झौरे। सूबनि बाँधि डांड के ले छौरे॥

छत्रसाल तथा शिवाजी की ऐतिहासिक भेंट के समय शिवाजी ने उसे प्रोत्साहित किया तथा उनको गौरवान्वित करते हुए कहा, 'तुम छत्री सिरताज। जाति अपनी भूमिको करो देश को राज॥ यह बुंदेला वीर जब बुंदेलखंड के प्रबल राजपूत सुजान सिंह से मिला, तब सुजान सिंह ने तत्कालीन राजकीय स्थिति का बहुत हृदयस्पर्शी वर्णन किया—

पातसाह लागे करन, हिंदूधर्म कौनासु
सुधि करि चंपतरायकी लइ बुंदेला सासु
जब तै चंपति करयौ पयानौ, तब तै परयौ हीन हिंदवानो
लग्यो होग तुरकजको जोरा, को राखे हिंदुन का तोरा
अब जो तुम कटि कसौ कृपानी, तौ फिरि चढ़े हिंदमुख पानी॥

इस कथन के पश्चात् सुजान सिंह ने अपनी समशीर तथा हृदय छत्रसाल को अर्पित किया। उसे उसके अंगीकृत कार्य में सफल होने के लिए आशीर्वाद भी दिए—

यह कहि प्रीति हिय उमगाई। दिए पान किरपान बधाई
दोऊ हाथ माथ पर राखे। पूरन करौं काब अभिलाखे
हिंदुधरम जग जाइ चलावौ। दौरि दिली दल हलनि हलावौ

(—छत्र प्रकाश)

सिख गुरु तेगबहादुर का हिंदुत्व के प्रति प्रखर अभिमान

वंदनीय गुरु तेगबहादुर ने हिंदूस्वातंत्र्य हेतु चल रहे युद्ध में न केवल रुचि ली, बल्कि वे उसमें प्रमुख रूप से सम्मिलित भी हुए। पंजाब में संग्राम जारी रखा तथा उस युद्ध में अपने प्राणों की आहुति भी चढ़ा दी। कश्मीर के ब्राह्मणों पर अत्याचार किए जाने के पश्चात् जब उनसे कहा गया कि या तो

मुसलमान बनो या मरने के लिए तैयार हो जाओ, तब उन्होंने तेगबहादुर से संपर्क किया। तेग बहादुर से उसने कहा—

तुम सुना दिजेसु ढिग तुर्केसु अबैसु इमगावो
इक पीर हमारा हिंदू भारा भाईचारा लख पावो
है तेग बहादुर जगत उजागर आगर तुर्क करो
तिसपाछे तबही हम फिर सबहि बन है तुरक भरा

(—पंथ प्रकाश)

(ब्राह्मणो! तुम्हें पीड़ा देनेवालों से कह दो कि हमारा एक नेता है तेग बहादुर। उसे पहले मुसलमान बना लो। बाद में हम भी मुसलमान बन जाएँगे।)

जब देश और धर्म के शत्रुओं ने उसे चुनौती दी, तब उस वीर गुरु ने निडरतापूर्वक कहा—

तिन ते सुन श्री तेगबहादुर। धर्म निवाहन विषे बहादुर॥
उत्तर भनयो कर्म हम हिंदू। अति प्रिय किम करे निकंहु

(—सूर्य प्रकाश)

(ये शब्द सुनकर गुरु तेगबहादुर ने उत्तर दिया—प्राण से भी प्रिय हिंदू धर्म की अप्रतिष्ठा मैं नहीं कर सकता।)

उन्हीं के यशस्वी पुत्र गुरुगोविंदसिंह, कवि, द्रष्टा तथा हम हिंदुओं के लिए युद्ध करने का प्रण करनेवाला योद्धा अपनी कविता में कहता है—

सकल जगत् में खालसा पंथ गाजे
जगे हिंदुधर्म सकल भंड भाजे

(—विचित्र नाटक, गुरुगोविंदसिंह कृत)

(खालसा पंथ का सर्वत्र प्रसार हो। हिंदू धर्म चिरंजित हो तथा सभी आडंबरों का नाश हो।)

हम सभी हिंदू हैं। संपूर्ण दक्षिण प्रदेश पर यवनों का अधिकार हो

चुका है। उन्होंने धर्मस्थलों को हानि पहुँचाई। हिंदू धर्म नष्ट किया। प्राणों की बाजी लगाकर इस धर्म की रक्षा करनी होगी। नई दौलत प्राप्त करनी होगी। यह करने के पश्चात् ही अन्न सेवन करेंगे। 'यह मार्ग उत्तम है, परंतु इस कार्य में सफल होना अत्यंत कठिन है। इस कार्य हेतु प्रतिष्ठित व्यक्तियों की आवश्यकता होगी, हिंदू राजा तथा हिंदू सेनाएँ सहायता करने विभिन्न स्थानों पर उपलब्ध होना आवश्यक है। ईश्वर की कृपा तथा सिद्ध पुरुषों के आशीर्वाद से ही यह किया जा सकेगा।' इस प्रकार का उपदेश महाचतुर तथा विश्वासपात्र दादोजी ने दिया था।

महान् इतिहासकार श्री राजवाडे के पास इस पत्र की मूल प्रति है। उसका अवलोकन करने से हमें ऐसा प्रतीत हुआ कि इस पत्र के रूप में सत्रहवें, अठारहवें शतक में हिंदू स्वराज्य-स्थापना के लिए हुए आंदोलन की मूल आत्मा के ही दर्शन हमें हो रहे हैं।

फिर भी दादोजी कोंडदेव इस प्रचंड आंदोलन का प्रमुख मार्गदर्शक था। सन् १६४६ में युवा शिवाजी ने अपने एक युवा देशप्रेमी सहकारी के नाम यह खत लिखा—

'शाह के प्रति आप लोग बेइमानी नहीं कर रहे हैं। मूल कुलदेवता स्वयंभू है, हमें उसी ने यश दिया है। भविष्य में हिंदवी राज्य की स्थापना के रूप में हम लोगों के मनोरथ भी पूरे होंगे। यह राज्य स्थापित किया जाए, ऐसी 'श्री' की इच्छा है।'

महान् इतिहासकार श्री राजवाडे के पास इस पत्र की मूल प्रति है। उसका अवलोकन करने से हमें ऐसा प्रतीत हुआ कि इस पत्र के रूप में सत्रहवें, अठारहवें शतक में हिंदू स्वराज्य-स्थापना के लिए हुए आंदोलन की मूल आत्मा के ही दर्शन हमें हो रहे हैं।

शिवाजी राजा का हिंदुत्व का आंदोलन

शिवाजी और उनके द्वारा चलाए गए राज्य के आंदोलन को कुचलने हेतु जब राजपूत सरदार जयसिंह ने आक्रमण किया, तब शिवाजी के प्रतिकार की उग्रता कुछ कम हो गई। हिंदुत्व की रक्षावाली ढाल अपने सहधर्मियों के, हिंदूधर्मीय बांधवों का रक्त बहाने हेतु तथा मुसलमानों को विजयी बनाने के लिए कटिबद्ध हो गई, तब प्रतीत हुआ कि यह बहुत उद्वेग बढ़ानेवाली घटना है। शिवाजी ने जयसिंह को लिखा—

'जो किले आप चाहते हैं, वे आपको सौंप दूँगा। आपका ध्वज भी उनपर फहराऊँगा, परंतु मुसलमानों को यश न दिलाइए। मैं हिंदू हूँ तथा आप राजपूत अर्थात् हिंदू ही हैं। यह राज्य मूलतः हिंदुओं का ही है। हिंदू धर्मरक्षकों के सम्मुख शत बार नतमस्तक हो सकता हूँ, परंतु जिस काम से हिंदू धर्म की अवमानना होती है, वह काम मैं कदापि नहीं करूँगा।'

'जो किले आप चाहते हैं, वे आपको सौंप दूँगा। आपका ध्वज भी उनपर फहराऊँगा, परंतु मुसलमानों को यश न दिलाइए। मैं हिंदू हूँ तथा आप राजपूत अर्थात् हिंदू ही हैं। यह राज्य मूलतः हिंदुओं का ही है। हिंदू धर्मरक्षकों के सम्मुख शत बार नतमस्तक हो सकता हूँ, परंतु जिस काम से हिंदू धर्म की अवमानना होती है, वह काम मैं कदापि नहीं करूँगा।'

जयसिंह पर इस पत्र का निस्संदेह प्रभाव पड़ा। प्रत्युत्तर देते हुए उसने लिखा, 'औरंगजेब बादशाह पृथ्वीपति है। स्वयं की तुलना उससे मत कीजिए। शत्रुतापूर्ण व्यवहार से इस समस्या का समाधन नहीं होगा। हम हिंदू हैं तथा जयपुर नरेश भी हिंदू ही हैं। हम लोग हिंदू धर्म स्थापना के तुम्हारे कार्य के समर्थक हैं।'

शिवाजी के नेतृत्व में उससे आप सुलह कर लीजिए। हिंदू सत्ता का उदय हुआ था। उसके कारण संपूर्ण हिंदुस्थान के हिंदुओं के मन में एक नया चैतन्य उपजा। अत्याचार तथा अन्याय से पीड़ित अभागे लोगों को शिवाजी

एक उद्धारक तथा प्रति अवतारी पुरुष प्रतीत हुए। मुसलमानों की दासता के जोत के नीचे त्रस्त होकर छटपटा रहे सावनूर जिले के निवासियों ने उसे एक प्रार्थनापत्र प्रेषित किया, 'यह यूसुफ बहुत प्रजापीड़क है। स्त्रियों तथा बालकों पर अत्याचार करता है। गोवध जैसे निंद्य कृत्य भी सतत करता रहता है। हम लोग उसके साथ रहते हुए ऊब गए हैं। आप हिंदू धर्म के संस्थापक तथा म्लेच्छों का नाश करनेवाले हैं। इस कारण हम लोगों ने आपसे संपर्क किया है। हम लोगों पर निगरानी रखी जाती है। वे हमारा अन्न-जल बंद कर हम लोगों का वध करना चाहते हैं। इसीलिए तुरत पहुँच जाइए।'

स्वतंत्रता के लिए धनाजी तथा उसके भाई का कार्य सम्मानित करने हेतु छत्रपति राजा राम ने बहिर्जी को अत्यंत सम्मानजनक तथा प्रतिष्ठा देनेवाली 'हिंदूराव' उपाधि से सम्मानित किया। उस समय जिंजी का घेरा तोड़कर बाहर आने की इच्छुक मराठा सेना उसी समय मुगल सेनाधिकारियों की ओर से युद्ध करनेवाले मराठों को अपनी ओर आकर्षित करने हेतु प्रयास कर रही थी।

मुसलमानों की सत्ता भविष्य में स्वीकार नहीं करने की प्रतिज्ञा करने के पश्चात् शिवाजी ने तंजावुर का राज्य अपने भाई व्यंकोजी को दिया तथा वहाँ की जागीर भी उसे प्रदान की। उस समय शिवाजी ने लिखा, 'हिंदुओं का द्वेष करनेवाले दुष्टों को अपने राज्य में स्थान नहीं देना।'

मराठों द्वारा की गई हिंदवी क्रांति

स्वतंत्रता के लिए धनाजी तथा उसके भाई का कार्य सम्मानित करने हेतु छत्रपति राजा राम ने बहिर्जी को अत्यंत सम्मानजनक तथा प्रतिष्ठा देनेवाली 'हिंदूराव' उपाधि से सम्मानित किया। उस समय जिंजी का घेरा तोड़कर बाहर आने की इच्छुक मराठा सेना उसी समय मुगल सेनाधिकारियों की ओर से युद्ध करनेवाले मराठों को अपनी ओर आकर्षित करने हेतु प्रयास कर रही थी।

एक उदाहरण इस प्रकार का है, 'नागोजी राजा से संपर्क किया है कि आप हम लोगों का साथ दीजिए। इससे हम लोग इस सेना को नष्ट कर सकते हैं। वहाँ के लोगों से संबंध-विच्छेद करो तथा हम लोगों से मिल जाओ। इसी प्रकार हम लोग हिंदू धर्म की रक्षा कर सकेंगे।'

नागोजी राजा मुसलमानों की सेना से अलग हो गया। मोरचे उठवा लिये तथा पाँच हजार की फौज लेकर शहर में आ गया। शिर्के मुगलों के अधीन हो गए (क्योंकि सांभाजी द्वारा उनका सत्यानाश किया गया था), इसी समय हम लोगों के तीन पुरुषों को मुगलों ने हाथी के पैरों तले कुचलवा दिया था, 'हम लोग हिंदुओं की दौलत के लिए युद्ध कर रहे हैं, आप भी इसके भागीदार हों।' तब शिर्के भी मराठों से मिल गए। राजाराम शत्रु का घेरा तोड़कर निकल गया।

नागोजी राजा मुसलमानों की सेना से अलग हो गया। मोरचे उठवा लिये तथा पाँच हजार की फौज लेकर शहर में आ गया। शिर्के मुगलों के अधीन हो गए (क्योंकि सांभाजी द्वारा उनका सत्यानाश किया गया था), इसी समय हम लोगों के तीन पुरुषों को मुगलों ने हाथी के पैरों तले कुचलवा दिया था, 'हम लोग हिंदुओं की दौलत के लिए युद्ध कर रहे हैं, आप भी इसके भागीदार हों।'

शाहू तथा सवाई जयसिंह[४५] में इस बात पर विवाद हुआ कि उनमें से हिंदू धर्म की रक्षा करने हेतु किसने अधिक काम किया था। यह एक मित्रतापूर्ण विवाद था। (सरदेसाई-मध्य विभाग) बाजीराव तथा नाना साहेब के समय की पीढ़ियों में भी इसी तरह की चुनौतीपूर्ण स्पर्धा थी। एक इतिहासकार लिखता है, 'बहुत से लोगों ने बाजीराव के कार्य का अनुकरण किया तथा उसे आगे बढ़ाया। ब्रह्मेंद्र स्वामी, गोविंद दीक्षित आदि संपूर्ण भारत की यात्रा का अनुभव प्राप्त करनेवाले साधु-संतों के मन में 'हिंदू पदपादशाही' की भावना उत्पन्न हो गई थी। वे सभी अपने शिष्य वर्ग को इसी भावना से उपदेश देते थे। बाजीराव ने स्वयं कहा है, 'ऐसे क्या देख रहे हो? जोरदार आक्रमण

करते हुए आगे बढ़ो। 'हिंदू पदपादशाही' की स्थापना अब अधिक दूर नहीं है।' (बाजीराव)

हिंदू पदपादशाही की धाक

उस समय के प्रमुख चिंतकों में ब्रह्मेंद्र स्वामी[४६] का उच्चतम स्थान था। हिंदू धर्म का समूल नाश जहाँ हो रहा है, वहाँ जाना उन्हें उचित प्रतीत नहीं हुआ। हिंदू साम्राज्य में ईश्वर तथा ब्राह्मणों पर अत्याचार किए जाने की बात कितनी लज्जास्पद है, इससे स्वामीजी ने शाहू को अवगत करा दिया। (सरदेसाई)

मथुराबाई ने स्वामीजी को लिखा है, 'शंकराजी मोहिते, गणोजी शिंदे, खंडोजी नालकर, रामाजी खराडे, कृष्णाजी मोड आदि सम्मान्य सरदारों ने राष्ट्र की रक्षा करते हुए शामलों (हब्शियों) को पराभूत किया तथा कोंकण में सिंधु दुर्ग पर अपना अधिकार बनाए रखा।'

मथुराबाई[४७] ने स्वामीजी को लिखा है, 'शंकराजी मोहिते, गणोजी शिंदे, खंडोजी नालकर, रामाजी खराडे, कृष्णाजी मोड आदि सम्मान्य सरदारों ने राष्ट्र की रक्षा करते हुए शामलों (हब्शियों) को पराभूत किया तथा कोंकण में सिंधु दुर्ग पर अपना अधिकार बनाए रखा।' मथुराबाई आंग्रे के पत्र अत्यंत ज्वलंत देशाभिमान से परिपूर्ण तथा आवेशपूर्ण हैं। महान् हिंदुस्थान का वास्तविक मर्म ज्ञात करने हेतु इन पत्रों का अवलोकन करना आवश्यक हो जाता है।

पुर्तगालियों ने गोवा में धर्म की आड़ लेकर लोगों को जो कष्ट दिए, वह यूरोप में तेरहवीं व चौदहवीं शताब्दी में 'इन्क्विजिशन'[४८] नामक धर्मसंस्था द्वारा रोमन कैथोलिक पंथ में विश्वास न रखनेवाले लोगों पर किए गए घोर अत्याचारों के बराबर थे। जब उन्होंने हिंदुओं को धार्मिक आचार-विधि आदि करने पर रोक लगा दी, तब लोगों को उनके मूलभूत अधिकारों के प्रति सचेत करानेवाले अंताजी माणकेश्वर ने उनकी आज्ञा का स्वयं उल्लंघन तो किया ही,

अन्य हिंदुओं को भी इसके लिए प्रेरित किया। वह यह बात भलीभाँति जानता था कि दुर्बलों द्वारा प्रतिकार किए जाने का अर्थ है दुर्बलों द्वारा भाग्य में लिखे हुए दुःखों को झेलते रहना। तत्कालीन दुर्बल परिस्थिति का सामना करने के लिए किसी बाजीराव अथवा चिमाजी अप्पा जैसे बलवान् से सहायता प्राप्त करना आवश्यक था। हिंदुस्थान में पुर्तगालव्याप्त प्रदेश में क्रांति करनेवाला यदि कोई था, तो वह अंताजी माणकेश्वर ही था। उसने हिंदू नेताओं की सहानुभूति बाजीराव को प्राप्त करवा दी। उसने मराठों पर वास्तविक रूप से दबाव डाला। चिमाजी अप्पा ने निर्णायक तथा सफल युद्ध द्वारा सारा हिंदू प्रदेश मुक्त कराया। अंताजी तो इस सारे आंदोलन का सूत्रधार था।

इसी समय वसई में हार जाने के बाद नादिरशाह ने हिंदुस्थान पर आक्रमण किया और दिल्ली पर अधिकार कर लिया। बाजीराव के मराठा हस्तकों ने उसे लिखा, 'तहमलसपकुलीखान नामक व्यक्ति कोई ईश्वर नहीं है जो संपूर्ण विश्व को काटकर नष्ट कर देगा। जबरदस्ती करने पर ही वह संधि कर लेगा। अतः शक्तिशाली सेना के साथ यहाँ आ जाइए।

(सावरकर समग्र, खंड ७ के 'गोमांतक' नामक काव्य में इन घटनाओं का विवरण दिया गया है।)

प्रथम बाजीराव पेशवा

इसी समय वसई में हार जाने के बाद नादिरशाह ने हिंदुस्थान पर आक्रमण किया और दिल्ली पर अधिकार कर लिया। बाजीराव के मराठा हस्तकों ने उसे लिखा, 'तहमलसपकुलीखान नामक व्यक्ति कोई ईश्वर नहीं है जो संपूर्ण विश्व को काटकर नष्ट कर देगा। जबरदस्ती करने पर ही वह संधि कर लेगा। अतः शक्तिशाली सेना के साथ यहाँ आ जाइए। प्रारंभ में जबरदस्ती और तत्पश्चात् सुलुक। यदि सारे राजपूत तथा स्वामी (बाजीराव) आप एक हो जाएँ तो निर्णय हो जाएगा। समस्त हिंदू बुंदेल आदि के एक स्थान

पर एकत्र होने की योजना बनाना उचित होगा। नादिरशाह अब वापस नहीं जानेवाला है। वह हिंदू राज्य पर आक्रमण करेगा। रायाजी (सवाई जयसिंह) राणाजी को सिंहासन पर आरूढ़ कराने के पक्ष में हैं। हिंदू राजा सवाई आदि, स्वामीजी, आपके आक्रमण की प्रतीक्षा कर रहे हैं। स्वामीजी द्वारा इस बात की पुष्टि हो जाने पर जाटों की सेनाओं को दिल्ली की ओर भेजकर सवाईजी भी दिल्ली की ओर प्रस्थान करेंगे।' (धोंड़ो गोविंद का बाजीराव के नाम पत्र)

परंतु वसई पर विजय प्राप्त न होने के कारण बाजीराव समय पर नहीं पहुँच सके। 'हिंदुओं के लिए बड़ा संकट उत्पन्न हो गया है। अभी तक वसई पर अधिकार करना संभव नहीं हो सका है। इसी समय समस्त मराठा फौजों का चमेली के पार जाना आवश्यक है। उसे (नादिरशाह को) इस पार नहीं आने दिया जाए, ऐसी मेरी मान्यता है।' (बाजीराव का ब्रह्मेंद्र स्वामी के नाम पत्र)

परंतु वसई पर विजय प्राप्त न होने के कारण बाजीराव समय पर नहीं पहुँच सके। 'हिंदुओं के लिए बड़ा संकट उत्पन्न हो गया है। अभी तक वसई पर अधिकार करना संभव नहीं हो सका है। इसी समय समस्त मराठा फौजों का चमेली के पार जाना आवश्यक है। उसे (नादिरशाह को) इस पार नहीं आने दिया जाए, ऐसी मेरी मान्यता है।'

परंतु उसका दृढ़ हृदय इन सभी संकटों का निवारण करने में सक्षम था; वह लिखता है, 'हम लोगों को परस्पर कलहों से बचना चाहिए (रघुजी को दंडित करने का विचार), हिंदुस्थान के लिए अब एकमेव शत्रु उत्पन्न हुआ है। मैं नर्मदा पार करते हुए संपूर्ण मराठी सेना चंबल तक फैला दूँगा। फिर देखेंगे कि नादिरशाह किस प्रकार नीचे उतर पाएगा।' (बाजीराव के पत्र)

सवाई जयसिंह अन्य नेताओं के समान ही हिंदुस्थान के पुनरुत्थान के आंदोलन का कट्टर अभिमानी था। बाजीराव को मालवा आने के लिए उसने पहल की, ताकि हिंदू स्वातंत्र्य संग्राम वहाँ तक पहुँचाना संभव हो सके।

शिवाजी महाराज की अनेक पीढ़ियों के अनुयायियों ने हिंदू पदपादशाही का महान् ध्येय अपने सम्मुख रखा तथा उसका प्रचार संपूर्ण हिंदुस्थान में करने के लिए बाजीराव का मालवा में जाना बहुत आवश्यक था। यह विद्वान्, स्वदेशाभिमानी राजपूत अपने एक पत्र में लिखता है, 'सिंधिश्री···नंदलालजी प्रधान व भाईजी ठाकुर इंदौर अमर गढसु महाराजाधिराज श्री सवाई जयसिंहजी कृत प्रमाण बच जो···सो आपको लिखते हैं कि बादशाह ने चढ़ाई की है तो कुछ चिंता नहीं। श्री परमात्मा पार लगावेगा। बाजीराव पेशवा से हमने आपके निसबत कोल-वचन करा लिया है।' आगे पुनः लिखता है, 'आपको जितनी शाबाशी दी जाए, कम है। सब मालवा सरदारों के एक होकर रहने से हिंदू धर्म का कल्याण होगा और मालवा में हिंदू धर्म की वृद्धि होगी। इस बात पर विचार कर मालवा में मुसलमानों की नौमेद कीजिए और हिंदू धर्म कायम रखें।' (जयसिंह का पत्र, २६ अक्तूबर, १७२१ ख्रि.)

'सिंधिश्री···नंदलालजी प्रधान व भाईजी ठाकुर इंदौर अमर गढसु महाराजाधिराज श्री सवाई जयसिंहजी कृत प्रमाण बच जो···सो आपको लिखते हैं कि बादशाह ने चढ़ाई की है तो कुछ चिंता नहीं। श्री परमात्मा पार लगावेगा। बाजीराव पेशवा से हमने आपके निसबत कोल-वचन करा लिया है।'

हिंदू स्वातंत्र्य का अग्रणी नेता नाना साहब

हिंदू स्वातंत्र्य तथा हिंदू पदपादशाही के इस महान् युद्ध में विख्यात होनेवाले वीरों में बाजीराव का पुत्र नानासाहब सर्वश्रेष्ठ अग्रगण्य नेता था। उसके लिखे हुए पत्र एक स्वतंत्र अध्ययन का विषय है। वह जहाँ उपस्थित रहता है, वहाँ हिंदुत्व का प्रचार करते हुए दिखाई देता है। ताराबाई को वह लिखता है, 'मुगल केवल हिंदू राज्य के शत्रु हैं, उनसे अच्छे संबंध बनने की संभावना उत्पन्न होने पर हम लोगों के सेवक उचित आचरण नहीं करते। यह दोष है।' (नानासाहब के पत्र)

पानीपत की युद्धभूमि में बड़ी जन-धन की हानि हुई थी, परंतु सर्वनाश नहीं हुआ था, क्योंकि उस युद्ध में दो वीर बच गए थे तथा उन्होंने हिंदुत्व का कार्य सँभाल लिया था। वे थे नाना फडनवीस तथा महादजी—हिंदू राजसत्ता की बुद्धि, तलवार तथा ढाल! न पानीपत की भीषण पराजय के पश्चात् भी—उस तरह का पराभव होने के कारण ही—इन दोनों ने सतत चालीस साल तक अपने विचारों तथा कृति से कठोर संग्राम जारी रखा। पानीपत में विजयी होनेवालों पर भी इतना जबरदस्त प्रहार हुआ था कि इसके फलस्वरूप हिंदू ही हिंदुस्थान के वास्तविक राजा सिद्ध हुए। इतिहास में जो सफल अपरिवर्तन हुआ था उसे स्पष्ट रूप से जान लेना राष्ट्र के विकास के कारण ही संभव था। हिंदू साम्राज्य के विषय में तथा हिंदुत्व के लिए जो विश्वास मन में जागा था, उसके प्रमाण उस समय के बुद्धिमान तथा राजनीतिज्ञों की रचनाओं में स्पष्ट रूप से दिखाई देता है।

पानीपत की युद्धभूमि में बड़ी जन-धन की हानि हुई थी, परंतु सर्वनाश नहीं हुआ था, क्योंकि उस युद्ध में दो वीर बच गए थे तथा उन्होंने हिंदुत्व का कार्य सँभाल लिया था। वे थे नाना फडनवीस तथा महादजी—हिंदू राजसत्ता की बुद्धि, तलवार तथा ढाल!

गोविंदराव काले का फडनवीस के नाम पत्र

नाना फडनवीस तथा महादजी के परस्पर मतभेद पूर्णतया समाप्त हो जाने से संपूर्ण महाराष्ट्र हर्षित हो गया, यह वार्त्ता पेशवा के राजदूत गोविंदराव काले के पास पहुँचते ही उन्होंने नानासाहब फडनवीस को एक पत्र लिखा—

'पत्र देखते ही रोमांचित हो उठा। संतुष्ट भी हुआ, परंतु पत्र में इसे विस्तारपूर्वक नहीं लिख सकता। ऐसा करने से कई ग्रंथ बन जाएँगे! अटक नदी के इस पार से दक्षिण सागर तक हिंदुओं का प्रदेश है। तुर्कस्थान नहीं है। हम लोगों की ही शृंखला पांडवों से विक्रमादित्य तक रही थी। उन्होंने इसका उपयोग किया। उसके पश्चात् के राजा नादान थे। यवन प्रबल बन

गए। चकतों ने (बाबर के वंशज) हस्तिनापुर पर अधिकार जमाया। अंत में आलमगीर के राज में यज्ञोपवीत पर साढ़े तीन रुपए का जजिया कर लगाया गया तथा खाद्य-पदार्थ ही खरीदने की परिस्थिति आ गई।

'उन दिनों में शिवाजी महाराज ही धर्मरक्षक सिद्ध हुए। उन्होंने देश के एक भाग में धर्मरक्षण किया। तत्पश्चात् कैलाशवासी नानासाहब तथा भाऊसाहब प्रचंड सूर्य के समान अपूर्व प्रतापी हुए। यह सूत्र श्रीमान् के पुण्यप्रताप के कारण तथा राजेश्री पाटिलबुवा की बुद्धि तथा तलवार के पराक्रम के कारण घर में हुआ वैभव है; परंतु यह किस प्रकार संभव हुआ? जो कुछ प्राप्त हुआ, उससे अधिक ही सुलभ हो गया। यदि कोई मुसलमान ऐसा करता तो उसकी बहुत प्रशंसा की जाती तथा इस घटना को ऐतिहासिक महत्त्व प्राप्त हो जाता। यवनों द्वारा की गई छोटी सी अच्छी घटना को पहाड़ समान बड़ी बताया जाता है। हम हिंदू लोग आकाश जितनी बड़ी घटनाओं का भी उल्लेख नहीं करते। यही हम लोगों की प्रथा है।' अलभ्य घटनाएँ हुईं, परंतु यह काफरशाही हुई, ऐसा यवनों को प्रतीत हुआ—

'उन दिनों में शिवाजी महाराज ही धर्मरक्षक सिद्ध हुए। उन्होंने देश के एक भाग में धर्मरक्षण किया। तत्पश्चात् कैलाशवासी नानासाहब तथा भाऊसाहब प्रचंड सूर्य के समान अपूर्व प्रतापी हुए। यह सूत्र श्रीमान् के पुण्यप्रताप के कारण तथा राजेश्री पाटिलबुवा की बुद्धि तथा तलवार के पराक्रम के कारण घर में हुआ वैभव है; परंतु यह किस प्रकार संभव हुआ?

'परंतु जिन्होंने सिर ऊँचा करने का प्रयास किया, उनके मस्तक काट दिए गए। अनपेक्षित रूप से धन प्राप्त हुआ। उसकी व्यवस्था शककर्ता के समान करने के पश्चात् उसका उपभोग करना आगे की बात है। कहीं भाग्य साथ नहीं देगा तो कहीं किसी को शापवाणी का प्रभाव होगा। कुछ नहीं कहा जा सकता। जो कार्य हुआ है, वह केवल राज्य अथवा भूमि प्राप्त करने तक ही सीमित नहीं है। वेद-शास्त्र रक्षण। गो-ब्राह्मण प्रतपालन, सार्वभौमत्व की

प्राप्ति, नई कीर्ति तथा यश भी सम्मिलित हैं। इसे जतन से रखो। यह अधिकार आपका तथा पाटील बाबा का है। उसमें कुछ बाधा उत्पन्न होने से दोस्त दुश्मन बनकर बलशाली हो जाता है। संदेह दूर हो गया। यह अच्छी बात हुई। दुश्मन निकट ही विद्यमान है। इसके कारण कुछ बेचैन था। आपका पत्र पाकर चिंता दूर हो गई।' (१७२३ ख्रि.)

इतनी सहज-सुंदर शैली में लिखा गया यह पत्र हमारे इतिहास का अंतरंग दर्शन जिस उत्कटता से तथा वास्तविक रूप से स्पष्ट करता है, उतना इतिहास के नीरस ग्रंथों में नहीं मिलता। इस लेखक द्वारा हिंदू तथा हिंदुस्थान—नामों की व्युत्पत्ति कितनी सहजता से दी गई है! हमारी आखिरी पीढ़ी के पूर्वज भी हिंदू तथा हिंदुस्थान—नामों से कितना प्रेम करते थे। कितना भक्तिभाव था, नामों से वे कितने एकरूप हो चुके थे, इन बातों को यह पत्र बड़ी हार्दिक भावना से प्रकट करता है। इसे सिद्ध करने के लिए अन्य प्रमाणों की आवश्यकता नहीं है।

□

'हिंदू' नाम मुसलमानों ने द्वेषपूर्वक दिया है : इस धारणा के लिए कोई आधार नहीं है

हमने अभी तक प्राचीन वैदिक काल से लेकर हिंदू साम्राज्य के सन् १८१८ के अंत तक हिंदू तथा हिंदुस्थान नामों के इतिहास के सभी अध्यायों की क्रमबद्ध जानकारी प्राप्त करने का प्रयास किया है। इसके पश्चात् हिंदुत्व के प्रमुखतम अभिलक्षण निश्चित करने का जो प्रमुख उद्देश है, उसपर ध्यान केंद्रित करना होगा। इस कार्य हेतु योग्य भूमिका बन गई है। हमारे इस अनुसंधान के प्रारंभ में ही यह निश्चित रूप से ज्ञात हुआ कि हमारे विद्वान्, परंतु अधीर लोगों के मन में एक संदेह दृढ़ हो चुका है कि मुसलमानों ने द्वेषपूर्ण भावना से ही हम लोगों को 'हिंदू' नाम दिया है। इस संदेह का संपूर्ण खंडन अब हो चुका है। इस नाम के इतिहास पर इतने समग्र रूप से लिखने के पश्चात् यह संदेह बचकाना लगता है; उनका केवल निर्देश करना ही उसका खंडन करने के बराबर है। मोहम्मद के जन्म से बहुत वर्ष पूर्व तथा अरब राष्ट्रों के बारे में विश्व के लोगों को किसी प्रकार की जानकारी होने के कई शतक पूर्व इस प्राचीन राष्ट्र को हम लोग तथा अखिल विश्व 'सिंधु' अथवा 'हिंदू' नाम से ही जानते थे। जिस प्रकार सिंधु नदी की खोज करना अरबों के लिए संभव नहीं हुआ, उसी प्रकार सिंधु नाम की खोज करना भी उनके लिए संभव नहीं था। ईरानी, यहूदी तथा अन्य लोगों के माध्यम से ही अरब इस नाम से परिचित हुए। इतिहास के प्रमाणों द्वारा इस बात का खंडन करने का प्रयास हम छोड़ भी दें, तब भी; यदि यह नाम हमें शत्रुओं द्वारा तिरस्कार से दिया हुआ

नाम है, जैसा कि कुछ लोगों का विचार है, तब हम लोगों के जातीय सर्वश्रेष्ठ तथा पराक्रमी व्यक्ति क्या भूलवश भी उसे स्वीकार करते? यह धारणा भी मिथ्या है कि हम लोगों के पूर्वज अरबी या पर्शियन भाषा से अवगत नहीं थे।

हिंदू अथवा हिंदुस्थान शब्दों से जिस अपमान का बोध होता था, उसे हम लोग क्यों सहते रहें? इसका एक कारण यह भी है कि वे लोग हम लोगों की अपमान-परंपरा से पूरी तरह परिचित थे। हम लोगों में बहुत से लोग ऐसे भी हैं, जो राष्ट्रीय कारणों से कहते हैं कि हिंदू शब्द संस्कृत भाषा का शब्द नहीं है, परंतु इस शब्द की यह विशेषता नहीं है।

मुसलमान हम लोगों को काफिर नाम से संबोधित करते थे। इस कारण क्या हम लोगों ने इस नाम को स्वीकारते हुए क्या उसे अपना वैशिष्ट्यपूर्ण संबोधन कहा था? अत: हिंदू अथवा हिंदुस्थान शब्दों से जिस अपमान का बोध होता था, उसे हम लोग क्यों सहते रहें? इसका एक कारण यह भी है कि वे लोग हम लोगों की अपमान-परंपरा से पूरी तरह परिचित थे। हम लोगों में बहुत से लोग ऐसे भी हैं, जो राष्ट्रीय कारणों से कहते हैं कि हिंदू शब्द संस्कृत भाषा का शब्द नहीं है, परंतु इस शब्द की यह विशेषता नहीं है। संस्कृत वाङ्मय में किशन, बनारस, मराठा, सिख, गुजरात, पटना, सिया, जमना आदि रोज के व्यवहार में प्रयोग किए जानेवाले शब्द भी तो नहीं हैं। अन्य सैकड़ों शब्दों को भी संस्कृत भाषा में स्थान नहीं है। इस कारण क्या ऐसा समझ लेना होगा कि ये शब्द अन्य पराई भाषा के शब्द हैं? बनारस शब्द संस्कृत भाषा में नहीं है। परंतु प्राकृत भाषा के इस शब्द का वाराणसी पर्यायवाची शब्द संस्कृत भाषा में है। अत: बनारस मान्यता प्राप्त शब्द है—ऐसा कहना उचित होगा। संस्कृत भाषा में प्राकृत शब्दों की खोज करना बहुत हास्यास्पद प्रतीत होता है। हिंदू शब्द संस्कृत के किसी शब्द का प्राकृत रूप है। यह सच है, परंतु यह प्राकृत रूप भी यदाकदा संस्कृत वाङ्मय में दिखाई देता है। इससे वह प्राकृत शब्द कितना महत्त्वपूर्ण है—यह बात प्रमाणित हो जाती है। उदाहरणार्थ—मेरू तंत्र

में 'हिंदू' शब्द का प्रयोग हुआ है। महाराष्ट्र के आपटे तथा बंगाल के तर्क वाचस्पति जैसे दो विख्यात कोशकारों ने इस शब्द को अपने कोशों में स्थान दिया है, 'शिव-शिव न हिंदुर्न यवनः' इस उक्ति से हम लोगों का परिचय इतना निकट का है कि इसे उद्धृत करना आवश्यक नहीं है।

'सप्तसिंधु' 'हप्तसिंधु' का ही रूपांतर है

यह भी संभव है कि मुसलमानों की भाषा से प्रभावित फारसी भाषा में 'हिंदू' शब्द के साथ तिरस्कार की कोई भावना जुड़ गई हो, परंतु इस बात से यह कदापि प्रमाणित नहीं हो सकता कि हिंदू शब्द का मूल अर्थ कोई तुच्छतापूर्ण तथा 'काला' शब्द है। फारसी भाषा में हिंदी अथवा हिंदी शब्दों का प्रयोग होता है, परंतु इसका अर्थ 'काला आदमी' होता है, इसका कोई प्रमाण प्राप्त नहीं होता। सभी लोगों को ज्ञात है कि ये शब्द 'हिंदू' शब्द के साथ सिंधु अथवा सिंध इन संस्कृत शब्दों में उत्पन्न हुए हैं, यह मान भी लिया जाय कि सिंधु शब्द का प्रयोग करना हम लोगों के काले होने से संबंधित है, तब भी हिंदू अथवा हिंदी शब्दों का अर्थ 'काला आदमी' न होते हुए भी उनका प्रयोग हमें संबोधित करने हेतु किया जाता है। 'हिंदू' शब्द मुसलमानों की भाषा से प्रभावित फारसी भाषा से उत्पन्न नहीं हुआ है। ईरान की प्राचीन भाषा के झेंद अवेस्ता के छेद से उपजे 'हप्त सिंधु' का अर्थ केवल सप्तसिंधु ही दिया गया है। हम लोग काले हैं, इस एकमात्र कारण से हम लोगों को यह नाम प्राप्त हुआ है, यह बात कदापि संभव नहीं है। इसका एक सीधा सा कारण है, अवेस्ताकालीन हिंदू प्राचीन काल से सप्तसिंधु उस समय आर्यावर्त के लोगों के समान ही

यह भी संभव है कि मुसलमानों की भाषा से प्रभावित फारसी भाषा में 'हिंदू' शब्द के साथ तिरस्कार की कोई भावना जुड़ गई हो, परंतु इस बात से यह कदापि प्रमाणित नहीं हो सकता कि हिंदू शब्द का मूल अर्थ कोई तुच्छतापूर्ण तथा 'काला' शब्द है।

सुंदर थे तथा उनके पड़ोस में ही रहते थे। कभी-कभी उनके साथ भी ख्रिस्त काल के प्रारंभ में हम लोगों के सीमा प्रदेश को पर्शियन लोग 'श्वेत भारत' कहते थे। इससे यह स्पष्ट हो जाता है कि 'हिंदू' शब्द का 'काला' अर्थ तो किसी समय भी नहीं किया जाता था।

इस कारण क्या 'हिंदू' नाम हम लोगों को त्याग देना चाहिए?

वस्तुत: जब मुसलमान अथवा मुसलमानी संस्कारों से प्रभावित फारसी शब्दों का अस्तित्व भी नहीं था, तब से हिंदू अथवा हिंदुस्थान नाम हम लोगों की भूमि तथा राष्ट्र के लिए स्वाभिमान से तथा गौरवपूर्ण उल्लेख करने हेतु प्रयोग किए जा रहे हैं। यह बात पूर्व में दिए हुए विवेचन से भी सिद्ध हो चुकी है। इसी कारण 'हिंदू' नाम की महती तथा हम लोगों के मन में विद्यमान भक्तिभाव का विचार करते हुए ऐसा प्रतीत होता है कि यदि कुछ अविवेकी लोग इस नाम से कुछ भले-बुरे अर्थ जोड़ देते हैं, तब उन्हें विशेष महत्त्व न देकर इस बात पर विचार करने की कुछ भी आवश्यकता नहीं है। किसी समय प्रत्यक्ष इंग्लैंड में अधिकार करनेवाले नॉर्मल लोगों ने 'इंग्लैंड' शब्द को समझना प्रारंभ किया तथा परस्पर दोषारोपण करते समय इसी शब्द का प्रयोग किया जाता, 'मैं क्या इंग्लिश बन जाऊँ?' ऐसा कहना स्वयं की भयंकर अप्रतिष्ठा करना माना जाता। किसी नॉर्मन व्यक्ति को 'इंग्लिश' नाम से संबोधित किया जाना एक अक्षम्य अपराध था। इसीलिए क्या भूमिका तथा राष्ट्र का नाम परिवर्तित कर नॉमर्ल करने का विचार इंग्लैंड के निवासियों के मन में आया था? भूलकर भी वह

जब मुसलमान अथवा मुसलमानी संस्कारों से प्रभावित फारसी शब्दों का अस्तित्व भी नहीं था, तब से हिंदू अथवा हिंदुस्थान नाम हम लोगों की भूमि तथा राष्ट्र के लिए स्वाभिमान से तथा गौरवपूर्ण उल्लेख करने हेतु प्रयोग किए जा रहे हैं। यह बात पूर्व में दिए हुए विवेचन से भी सिद्ध हो चुकी है।

नहीं आया होगा अथवा ऐसा करने से क्या वे तत्काल महत्त्वपूर्ण बन जाते?

उन्होंने दृढ़तापूर्वक अपने नाम तथा वंश के नाम का त्याग नहीं किया। उस समय के तिरस्कृत इंग्लिश लोग तथा उनकी भाषा विश्व के अभूतपूर्व विशाल साम्राज्य के स्वामी बन गए; परंतु इंग्लिश साम्राज्य-वैभव इतना आश्चर्यजनक होते हुए भी हिंदू जगत् के अपार वैभव की तुलना करने योग्य इंग्लैंड के पास कुछ भी नहीं था।

हिंदू नाम विश्व के लिए अभिमान का द्योतक है

जब दो राष्ट्रों के परस्पर संबंधों में कुछ विसंगति उत्पन्न हो जाती है, तब वे अपना संतुलन खोकर अनियंत्रित हो जाते हैं। पारसी तथा अन्य कुछ लोग कुछ समय पूर्व यदि हिंदू शब्द 'चोर' अथवा 'काला आदमी'—इसके अर्थ में प्रयोग करते होंगे तो उन्हें इस बात का स्मरण रखना आवश्यक है कि हिंदू लोग भी 'मुसलमान' शब्द का प्रयोग किसी उच्च समझे जानेवाले व्यक्ति के लिए नहीं करते थे। किसे 'मुसलमान' अथवा 'मुसंडा' कहा जाता है, यदि ऐसा समझा जाता कि उसे पशु मानना भी इससे अधिक अच्छा था। जब आपस में प्राणांतक संग्राम होते हैं, जब क्षुब्ध तथा पाशवी क्रोध की ज्वालाएँ प्रज्वलित होती हैं, तब इस प्रकार के मर्मभेदी तथा कटु अपशब्दों का प्रयोग करते हुए परस्परों पर दोषारोपण करना अपरिहार्य हो जाता है और उस समय यह उचित भी प्रतीत होता है; परंतु जब लोग इस पागलपन से मुक्त होकर

जब दो राष्ट्रों के परस्पर संबंधों में कुछ विसंगति उत्पन्न हो जाती है, तब वे अपना संतुलन खोकर अनियंत्रित हो जाते हैं। पारसी तथा अन्य कुछ लोग कुछ समय पूर्व यदि हिंदू शब्द 'चोर' अथवा 'काला आदमी'—इसके अर्थ में प्रयोग करते होंगे तो उन्हें इस बात का स्मरण रखना आवश्यक है कि हिंदू लोग भी 'मुसलमान' शब्द का प्रयोग किसी उच्च समझे जानेवाले व्यक्ति के लिए नहीं करते थे।

पुनः अपनी चेतना प्राप्त कर लेते हैं, तब स्वयं को भले मानव कहलाते हुए इस प्रकार के अपशब्दों को तथा परस्परों पर किए गए दोषारोपणों का विस्मरण कर लेना ही उचित मानते हैं। हम लोगों को इस बात का भी स्मरण रखना चाहिए कि प्राचीन ज्यू लोग 'हिंदू' शब्द का प्रयोग सामर्थ्य तथा उत्साह के लिए करते थे, क्योंकि ये गुण हम लोगों की भूमि तथा राष्ट्र के ही गुण हैं। 'सो हाब मो अलक्क' नामक अरबी महाकाव्य में कहा गया है कि अपने ही रक्त के लोगों द्वारा किए गए अत्याचार हिंदुओं के खड्ग से भी अधिक कष्टप्रद तथा वेदनामय होते हैं, 'हिंदुओं के शब्दों में उत्तर देना' यह कहावत ईरान में रूढ़ हो चुकी है। 'हिंदू खड्ग से प्रबल तथा गहरा प्रहार करना' यही अर्थ इस कहावत में अभिप्रेत है। प्राचीन बैबिलोनियत लोग अत्युत्तम कपड़े को 'सिंधु' नाम से ही जानते थे। बैबिलोनियत लोग इस शब्द को राष्ट्रीयवाचक अर्थ के अतिरिक्त अन्य अर्थों में भी प्रयोग करते थे, इससे हम अनभिज्ञ थे।

हमारे अत्यंत प्राचीन पड़ोसी चीन राष्ट्र के विख्यात यात्री ह्वेनसांग ने 'हिंदुस्थान' का जो हर्षजनक अर्थ दिया है, उसे सुनकर कोई भी हिंदू गौरवान्वित होगा। उसके अनुसार संस्कृत भाषा का 'इंदु' शब्द हम लोगों को राष्ट्रीय संबोधन हिंदू से सर्वथा एक रूप है। इस कथन की पुष्टि करने हेतु वह कहता है कि विश्व द्वारा इस राष्ट्र को दिया गया 'हिंदू' नाम यथार्थ है।

चीनी लोगों को 'हिंदू' 'इंदु' के समान ही प्रिय थे

हमारे अत्यंत प्राचीन पड़ोसी चीन राष्ट्र के विख्यात यात्री ह्वेनसांग ने 'हिंदुस्थान' का जो हर्षजनक अर्थ दिया है, उसे सुनकर कोई भी हिंदू गौरवान्वित होगा। उसके अनुसार संस्कृत भाषा का 'इंदु' शब्द हम लोगों को राष्ट्रीय संबोधन हिंदू से सर्वथा एक रूप है। इस कथन की पुष्टि करने हेतु वह कहता है कि विश्व द्वारा इस राष्ट्र को दिया गया 'हिंदू' नाम यथार्थ है।

हिंदू तथा उनकी संस्कृति मानव के निराशा तथा निरुत्साही आत्मा को शीतल चंद्रप्रकाश के समान सदैव आनंद तथा उत्साह का स्रोत बनी हुई है। इससे यह स्पष्ट हो जाता है कि लोगों के मन में अपने नाम के प्रति आदर उत्पन्न हो जाता है, लोगों के मन में अपने नाम के प्रति आदर उत्पन्न करने का मार्ग उस नाम को त्याग देना अथवा परिवर्तित करने का नहीं है, अपितु अपने पराक्रमी बाहुबल से अपने ध्येय की शुद्ध सात्त्विकता से तथा अपने उच्च आध्यात्मिक पद से उन्हें यह नाम स्वीकारने हेतु बाध्य करना ही उचित मार्ग है। हम कोशों के कुछ बांधवों को 'हिंदू' के स्थान पर 'आर्य' कहलाने की स्वतंत्रता जनगणना के समय दी भी गई, तब भी जब तक हम लोगों को पूर्व वैभव तथा बल प्राप्त नहीं होता, तब तक ऐसा नहीं करना चाहिए। ऐसा करने पर आर्य शब्द का स्तर नीचे आ जाएगा तथा 'गुलाम' और 'मजदूर' शब्दों के समान अर्थ के एक शब्द की वृद्धि शब्दकोश में हो जाएगी।

हिंदू तथा हिंदुस्थान नामों को त्याग देने की अप्रासंगिक सूचना पर गंभीरतापूर्वक कोई उत्तर देने का प्रयास न करते हुए 'हिंदू' नाम परदेसियों की द्वेषवृद्धि से ही उपजा है—इस बचकानी उपपत्ति को मान भी लिया जाए, तब भी हम यह पूछ सकते हैं कि इन नामों को त्यागकर दूसरा कौन सा नाम प्रचलित करना हमारे लिए संभव होगा? आज की स्थिति में 'हिंदू' नाम हम लोगों की जाति का ध्वजचिह्न बन चुका है।

नाम बदलने का मूर्खतापूर्ण प्रयास

हिंदू तथा हिंदुस्थान नामों को त्याग देने की अप्रासंगिक सूचना पर गंभीरतापूर्वक कोई उत्तर देने का प्रयास न करते हुए 'हिंदू' नाम परदेसियों की द्वेषवृद्धि से ही उपजा है—इस बचकानी उपपत्ति को मान भी लिया जाए, तब भी हम यह पूछ सकते हैं कि इन नामों को त्यागकर दूसरा कौन सा नाम प्रचलित करना हमारे लिए संभव होगा? आज की स्थिति में 'हिंदू' नाम हम

लोगों की जाति का ध्वजचिह्न बन चुका है। कश्मीर से कन्याकुमारी पर्यंत और अटक से कटक तक हम लोगों की जाति की एकता प्रस्थापित कर उसे चिरंतन बनाने की दृष्टि से भी इस नाम को एक विशेषता प्राप्त हो चुकी है। जिस सहजता से कोई अपनी टोपी बदल लेता है, उसी सहजता से क्या हम लोग इस नाम को बदल सकेंगे? एक बार किसी सुबुद्ध तथा स्वदेश-प्रेमी व्यक्ति ने जनगणना के समय खुद को हिंदू न बताते हुए 'आर्यन' कहा, क्योंकि ईरानी मुसलमान हम लोगों को द्वेषबुद्धि से 'हिंदू' कहते हैं तथा इस शब्द का अर्थ 'चोर' अथवा 'काला आदमी' होता है—ऐसा इस प्रचलित, परंतु असत्य धारणा का शिकार वह हो चुका था। समय की कमी होने के कारण हमने इस नाम की उत्पत्ति के बारे में कुछ भी नहीं कहा, परंतु उससे केवल इतना ही पूछा कि उसका नाम क्या है? उसने कहा, 'तख्तसिंह'। हिंदू नाम की उपपत्ति पर कितनी ही मतभिन्नता क्यों न हो, परंतु तुम्हारा यह निर्विवाद रूप से एक भ्रष्ट नाम है। मिश्र धर्मीय भी है और वह इस प्रकार का होने के कारण उसे बदलकर उसके स्थान पर 'मौद्गलायन' अथवा 'सिंहासनसिंह' जैसा कोई प्राचीन तथा शुद्ध आर्यन नाम पंजीकृत कराना आवश्यक है। प्रारंभ में मूल विषय पर ध्यान न देते हुए इस प्रयोग से उसकी आर्थिक स्थिति किस प्रकार प्रभावित होगी तथा ऐसा करना कितना कठिन है, यह बताना उसने प्रारंभ किया। तत्पश्चात् उसने कहा, 'इस नए नाम को अन्य लोग मान्यता देंगे—यह

एक बार किसी सुबुद्ध तथा स्वदेश-प्रेमी व्यक्ति ने जनगणना के समय खुद को हिंदू न बताते हुए 'आर्यन' कहा, क्योंकि ईरानी मुसलमान हम लोगों को द्वेषबुद्धि से 'हिंदू' कहते हैं तथा इस शब्द का अर्थ 'चोर' अथवा 'काला आदमी' होता है—ऐसा इस प्रचलित, परंतु असत्य धारणा का शिकार वह हो चुका था। समय की कमी होने के कारण हमने इस नाम की उत्पत्ति के बारे में कुछ भी नहीं कहा, परंतु उससे केवल इतना ही पूछा कि उसका नाम क्या है?

कहना संभव नहीं है, और जब अन्य लोग मुझे तख्तसिंह नाम से ही जानते हैं, तब स्वयं को 'सिंहासन सिंह' कहलानेवाले का घातक प्रयोग करने से विशेष क्या प्राप्त होगा?' हमने तत्काल कहा—'हे भले आदमी! निर्विवाद रूप से जो पराया है, वह तुम्हारा, अर्थात् एक ही व्यक्ति का नाम बदलना तुम्हें इतना कठिन प्रतीत हो रहा है, तब किसी विदेशी व्यक्ति द्वारा भी जिसकी खोज नहीं की गई है तथा जिसके लिए हम लोगों में वेदों जैसा ही अपनत्व है, वह—हम लोगों की संपूर्ण जाति का नाम बदलना कितना कठिन है? वह प्रयास कितना अर्थहीन है? प्राचीन समय से बद्धमूल बना हुआ नाम परिवर्तित करना किस प्रकार का व्यर्थ प्रयास है, इसे स्पष्ट करनेवाला तथा इस व्यक्तिगत उदाहरण से भिन्न तथा बड़ा उदाहरण है पंजाब के सिख बंधुओं का। 'धर्म चलानन संत उबारण, दुष्ट दैत्च के मूल उपाटन यहिकाज धरा मैं जननम्। समझ नेहु साधुक्षम ममनम्॥' (परित्राणाय साधूनां विनाशाय च दुष्कृतां। धर्म संस्थापनार्थाय संभवामि युगे-युगे॥) यह आवश्यक तथा महत्त्वपूर्ण ध्येय पर दृष्टि रखते हुए 'नील वस्त्र के कपड़े फाड़े तुरक पाणी अमल गया' ऐसी विजयी घोषणा करते हुए हमारे उस महान् गुरु ने हिंदुओं के सर्वश्रेष्ठ तथा सर्वोत्तम वीरों की एक स्वतंत्र जाति, एक स्वतंत्र पंथ स्थापित किया, वही 'खालसा' पंथ कहलाता है। 'क्षत्रियाहि धर्म छोडिया म्लेच्छ भाषा गही। सृष्टि सब इत्रवर्ण धर्म की गति रही॥ ऐसा कहते हुए वह परम साधु नानक शोक से व्याकुल हो गया। उसे ही आज 'वाह गुरुजी की फतह', 'वाह गुरुजी

प्राचीन समय से बद्धमूल बना हुआ नाम परिवर्तित करना किस प्रकार का व्यर्थ प्रयास है, इसे स्पष्ट करनेवाला तथा इस व्यक्तिगत उदाहरण से भिन्न तथा बड़ा उदाहरण है पंजाब के सिख बंधुओं का। 'धर्म चलानन संत उबारण, दुष्ट दैत्च के मूल उपाटन यहिकाज धरा मैं जननम्। समझ नेहु साधुक्षम ममनम्॥' (परित्राणाय साधूनां विनाशाय च दुष्कृतां। धर्म संस्थापनार्थाय संभवामि युगे-युगे॥)

का खालास' ऐसी घोषणाओं के साथ वंदन किया जाता है। दरबार, दिवाण, बहादुर—ये शब्द तो चोरी-छिपे हम लोगों के हरिमंदिर के तक पहुँच गए हैं। हम लोगों के पुराने घाव ठीक हो चुके हैं, परंतु उनके चिह्न शरीर पर दिखाई देते हैं। ऐसा प्रतीत होता है कि ये हमारे शरीर के अंग ही हैं। उन्हें रगड़कर मिटा देने से लाभ होने की संभावना नहीं है। ऐसा करने पर हानि ही अधिक होगी। उन्हें इसी प्रकार सहने का काम हम लोग कर सकते हैं। हम लोगों ने अत्यंत परिश्रमपूर्वक जो संग्राम किया है, ये चिह्न उसमें लगे घावों के हैं।

'हिंदू' तथा 'हिंदुस्थान' नामों की परंपरा

यदि कोई शब्द, चाहे वह कितनी भी पवित्र वस्तु से जुड़ा क्यों न हो—बदलना अथवा उनका त्याग करना आवश्यक होता है, तो वे शब्द 'तख्तसिंह' जैसे शब्द ही हैं। वे निर्विवाद रूप से पराए हैं तथा दूसरों की सत्ता के अवशेष हैं। विश्व प्राचीनतम वाङ्मय से, अर्थात् वेदों में हम लोगों की जाति के लिए तथा राष्ट्र के लिए 'हिंदू' एवं 'हिंदुस्थान' इन्हीं मूल नामों का प्रयोग किया गया है। जिन लोगों ने इन्हीं नामों को धारण किया तथा उनके लिए प्रेम भावना भी प्रदर्शित की, उन्हीं लोगों ने इन नामों का विरोध करते हुए उन्हें त्याग देना चाहिए कहा, क्या यह विश्वास के योग्य आचरण है ? यही नाम सिंधु के दोनों तटों पर निवास करनेवाले हमारे देश बांधवों ने लगभग चालीस शतकों तक बड़े अभिमानपूर्वक धारण किए थे। कश्मीर से कन्याकुमारी तक का तथा अटक से कटक पर्यंत का

यदि कोई शब्द, चाहे वह कितनी भी पवित्र वस्तु से जुड़ा क्यों न हो—बदलना अथवा उनका त्याग करना आवश्यक होता है, तो वे शब्द 'तख्तसिंह' जैसे शब्द ही हैं। वे निर्विवाद रूप से पराए हैं तथा दूसरों की सत्ता के अवशेष हैं। विश्व प्राचीनतम वाङ्मय से, अर्थात् वेदों में हम लोगों की जाति के लिए तथा राष्ट्र के लिए 'हिंदू' एवं 'हिंदुस्थान' इन्हीं मूल नामों का प्रयोग किया गया है।

प्रदेश इसी नाम से ज्ञात था। सिंधुओं की अथवा हिंदुओं की जाति तथा भूमि की भौगोलिक मर्यादा इसी नाम से संचलित भी थी तथा 'राष्टमार्यस्य चोत्तमम्' के अनुसार हम लोगों को सबसे भिन्न प्रकार से स्वतंत्र पहचान प्रदान करनेवाले नाम भी यही थे। इन्हीं नामों के कारण शत्रुओं के मन में हम लोगों के लिए द्वेषभाव विद्यमान था और इन्हीं नामों के लिए शालिवाहन[४९] से लेकर शिवाजी महाराज तक हजारों वीर युद्ध में कूद पड़े तथा उन्होंने शतकों तक इन युद्धों को जारी रखा। यही नाम पद्मिनी तथा चित्तौड़ की चिता भस्म पर प्रकट हुए थे। तुलसीदास, तुकाराम, रामदास तथा रामकृष्ण[५०] आदि को इसी हिंदू शब्द पर अभिमान था। हिंदू पदपादशाही ही गुरु रामदास का स्वप्न था। शिवाजी का वह जीवन कार्य बन गया। बाजीराव तथा बंदा बहादुर, छत्रसाल और नानासाहब, प्रताप और प्रतापादित्य[५१] आदि सभी की ध्येय-आकांक्षाओं का वह अचल लक्ष्य था। जिस ध्वज पर ये शब्द अंकित थे, उस ध्वज की रक्षा करने के लिए हाथों में खड्ग लेकर हजारों हिंदुओं ने भीषण संग्राम किए। पानीपत की युद्धभूमि पर उन्हें वीरोचित मृत्यु प्राप्त हुई। इतने बलिदान तथा संहार के पश्चात् अथवा इसी के कारण हिंदू पदपादशाही के लिए नाना और महादजी ने अपने राष्ट्र की नाव चट्टानों से तथा गहरे पानी से बचाते हुए इच्छित स्थान तक सुरक्षित पहुँचाई। नेपाल के सिंहासन पर आसीन सम्राट् से लेकर हाथों में भिक्षापात्र लेकर भीख माँगनेवाले भिखारी तक लक्षावधि लोग इसी हिंदू अथवा हिंदुस्थान नाम के प्रति अपना भक्तिभाव तथा निष्ठा प्रेमपूर्वक अर्पण करते रहे हैं। इन्हीं नामों का त्याग करना, हमारे

हिंदू पदपादशाही ही गुरु रामदास का स्वप्न था। शिवाजी का वह जीवन कार्य बन गया। बाजीराव तथा बंदा बहादुर, छत्रसाल और नानासाहब, प्रताप और प्रतापादित्य आदि सभी की ध्येय-आकांक्षाओं का वह अचल लक्ष्य था। जिस ध्वज पर ये शब्द अंकित थे, उस ध्वज की रक्षा करने के लिए हाथों में खड्ग लेकर हजारों हिंदुओं ने भीषण संग्राम किए।

राष्ट्र का हृदय ही विदीर्ण करने के समान होगा। परंतु तुम ऐसा करने से पूर्व ही निश्चित रूप से मृत हो जाओगे। यह कृत्य न केवल तुम्हारे किए मारक सिद्ध होगा बल्कि वह अर्थहीन भी समझा जाएगा। हिंदू तथा हिंदुस्थान—नामों को विस्थापित करना, हिमालय को उसके मूल स्थान से हटाने का प्रयास करने के समान है! भयंकर घटनाएँ तथा उथल-पुथल करनेवाला कोई भूकंप ही यह काम करने की सामर्थ्य रखता है।

'हिंदुइज्म' शब्द के कारण उत्पन्न अस्तव्यस्तता

हिंदू तथा हिंदुस्थान—ये विदेशियों द्वारा हमें दिए गए नाम हैं, ऐसा सोचकर इन नामों पर जो आक्षेप किए जाते हैं, उनका खंडन कुछ अप्रिय ऐतिहासिक प्रमाण प्रस्तुत करने से किया जाना बहुत सहज है। परंतु आक्षेप करनेवालों के मन में भय रहने के कारण ही ऐसा किया जाता है। वे लोग सोचते हैं कि यदि उन्होंने इस नाम को स्वीकार किया, तो हिंदू धर्म इस नाम से जिन आचारों-विचारों का बोध होता है, वे सभी उन्हें स्वीकार्य हैं, ऐसा माना जाएगा। हिंदू कहलाने वाला प्रत्येक व्यक्ति तथाकथित हिंदू धर्म पर विश्वास करता होगा, इसी भय के कारण (यह भय स्पष्ट रूप से कभी प्रकट नहीं किया जाता) ये नाम पराए लोगों द्वारा नहीं दिए गए हैं। इस वास्तविकता को वे स्वीकार नहीं करते। इस प्रकार का भय सर्वथा काल्पनिक नहीं होता है। परंतु जो स्वयं को हिंदू नहीं कहलाना चाहते, उन लोगों को इस भय को स्पष्ट शब्दों में प्रकट करना चाहिए। संभ्रम उत्पन्न करनेवाले आक्षेपों में इसे छिपाने का प्रयास नहीं करना चाहिए। इससे आपके विचार अधिक स्पष्ट हो जाएँगे। हिंदुत्व तथा

हिंदू तथा हिंदुस्थान—ये विदेशियों द्वारा हमें दिए गए नाम हैं, ऐसा सोचकर इन नामों पर जो आक्षेप किए जाते हैं, उनका खंडन कुछ अप्रिय ऐतिहासिक प्रमाण प्रस्तुत करने से किया जाना बहुत सहज है। परंतु आक्षेप करनेवालों के मन में भय रहने के कारण ही ऐसा किया जाता है।

हिंदू धर्म—इन शब्दों में दिखाई देनेवाली समानता के कारण हम लोगों के अच्छे-अच्छे विद्वान् हिंदू बांधवों के मन में भी अलगाववादी भावनाएँ उत्पन्न होती हैं। इन दो शब्दों का मूलभूत भेद हम शीघ्र ही स्पष्ट करनेवाले हैं। यहाँ एक बात स्पष्ट रूप से कहनी होगी कि विदेशियों द्वारा जिस शब्द का प्रयोग किया जाता है, वह शब्द है 'हिंदुइजम' (हिंदू धर्म इस अर्थ से), परंतु इस संबोधन के कारण हम लोगों के विचारों में गड़बड़ी उत्पन्न होने का कोई कारण नहीं दिखाई देता। स्वतंत्र धर्म ग्रंथ के रूप में वेदों को भी न माननेवाला व्यक्ति भी पूर्णतः हिंदू हो सकता है। जैन लोगों का उदाहरण इस बात का पर्याप्त प्रमाण है। ये जैन बांधव पीढ़ी-दर-पीढ़ी स्वयं को हिंदू कहलाते हैं तथा दूसरे किसी भी नाम से संबोधित किए जाने पर उनकी भावनाओं को दुःख पहुँचता है। यह बात केवल एक वास्तविकता होने के कारण यहाँ प्रस्तुत की गई है। इस विषय की संपूर्ण छानबीन करने के पश्चात् हमारे कथन का निष्कर्ष क्या है, इसे ज्ञात करते समय किसी प्रकार का पूर्वग्रहदूषित भय नहीं होना चाहिए। अभी तक के विवेचन में हमने किसी एक विशिष्टइज्म का (धर्म का) विचार नहीं किया है। केवल हिंदुत्व और उसके राष्ट्रीय, जातीय तथा सांस्कृतिक अंगों का विचार हमारे ही विवेचन का प्रमुख विषय था।

यहाँ एक बात स्पष्ट रूप से कहनी होगी कि विदेशियों द्वारा जिस शब्द का प्रयोग किया जाता है, वह शब्द है 'हिंदुइजम' (हिंदू धर्म इस अर्थ से), परंतु इस संबोधन के कारण हम लोगों के विचारों में गड़बड़ी उत्पन्न होने का कोई कारण नहीं दिखाई देता। स्वतंत्र धर्म ग्रंथ के रूप में वेदों को भी न माननेवाला व्यक्ति भी पूर्णतः हिंदू हो सकता है।

हिंदुस्थान अर्थात् हिंदुओं का स्थान

हम अब इस स्थिति में पहुँच गए हैं कि किसी भी मानवी भाषा को अज्ञात, ऐसे एक अत्यधिक व्यापक तथा अत्यंत गूढ़ विचार-परंपरा की समग्र

एवं विस्तारपूर्वक चर्चा हम कर सकते हैं। हिंदुत्व शब्द हिंदू शब्द से ही बना है। यह हम देख चुके हैं। हम इससे पूर्व यह भी ज्ञात कर चुके हैं कि हमारे सर्वाधिक पवित्र तथा प्राचीन वाङ्मय में सप्तसिंधु अथवा हप्तसिंधु नाम उसी भूमि को दिया गया है जहाँ वैदिक राष्ट्र का उत्कर्ष हुआ था। यह मूल भौगोलिक कल्पना कम या अधिक प्रमाण में, परंतु अविरत रूप से हिंदू तथा हिंदुस्थान शब्दों से ही जुड़ी रही। अब लगभग चार हजार वर्षों के पश्चात् हिंदुस्थान का अर्थ सिंधु से सागर तक का संपूर्ण भूखंड—इस प्रकार हो गया है। कैसे भी लोगों के समाज में परस्पर प्रेम, सामर्थ्य तथा एकता निर्माण करने हेतु दो महत्त्वपूर्ण बातों का योगदान रहता है—एक है, लोगों की अखंड प्रदेश की तथा स्पष्ट बाह्य सीमा रेखाओं से अपना स्वतंत्र अस्तित्व स्थापित करनेवाली निवसनभूमि। दूसरी है, वह 'नाम' जिसका उच्चारण करते ही हम लोगों की ऐतिहासिक काल की मधुर स्मृतियाँ हमारे मन में उपजती हैं तथा अपनी प्रियतम मातृभूमि की मूर्ति साकार हो जाती है। सौभाग्यवश हम लोगों को वे दोनों आवश्यक बातें अनायास ही प्राप्त हो गई हैं। हम लोगों का यह देश इतना विस्तृत होते हुए भी इतना जुड़ा हुआ है कि स्वतंत्र भौगोलिक अस्तित्व की दृष्टि से अन्य प्रदेशों की अपेक्षा सुस्पष्ट सीमाओं से अलग होने के कारण सुरक्षित है। प्रकृति ने अपनी दिव्य अंगुलियों से विश्व के किसी अन्य देश की सीमाएँ इस प्रकार रेखांकित नहीं की हैं। इन सीमाओं के कारण स्वतंत्र अस्तित्व पर कोई

हम लोगों का यह देश इतना विस्तृत होते हुए भी इतना जुड़ा हुआ है कि स्वतंत्र भौगोलिक अस्तित्व की दृष्टि से अन्य प्रदेशों की अपेक्षा सुस्पष्ट सीमाओं से अलग होने के कारण सुरक्षित है। प्रकृति ने अपनी दिव्य अंगुलियों से विश्व के किसी अन्य देश की सीमाएँ इस प्रकार रेखांकित नहीं की हैं। इन सीमाओं के कारण स्वतंत्र अस्तित्व पर कोई संदेह नहीं कर सकता। हिंदू अथवा हिंदुस्थान— नाम प्राप्त होने का भी यही कारण है।

संदेह नहीं कर सकता। हिंदू अथवा हिंदुस्थान—नाम प्राप्त होने का भी यही कारण है। इस नाम का उच्चारण करते ही हमारी मातृभूमि की मूर्ति ही हम लोगों के मन:चक्षुओं के सम्मुख आ जाती है। तत्पश्चात् जब उसके भौगोलिक तथा भौतिक स्वरूप का विचार हम लोगों के मन में उठता है तब उसका स्वंतत्र, सजीव अस्तित्व ही हम लोगों को प्रतीत होता है। हिंदुओं का स्थान होने का प्रथम आवश्यक लक्षण भौगोलिक स्थिति ही है। हिंदू प्रथम स्वयं अथवा अपनी पितृ-परंपरा से हिंदुस्थान का नागरिक होता है। इस भूमि को वह अपनी मातृभूमि मानता है। अमेरिका में अथवा फ्रांस में हिंदू शब्द का अर्थ यही है। किसी विशिष्ट धर्म का अथवा संस्कृति से संबंधित न रहते हुए सर्व सामान्य हिंदी—यही अर्थ वहाँ प्रचलित है। यदि सिंधु शब्द से उत्पन्न हुए अन्य शब्दों के समान हिंदू का मूल अर्थ भी यही किया जाता तो हिंदी शब्द जैसा ही उसका अर्थ भी केवल हिंदुस्थान का नागरिक—यही होता।

हिंदू प्रथम स्वयं अथवा अपनी पितृ-परंपरा से हिंदुस्थान का नागरिक होता है। इस भूमि को वह अपनी मातृभूमि मानता है। अमेरिका में अथवा फ्रांस में हिंदू शब्द का अर्थ यही है। किसी विशिष्ट धर्म का अथवा संस्कृति से संबंधित न रहते हुए सर्व सामान्य हिंदी—यही अर्थ वहाँ प्रचलित है।

हिंदुत्व का प्रथम आवश्यक अभिलक्षण

हमने अपना संपूर्ण ध्यान 'अभी क्या हो रहा है' इसी बात की ओर लगाया है, परंतु 'क्या होना संभव था' अथवा 'क्या होना चाहिए' इन बातों का विचार नहीं किया है। इसका अर्थ यह है कि 'क्या होना चाहिए' इसपर चर्चा करना आवश्यक नहीं है, ऐसा कहना उचित नहीं होगा। ऐसी चर्चा स्फूर्तिदायक भी होती है। परंतु इसे और अच्छी तरह से समझने हेतु प्रारंभ में 'क्या हो रहा है' इसका निश्चित रूप से विचार करना आवश्यक हो जाता है। अत: हिंदुत्व के प्रमुख तथा आवश्यक अभिलक्षण निश्चित करते समय हम

लोगों ने वर्तमान समय में इन शब्दों द्वारा प्रत्यक्ष रूप से प्रकट होनेवाली बातों का ही विचार करने की दक्षता हासिल करना आवश्यक हो जाता है। हिंदू शब्द का मूल अर्थ इसी अर्थ के दूसरे शब्द हिंदी के समान केवल 'हिंदुस्थान में' निवास करनेवाले—इस प्रकार ही किया जाएगा तथा इसी आधार पर हिंदुस्थानवासी किसी मुसलमान को हिंदी कहना प्रारंभ किया तो शब्दों के काम चलाऊ व्यावहारिक अर्थों की इतनी खींचातानी करनी होगी कि हमें भय लगता है कि इन अर्थों से अनर्थ उत्पन्न हो जाएगा। हिंदू हिंदुस्थान का एकमेव है; अन्य कोई भी नहीं है। ऐसी स्थिति उत्पन्न नहीं होगी, ऐसा नहीं कहा जा सकता। परंतु यह तभी संभव होगा जब आक्रमण तथा स्वार्थी प्रवृत्तियों को बढ़ावा देनेवाले जातीय तथा सांस्कृतिक दुराभिमान नष्ट हो जाएँगे तथा सारे धर्म अपनी क्षुद्रता त्यागकर विश्व के आधारभूत सनातन तत्त्वों तथा विचारों का एक जागतिक मंच स्थापित करेंगे। इस संपूर्ण मानव परिवार को एक ही शासन के आधीन रहते हुए वैभवपूर्ण जीवन व्यतीत करने के लिए इसी प्रकार के भेद रहित दृढ़ आधार की आवश्यकता है। परंतु इस सत्य स्थिति की ओर ध्यान न देना मूर्खतापूर्ण आचरण होगा, क्योंकि बहुत आतुरता तथा अपेक्षा से इस घटना की ओर संपूर्ण विश्व ध्यानपूर्वक देख रहा है। मूल प्रवृत्ति से ही जो विचार युद्ध घोषणाओं में परिवर्तित होते हैं, उन आग्रही मतों का जब तक अन्य धर्मों के अनुयायी त्याग नहीं करते, तब तक सांस्कृतिक तथा जातीय दृष्टि से समान घटकों ने जिस नाम और ध्वज से अपार शक्ति एवं सार्थक ऐक्य का लाभ होता है उस

हिंदू शब्द का मूल अर्थ इसी अर्थ के दूसरे शब्द हिंदी के समान केवल 'हिंदुस्थान में' निवास करनेवाले—इस प्रकार ही किया जाएगा तथा इसी आधार पर हिंदुस्थानवासी किसी मुसलमान को हिंदी कहना प्रारंभ किया तो शब्दों के काम चलाऊ व्यावहारिक अर्थों की इतनी खींचातानी करनी होगी कि हमें भय लगता है कि इन अर्थों से अनर्थ उत्पन्न हो जाएगा।

नाम तथा ध्वज को अस्थिर करना उचित नहीं होगा। कोई अमेरिकी भविष्य में हिंदुस्थान का नागरिक बन जाने पर तथा यदि वह वास्तविक अर्थ में नागरिक बन जाता है, तब उसे भारतीय अथवा हिंदी समझकर ही उससे उसी प्रकार का व्यवहार किया जाएगा। परंतु जब तक हम लोगों के देश के साथ हम लोगों की सांस्कृतिक तथा आर्थिक परंपरा वह स्वीकार नहीं करता, जब तक रक्त-संबंधों से वह हमसे एकरूप नहीं होता तथा हम लोगों की भूमि उसके केवल प्रेम का ही नहीं, उसकी नितांत भक्ति का विषय नहीं बन जाती, तब तक उसे हिंदूजाति में एक हिंदू के रूप में स्थान प्राप्त होना संभव नहीं है। स्वयं अथवा पितृ परंपरा से जो हिंदुस्थान का नागरिक होता है वह हिंदू है। यह हिंदुत्व का प्रथम तथा आवश्यक अभिलक्षण है। परंतु यह एकमेव अभिलक्षण नहीं हो सकता, क्योंकि उसमें जो भौगोलिक अर्थ अभिप्रेत है, उससे भी अधिक महत्त्वपूर्ण अर्थ हिंदू शब्द में समाए हैं।

'हिंदू' शब्द 'भारतीय' अथवा 'हिंदी' इन दो शब्दों का समानार्थी शब्द नहीं है। केवल हिंदुस्थान का नागरिक—इस अर्थ से ही उसका उपयोग नहीं किया जा सकता। इस बात की मीमांसा करने के पश्चात् हम स्वाभाविकतः हिंदू इस नाम के दूसरे आवश्यक अभिलक्षण का विचार करने की अवस्था में होते हैं।

हम सब एक ही रक्त के हैं

'हिंदू' शब्द 'भारतीय' अथवा 'हिंदी' इन दो शब्दों का समानार्थी शब्द नहीं है। केवल हिंदुस्थान का नागरिक—इस अर्थ से ही उसका उपयोग नहीं किया जा सकता। इस बात की मीमांसा करने के पश्चात् हम स्वाभाविकतः हिंदू इस नाम के दूसरे आवश्यक अभिलक्षण का विचार करने की अवस्था में होते हैं। हिंदू हिंदुस्थान के केवल नागरिक की नहीं हैं, मातृभूमि के प्रति प्रेमभाव होने के बंधन के कारण ही नहीं अपितु रक्त संबंधों के कारण भी

उनमें परस्पर एकरूपता उत्पन्न हो चुकी है। वे केवल एक राष्ट्र ही नहीं हैं, एक जाति भी हैं। 'जा' धातु से उत्पन्न हुए जाति शब्द का अर्थ है एक ही स्थान पर जन्मे तथा एक ही रक्त और बंधुभाव से जुड़े हुए लोग हमारे पूर्वजों की—सिंधुओं की परंपरा को जीवित रखकर जो पराक्रमी जाति उत्पन्न हुई, उसी का रक्त हमारी धमनियों में प्रवाहित हो रहा है, ऐसा हर हिंदू बहुत अभिमानपूर्वक कहता है। बहुत बार कुछ लोग स्वार्थ से प्रेरित होकर कुछ निरर्थक प्रश्न पूछते हैं, 'क्या सचमुच आप लोग एक ही जाति के हो?'

'आप सबका रक्त एक सा है—ऐसा आप कह सकते हो?' हम लोग उन्हें ठीक से जानते हैं। हम लोग उनके प्रश्न का उत्तर एक प्रतिप्रश्न के रूप में देंगे, 'क्या इंग्लिश एक वास्तविक जाति है?' क्या इस विश्व में इंग्लिश रक्त, फ्रेंच रक्त, जर्मन रक्त, चीनी रक्त जैसा कोई पदार्थ विद्यमान है? जो लोग विदेशियों से विवाहबद्ध होकर अपने खून में विदेशी रक्त मुक्त रूप से बहने देते हैं।

'आप सबका रक्त एक सा है—ऐसा आप कह सकते हो?' हम लोग उन्हें ठीक से जानते हैं। हम लोग उनके प्रश्न का उत्तर एक प्रतिप्रश्न के रूप में देंगे, 'क्या इंग्लिश एक वास्तविक जाति है?' क्या इस विश्व में इंग्लिश रक्त, फ्रेंच रक्त, जर्मन रक्त, चीनी रक्त जैसा कोई पदार्थ विद्यमान है? जो लोग विदेशियों से विवाहबद्ध होकर अपने खून में विदेशी रक्त मुक्त रूप से बहने देते हैं। वे क्या ऐसा कह सकते हैं कि वे एक ही रक्त व वंश के हैं? यदि वे ऐसा कह सकते हैं तो हिंदू भी उसी तरह जोर देकर ऐसा कह सकते हैं। जिस जाति-भेद का यथार्थ स्वरूप अज्ञानवश अपनी समझ में नहीं आता, उसी जाति-भेद के कारण एक ही प्रकार का रक्त हम लोगों की नसों में प्रवाहित नहीं होता—ऐसा आप आग्रहपूर्वक कहते हों परंतु वास्तविकता यह है कि किसी प्रकार का रक्त हम लोगों के रक्त से नहीं मिलना चाहिए। यदि ऐसा जातीयता का अभिप्राय है तो इसका अर्थ है कि विदेशी रक्त पर

प्रतिबंध लगाया जाना। इसके अतिरिक्त आज जो जाति संस्था अस्तित्व में है, वही इस बात का प्रमाण है कि ब्राह्मणों से चांडालों तक के शरीर में प्रवाहित होनेवाला खून एक सा है।

हिंदूजाति की रक्तगंगा का प्रचंडोदात्त प्रवाह

हमारी किसी भी स्मृति पर केवल दृष्टिपात करने से ही हमें यह बात सहज रूप से ज्ञात हो जाएगी कि उस समय में भी अनुलोम व प्रतिलोम विवाह संस्था रूढ़ तथा सुप्रतिष्ठित थी। उसी के फलस्वरूप आज की अधिकांश जातियाँ उत्पन्न हुई हैं। किसी शूद्र स्त्री को किसी क्षत्रिय द्वारा पुत्र-प्राप्ति होने पर उग्र जाति का निर्माण होता था। उसी उग्र जाति से क्षत्रियों का संबंध हो जाने पर होनेवाली संतान की जाति श्वपच कहलाती तथा ब्राह्मण स्त्री तथा शूद्र पिता से उत्पन्न संतति को चांडाल कहा जाता। सत्यकाम जांबालि[५२] की वैदिक कथा से महादजी शिंदे[५३] तक के हमारे इतिहास में लगभग प्रत्येक पृष्ठ पर ऐसा दृष्टिगोचर होगा कि हम लोगों की जाति के रक्त की यह गंगा वैदिक काल के उत्तुंग गिरि-पर्वतों से उद्गम पाकर वर्तमान के इतिहास तक अनेक समतल क्षेत्रों से अनेक भू-भागों को सींचती हुई, विशाल प्रवाह को अपने में मिलाती हुई, अनेक पतित आत्माओं का उद्धार करती हुई तथा मरुस्थल में लुप्त होने का खतरा टालती हुई आज पहले की तुलना में बहुत द्रुत गति व उत्साह से अग्रसर हो रही है। हम लोगों की जाति-भेद व्यवस्था ने जो वीरान तथा अनुपजाऊ क्षेत्र को उपजाऊ तथा संपन्न बनाकर और जो समृद्ध तथा फलने-फूलने की

हमारी किसी भी स्मृति पर केवल दृष्टिपात करने से ही हमें यह बात सहज रूप से ज्ञात हो जाएगी कि उस समय में भी अनुलोम व प्रतिलोम विवाह संस्था रूढ़ तथा सुप्रतिष्ठित थी। उसी के फलस्वरूप आज की अधिकांश जातियाँ उत्पन्न हुई हैं। किसी शूद्र स्त्री को किसी क्षत्रिय द्वारा पुत्र-प्राप्ति होने पर उग्र जाति का निर्माण होता था।

स्थिति में थे, उन्हें हानि न पहुँचाते हुए जो मार्ग हम लोगों के साधुवृत्ति के स्मृति-शास्त्रकारों ने तथा देशाभिमानी राज्यश्रेष्ठों ने अत्यधिक योग्य प्रकार से बताया या उसी मार्ग पर अग्रसर होते हुए हम लोगों की जाति की रक्तगंगा का उदात्त प्रवाह अखंड रूप से प्रवाहित होता रहे, इस बात की व्यवस्था की।

मान्यता प्राप्त अंतरजातीय विवाह

हमारी चार प्रमुख जातियों में होनेवाले अंतरजातीय विवाहों के माध्यम से या फिर चार प्रमुख जातियों व सम्मिश्र उपजातियों में हुए विवाहों के माध्यम से उत्पन्न जातियों के लिए ही नहीं, अपितु प्राचीन इतिहास के काल में जो समाज व जातियाँ थीं, उनके लिए भी यह बात उतनी ही सत्य थी कि हमारी जाति की रक्त गंगा कई विशाल प्रवाहों को अपने में समाते हुए बह रही थी, अधिक संपन्न हो रही थी।

हमारी चार प्रमुख जातियों में होनेवाले अंतरजातीय विवाहों के माध्यम से या फिर चार प्रमुख जातियों व सम्मिश्र उपजातियों में हुए विवाहों के माध्यम से उत्पन्न जातियों के लिए ही नहीं, अपितु प्राचीन इतिहास के काल में जो समाज व जातियाँ थीं, उनके लिए भी यह बात उतनी ही सत्य थी कि हमारी जाति की रक्त गंगा कई विशाल प्रवाहों को अपने में समाते हुए बह रही थी, अधिक संपन्न हो रही थी। नेपाल अथवा मलाबार में जो प्रथाएँ आज तक प्रयोग में आ रही हैं, उनका अवलोकन करना उचित होगा। वहाँ की गैर-आर्य मूल वनवासी स्त्रियों से उच्चवर्णीय पुरुषों को विवाह करने की अनुमति दी गई है। अब ये स्वतंत्र वनवासी जातियाँ हैं—यह कहना सच भी मान लिया जाए, तब भी हिंदू संस्कृति का रक्षण करते समय जिस साहस तथा प्रेम का परिचय उन्होंने दिया, इससे उन्हें हमारी जातियों में ही समाविष्ट किया जाता है। इसके अतिरिक्त वे समान रक्त तथा अपनेपन की भावना से हम लोगों से सदा के लिए संबंद्ध हो गई हैं। नागवंश क्या किसी द्रविड़ वंश

का नाम है ? अब अग्निवंश के युवकों ने नागकन्याओं को अंगीकार किया तथा चंद्रवंश व सूर्यवंश—दोनों वंशों ने अपने दोनों वंश के युवकों को अपनी कन्याएँ अर्पित कीं, तब परस्पर भेदभाव लुप्त हो गया। उस समय यह प्रतीत होने लगा था कि जातिभेद की संस्था कुछ शिथिल पड़कर अंततः लुप्त हो जाएगी। यह भय बौद्ध धर्म के उत्कर्ष का कुछ शतकों का काल छोड़कर हर्ष के समय तक अंतरजातीय विवाह राजमान्य होने के कारण मिट गया। उदाहरण के लिए पांडवों के ही परिवार की बात लीजिए। पराशर ऋषि ब्राह्मण थे। किसी मछुआरे[५४] की सुंदर कन्या से उनका प्रेम हो गया। उस संबंध से जगद्‌विख्यात व्यास मुनि उत्पन्न हुए। भविष्य में व्यास को भी अंबा तथा अंबालिका नाम की दो क्षत्रिय राजकन्याओं से दो पुत्र प्राप्त हुए, उनमें एक पंडु था। उसने नियोग पद्धति से पुत्र प्राप्त करने की अनुमति अपनी स्त्रियों को प्रदान की। भविष्य में विभिन्न, परंतु अज्ञात जातियों के पुरुषों से प्रेमाराधन करते हुए उन्होंने विख्यात महाकाव्य के नायकों को जन्म दिया। कर्ण, बभ्रुवाहन,[५५] घटोत्कच,[५६] विदुर[५७] आदि उस समय के इतने विशेष व्यक्तियों का आधुनिक उल्लेख न करते हुए हम चंद्रगुप्त का आधुनिक उदाहरण पाठकों के सम्मुख प्रस्तुत करते हैं।

भविष्य में व्यास को भी अंबा तथा अंबालिका नाम की दो क्षत्रिय राजकन्याओं से दो पुत्र प्राप्त हुए, उनमें एक पंडु था। उसने नियोग पद्धति से पुत्र प्राप्त करने की अनुमति अपनी स्त्रियों को प्रदान की। भविष्य में विभिन्न, परंतु अज्ञात जातियों के पुरुषों से प्रेमाराधन करते हुए उन्होंने विख्यात महाकाव्य के नायकों को जन्म दिया।

आचारं कुलमुच्यते

चंद्रगुप्त ने ब्राह्मण कुमारिका से विवाह किया और अशोक के पिता को जन्म दिया ऐसा—कहा जाता है। अशोक जब राजकुमार था, तब उसने किसी वैश्य कन्या से विवाह रचाया। वैश्य होते हुए भी हर्ष ने अपनी

कन्या का विवाह क्षत्रिय राजपुत्र से कर दिया। व्याधकर्मा व्याध का पुत्र था, उसकी माता एक ब्राह्मण कन्या थी। व्याध से उसका प्रेम हो गया। उसने व्याध से विवाह किया। इन दोनों के संबंध से विक्रमादित्य के 'यज्ञाचार्य' का जन्म हुआ। सूरदास कृष्णभट एक ब्राह्मण था, परंतु किसी चांडाल कन्या से उसका प्रेम हो गया, उसने उससे सार्वजनिक रूप से विवाह किया तथा अपनी गृहस्थी प्रारंभ की। वह 'मातंगी पंथ' नामक धार्मिक पंथ के संस्थापक के रूप में विख्यात हुआ। मातंगी पंथ के लोग स्वयं को हिंदू कहते हैं। उन्हें यह अधिकार भी प्राप्त है, परंतु यहीं यह बात खत्म नहीं होती। यदि कोई पुरुष अथवा स्त्री अपने वैयक्तिक आचरण के कारण अपनी जाति से अलग होकर अन्य जाति में गई होगी तो "शुद्रौ ब्राह्मणतामेति ब्राह्मणश्चैति शूद्रताम्।" "न कुलं कुलामित्याहुराचारं कुलमुच्यते। आचार कुशलो राजन् एहचामुत्र नंदते॥ उपासते येन पूर्वी द्विजा संध्यां न पश्चिमां। सर्वांस्तान् धार्मिको राजा शुद्रकर्माणि योजयेत्॥" यह आज्ञा केवल भय उत्पन्न करने हेतु नहीं प्रसृत की गई थी। अनेक क्षत्रियों ने कृषि तथा अन्य व्यवसाय अपना लिये। इस कारण क्षत्रिय के रूप में उनके प्रति आदर कम हो गया और उनकी गणना अन्य जातियों में की जाने लगी। कुछ शूर लोग यहाँ तक कि कुछ वनवासी जातियाँ अपने शौर्य तथा पराक्रम के कारण क्षत्रियों जैसी योग्यता प्राप्त करती थीं, क्षत्रियों के विशिष्ट अधिकारों के योग्य हो जाने पर कुछ उपाधियों का उपयोग भी कर सकते थे। लोग भी उनका क्षत्रियत्व स्वीकार करते। जाति से बहिष्कृत होना नित्य की

यदि कोई पुरुष अथवा स्त्री अपने वैयक्तिक आचरण के कारण अपनी जाति से अलग होकर अन्य जाति में गई होगी तो "शुद्रौ ब्राह्मणतामेति ब्राह्मणश्चैति शूद्रताम्।" "न कुलं कुलामित्याहुराचारं कुलमुच्यते। आचार कुशलो राजन् एहचामुत्र नंदते॥ उपासते येन पूर्वी द्विजा संध्यां न पश्चिमां। सर्वांस्तान् धार्मिको राजा शुद्रकर्माणि योजयेत्॥"

बात हो गई थी। अर्थात् अन्य किसी जाति में इन बहिष्कृत लोगों को स्थान मिल जाता था।

अवैदिक जाति से वैदिकों के विवाह-संबंध

अवैदिक जातियों में वैदिकों के विवाह की प्रथा वैदिक धर्म द्वारा प्रस्थापित जाति संस्था पर विश्वास रखनेवाले हिंदू लोगों में ही केवल प्रचलित नहीं थी बल्कि हिंदुओं में जो अवैदिक जातियाँ थीं उनमें भी इस प्रकार की घटनाएँ होती थीं। एक ही परिवार में पिता बौद्ध, माता वैदिक तथा पुत्र जैन होते थे—यह बौद्ध के समय प्रचलित था। वैसा आज भी दिखाई देता है। गुजरात में तो वैष्णव तथा जैनों में विवाह-संबंध होते हैं। पंजाब व सिंध में सिख तथा कट्टर सनातनियों में विवाह होते थे। आज का मानभाव अथवा लिंगायत या सनातनी आज का हिंदू है तथा आज का वैदिक हिंदू कल का लिंगायत अथवा सिख होने की संभावना है।

अवैदिक जातियों में वैदिकों के विवाह की प्रथा वैदिक धर्म द्वारा प्रस्थापित जाति संस्था पर विश्वास रखनेवाले हिंदू लोगों में ही केवल प्रचलित नहीं थी बल्कि हिंदुओं में जो अवैदिक जातियाँ थीं उनमें भी इस प्रकार की घटनाएँ होती थीं। एक ही परिवार में पिता बौद्ध, माता वैदिक तथा पुत्र जैन होते थे—यह बौद्ध के समय प्रचलित था।

अत: हिंदू के नाम के समान अन्य कोई भी नाम हम लोगों की जातीय तथा वांशिक एकता का यथार्थ प्रदर्शन नहीं कर सकती। हम लोगों में कुछ आर्य थे तो कुछ अनार्य थे; परंतु आयर तथा नायर भी हम लोगों जैसे हिंदू ही थे और रक्त की दृष्टि से भी एक ही थे। हम लोगों में कुछ ब्राह्मण हैं तो कोई नामशूद्र अथवा पंचम भी हैं, परंतु ब्राह्मण हो या चांडाल, हम सभी हिंदू हैं, एक ही रक्त के हैं। हम लोगों में कुछ दाक्षिणात्य हैं तो कुछ गौड़, परंतु गौड़ तथा सारस्वत—सभी हिंदू ही हैं। हम लोगों में कुछ राक्षस थे और कुछ यक्ष भी थे, फिर भी हम सभी हिंदू

हैं तथा हम सभी लोगों की नसों में प्रवाहित होनेवाला रक्त भी एक सा ही है। हम लोगों में सारे हिंदू ही हैं, एक ही रक्त है। हम लोगों में कुछ जैन हैं तो कुछ जंगम, परंतु जैन हो या जंगम, हम सभी हिंदू ही हैं तथा एक ही रक्त के हैं—हम लोगों में कोई एकेश्वरवादी है तो कोई सर्वेश्वरवादी और कोई निरीश्वरवादी है, परंतु सभी हिंदू ही हैं तथा एक ही रक्त के हैं। हम लोग केवल एक राष्ट्र ही नहीं हैं, जाति भी हैं, जन्मसिद्ध बंधुभाव का नाता हम लोगों में विद्यमान है। हम लोगों को किसी भी अन्य वस्तु की आवश्यकता नहीं है। यह प्रश्न अपने मन का तथा अंत:करण का है। हमें यह निश्चित रूप से प्रतीत होता है कि राम और कृष्ण, बौद्ध तथा महावीर, नानक और चैतन्य, बसव[५८] तथा माधव,[५९] रोहिदास[६०] तथा तिरुवेल्लर[६१] आदि की धमनियों में बहनेवाला प्राचीन रक्त आज के समस्त 'हिंदुओं' की सभी धमनियों में प्रवाहित हो रहा है। हृदय-स्पंदन हो रहा है। कारण—हम सभी रक्त के प्रेम-संबंधों के फलस्वरूप एक जाति हैं।

वस्तुत: विचार करने पर प्रतीत होता है कि इस विश्व में एक ही जाति है और वह है मानवजाति। एक ही प्रकार के मानवी रक्त के प्रवाहित होने के कारण यह विश्व में आज तक जीवित है। इसके अतिरिक्त दूसरा कोई भी कथन केवल कामचलाऊ और सापेक्षत: सत्य ही कहलाएगा।

वस्तुतः मानवजाति ही विश्व की एकमेव जाति है

वस्तुत: विचार करने पर प्रतीत होता है कि इस विश्व में एक ही जाति है और वह है मानवजाति। एक ही प्रकार के मानवी रक्त के प्रवाहित होने के कारण यह विश्व में आज तक जीवित है। इसके अतिरिक्त दूसरा कोई भी कथन केवल कामचलाऊ और सापेक्षत: सत्य ही कहलाएगा। जाति-जातियों के बीच जो कृत्रिम दीवारें आप लोग खड़ी कर देते हैं, उन्हें गिराकर नष्ट करने का प्रयास प्रकृति अविरत रूप से करती रहती है। विभिन्न लोगों में परस्पर रक्त-संबंध न होने देने हेतु प्रयास करना रेत की नींव पर कोई

इमारत खड़ी करने जैसा ही है। स्त्री-पुरुषों का परस्पर आकर्षण किसी भी धर्माचार्य की आज्ञा से प्रबलतर सिद्ध हो चुका है। अंदमान के वनवासी लोगों के रक्त में तथाकथित आर्य[६२] रक्त के बिंदु मिले हुए हैं (अर्थात् यही बात आर्यों के बारे में भी कही जा सकती है। उनके रक्त में अंदमान के आदिवासियों का रक्त है)। अतः यही सच है कि प्रत्येक के रक्त में वही पुरानी जाति का रक्त ही प्रवाहित हो रहा है। यह बात कोई भी कह सकता है अथवा इतिहास का अध्ययन करने पर उसे ऐसा कहने का अधिकार प्राप्त होगा। उत्तरी ध्रुव से दक्षिणी ध्रुव तक के मानवों में जो एकता मूलरूप से विद्यमान है, वही एकमात्र सत्य है—अन्य सभी सापेक्षतः समझने की बातें हैं।

ईश्वर का अस्तित्व स्वीकार करनेवाले अथवा न करनेवाले किसी भी धर्ममत अथवा तत्त्वज्ञान, सामाजिक पद्धति पर विश्वास करनेवाला यदि कोई हिंदू होगा और वह धर्ममत, तत्त्वज्ञान अथवा सामाजिक पद्धति निर्विवाद रूप से हम लोगों के राष्ट्र में उपजी हुई तथा एकमेव रूप से हिंदू प्रणीत नहीं होगी तो वह हिंदू अपने उस विशिष्ट पंथ का त्याग कर सकेगा"

हिंदुत्व का दूसरा आवश्यक अभिलक्षण

सापेक्षतः कहना होगा कि हिंदू तथा यहूदी लोगों के अतिरिक्त कोई भी ऐसा नहीं कह सकता कि वह एक ही जाति का है तथा उसका यह कथन न्यायोचित है। किसी हिंदू से विवाह-संबंध बनानेवाला दूसरा हिंदू अपनी जाति के लिए पराया हो सकता है, परंतु वह अपने हिंदुत्व से कभी दूर नहीं हो पाता। ईश्वर का अस्तित्व स्वीकार करनेवाले अथवा न करनेवाले किसी भी धर्ममत अथवा तत्त्वज्ञान, सामाजिक पद्धति पर विश्वास करनेवाला यदि कोई हिंदू होगा और वह धर्ममत, तत्त्वज्ञान अथवा सामाजिक पद्धति निर्विवाद रूप से हम लोगों के राष्ट्र में उपजी हुई तथा एकमेव रूप से हिंदू प्रणीत नहीं होगी तो वह हिंदू अपने उस विशिष्ट पंथ का त्याग कर सकेगा; परंतु अपना

हिंदुत्व त्यागने का विचार भी उसके मन में नहीं उठेगा! क्योंकि हिंदुत्व का सबसे प्रमुख और आवश्यक है लक्षण रक्त से हिंदू होना। इसी कारण सिंधु से सागर तक फैली हुई इस भूमि में पितृभूमि के रूप में जिन्हें प्रेम है तथा जिस जाति ने दूसरों को अपनाकर, नया संबंध बनाकर बहुत प्राचीन समय से सप्तसिंधु के समय से अब तक उन्नति की है उस जाति का रक्त उन्हें आनुवंशिक रूप से प्राप्त हुआ है। हिंदुत्व के दो प्रमुख अभिलक्षणों को वे प्राप्त कर चुके हैं—ऐसा समझना ही उचित होगा।

समान संस्कृति

कुछ विचार करने पर हम लोगों को यह प्रतीत होगा कि एक राष्ट्र तथा एक जाति केवल ये दो अभिलक्षण ही हिंदुत्व के सर्व अभिलक्षण नहीं हैं। अज्ञानमूलक दुराग्रहों का यदि मुसलमान त्याग कर देंगे तो हिंदुस्थान में निवास करनेवाले अधिकतर मुसलमान हम लोगों की इस भूमि से पितृभूमि की तरह प्रेम करने लगेंगे। उनमें से जो स्वदेशाभिमानी तथा उदार अंत:करणवाले हैं, उन्होंने आज तक इस प्रकार प्रेम किया है। लाखों लोगों के उदाहरणों से ऐसा ज्ञात होता है कि उनका धर्मांतरण किए जाने के समय बल प्रयोग अथवा जबदरस्ती हुई है। उनके इस धर्मांतरण का इतिहास इतना नया है कि उनकी नसों में हिंदू रक्त का अभिसरण हो रहा है—यह बात चाहने पर भी वे भूल नहीं सकेंगे, परंतु हम लोग केवल सत्य की खोज करने में लगे हैं। वह सत्य क्या है, यह निश्चित करने का जिन लोगों का जरा भी हेतु नहीं है,

कुछ विचार करने पर हम लोगों को यह प्रतीत होगा कि एक राष्ट्र तथा एक जाति केवल ये दो अभिलक्षण ही हिंदुत्व के सर्व अभिलक्षण नहीं हैं। अज्ञानमूलक दुराग्रहों का यदि मुसलमान त्याग कर देंगे तो हिंदुस्थान में निवास करनेवाले अधिकतर मुसलमान हम लोगों की इस भूमि से पितृभूमि की तरह प्रेम करने लगेंगे।

वे मुसलमानों को हिंदू मूल के क्यों कहें भला? कश्मीर व अन्य स्थानों के मुसलमान तथा दक्षिण भारतीय ईसाई अपने-अपने नियमों का पालन इतनी कट्टरतापूर्वक करते हैं कि अपनी जाति-धर्म के अतिरिक्त अन्य किसी के साथ वे विवाह-संबंध नहीं बनाते। इस कारण उनके मूल हिंदू रक्त में पराई जाति के रक्त की मिलावट नहीं हुई है। इसके पश्चात् भी उन्हें उस अर्थ में हिंदू नहीं कहा जा सकता, जिस अर्थ में हम लोग 'हिंदू' संबोधन का प्रयोग करते हैं। समान हिंदू भूमि के लिए जो प्रेम हमारे मन में विद्यमान है तथा जो रक्त हम लोगों के हृदय के स्पंदनों को कार्यरत रखता है, वही रक्त हम लोगों की नसों में भी प्रवाहित होता है। इसी कारण हम हिंदू लोग एक-दूसरे से बद्ध नहीं हैं। अपनी जिस महान् संस्कृति का हम सभी लोग भक्तिभाव पूर्वक आदर करते हैं, जिस संस्कृति से हम लोगों के मन में समान रूप से प्रेम है, उसी प्रेम के कारण हम सब हिंदू लोग एक हैं। हम लोगों की हिंदू सभ्यता को (Civilization) संस्कृति कहना अधिक यथार्थ है, क्योंकि इस शब्द में संस्कृत भाषा का अनायास उल्लेख किया गया है। हम लोगों की हिंदूजाति के भूतकाल में जो-जो उत्कृष्ट सराहनीय तथा संग्रहणीय था, उसे हमारी महान् संस्कृति को भी शब्दरूप देकर, उन सभी का जतन करने का अमूल्य साधन संस्कृत भाषा ने हमें दिया है। हम लोगों का एक राष्ट्र है तथा जातियाँ भी एक हैं। इसलिए हम लोगों की संस्कृति भी एक है। इस कारण हम लोग एक हैं।

अपनी जिस महान् संस्कृति का हम सभी लोग भक्तिभाव पूर्वक आदर करते हैं, जिस संस्कृति से हम लोगों के मन में समान रूप से प्रेम है, उसी प्रेम के कारण हम सब हिंदू लोग एक हैं। हम लोगों की हिंदू सभ्यता को (Civilization) संस्कृति कहना अधिक यथार्थ है, क्योंकि इस शब्द में संस्कृत भाषा का अनायास उल्लेख किया गया है।

संस्कृति का अर्थ क्या है?

परंतु संस्कृति किसे कहते हैं ? संस्कृति मानवी मन का आविष्कार है। 'संस्कृति' का अर्थ है मानव द्वारा इस भौतिक सृष्टि पर किए गए संस्कारों का इतिहास। यदि परमेश्वर को इस भौतिक सृष्टि की रचना करनेवाला माना जाए, तो 'संस्कृति' मानव द्वारा निर्मित दूसरी सृष्टि ही मानी जाएगी। संस्कृति का सर्वोच्च विकास, मनुष्य की आत्मा द्वारा भौतिक वस्तुओं तथा मनुष्यों पर पाई हुई विजय में प्रकट होता है। जहाँ तक मनुष्य को, अपनी आत्म को सुख की अनुभूति दिलाने के लिए भौतिक सृष्टि की रचना में यश मिलता रहा है, वहीं संस्कृति का सही रूप में प्रारंभ हुआ है। उस संस्कृति की परमोच्च विजय और विकास तभी होता है, जब मनुष्य समृद्ध व संपूर्ण जीवन का उपभोग करता है और सामर्थ्य, सौंदर्य व प्रीति के उपभोग की आत्मिक इच्छाओं की पूर्ति करके अपार आनंद प्राप्त करने के सभी साधनों को वह हस्तगत करता है।

राष्ट्र की संस्कृति का इतिहास उसके विचारों, आचारों तथा उपलब्धियों का इतिहास होता है। वाङ्मय तथा कलाओं से राष्ट्र की वैचारिक ऊँचाई की कल्पना की जा सकती है, इतिहास तथा सामाजिक रीति-रिवाजों, उनके रूढ़ आचारों, पराक्रम तथा दिग्विजयों की जानकारी प्राप्त होती है।

राष्ट्र की संस्कृति का इतिहास उसके विचारों, आचारों तथा उपलब्धियों का इतिहास होता है। वाङ्मय तथा कलाओं से राष्ट्र की वैचारिक ऊँचाई की कल्पना की जा सकती है, इतिहास तथा सामाजिक रीति-रिवाजों, उनके रूढ़ आचारों, पराक्रम तथा दिग्विजयों की जानकारी प्राप्त होती है। इन सबमें से मनुष्य को अलग नहीं दिखाया जा सकता, वह तो राष्ट्र की प्रत्येक उपलब्धि का अंग होता है। अंदमान के आदिवासियों द्वारा लकड़ी तराशकर जैसे-तैसे बनाई गई टेढ़ी-मेढ़ी डुंगी का ही सुधारित रूप है। अमेरिकी बनावट की आधुनिक युद्धनौकाओं या विनाशिकाओं का पेरिस की युवतियों की आधुनिक देहभूषा का मूल देखने

को मिलता है, आदिवासी 'पातुआ' स्त्री अपने कमरपट्टे में जो पत्तों का गुच्छ खोंसती हैं—और मात्र इतने करने भर से जिसकी देहभूषा व सौंदर्य-प्रसाधन पूरी हो जाती है, उस पातुआ स्त्री के पर्ण गुच्छों में!

तथापि 'डुंगी' डुंगी ही बनी रही तथा विनाशिका नौका भी विनाशिका नौका ही हैं। उनमें साम्यता से अधिक भिन्नता अधिक है। हिंदुओं ने भी दूसरों की अनेक बातें स्वीकार की हैं तथा अपनी भी बातें अन्य लोगों को दी हैं। फिर भी उनकी संस्कृति इतनी वैशिष्ट्यपूर्ण है कि अन्य किसी संस्कृति का बाह्य रूप उसके समान रहना सर्वथा असंभव है। उनमें परस्पर भिन्नत्व होते हुए वे भिन्न न रहकर, समान हो गए हैं। समान संस्कृति, वाङ्मय तथा इतिहास के कारण विश्व में जो उस समय की अन्य संस्कृतियाँ अस्तित्व में हैं, उनमें से एक स्वतंत्र संस्कृति के रूप में हिंदू संस्कृति का जो स्थान है, वह स्थान अन्य किसी संस्कृति को प्राप्त होगा—ऐसा प्रतीत नहीं होता।

'हिंदुओं का इतिहास नहीं है'—इस प्रकार के पक्षपाती तथा अज्ञानमूलक प्रचार के कारण विश्व के लोग प्रभावित हो रहे हैं। इस प्रचार का प्रभाव जिन लोगों पर पड़ चुका है, उन्हें हमारा यह कथन आश्चर्यकारक तथा विपरीत प्रतीत हो सकता है कि हिंदुओं ने लगभग अकेले ही धरणीक व जलप्रवाहों के कारण उत्पन्न हुई भीषण आपत्तियों का सामना किया है। हिंदूजाति के इतिहास का प्रारंभ वेदों से होता है।

हम लोगों की उज्ज्वल संस्कृति का उत्तराधिकार

'हिंदुओं का इतिहास नहीं है'—इस प्रकार के पक्षपाती तथा अज्ञानमूलक प्रचार के कारण विश्व के लोग प्रभावित हो रहे हैं। इस प्रचार का प्रभाव जिन लोगों पर पड़ चुका है, उन्हें हमारा यह कथन आश्चर्यकारक तथा विपरीत प्रतीत हो सकता है कि हिंदुओं ने लगभग अकेले ही धरणीक व जलप्रवाहों के कारण उत्पन्न हुई भीषण आपत्तियों का सामना किया है। हिंदूजाति के

इतिहास का प्रारंभ वेदों से होता है। प्रत्येक हिंदू लड़की झूले में जिस लोरी को रोज सुनती है, वह साध्वी सीता पर रचा गया है। श्रीरामचंद्र को हममें से कुछ लोग अवतार मानते हैं तो कुछ उन्हें एक लोकोत्तर रणवीर कहकर पूजते हैं; परंतु हम सभी लोग उनसे भक्तिपूर्वक प्रेम करते हैं। मारुति, राम तथा भीमसेन प्रत्येक हिंदू युवक के लिए सर्वकालीन बल या प्रथम स्फूर्तिस्थान बन चुके हैं। उसी प्रकार सावित्री तथा दमयंति प्रत्येक हिंदू कन्या के लिए एकनिष्ठ तथा पवित्र प्रेम की आदर्शभूत सती-साध्वियाँ प्रतीत होती हैं। गाय चरानेवाले उस दिव्य गोपाल से राधा ने जो प्रेम किया है, उसी प्रेम का प्रत्यय हर हिंदू प्रेमी को अपनी प्रियतमा का चुंबन लेते समय होता है।

कौरवों के साथ हुए भीषण संग्राम, अर्जुन, कर्ण, भीम और दुःशासन—इनमें हुए चुनौतीपूर्ण द्वंद्व हजारों वर्ष पूर्व कुरुक्षेत्र में हुए थे, तथापि प्रत्येक कुटीर में अथवा राजप्रासादों में भावनाओं का क्षोभ करनेवाले गीत उन सभी रसपूर्ण घटनाओं के साथ आज भी गाए जाते हैं। अभिमन्यु अर्जुन को जितना प्रिय था, उतना ही वह हम लोगों को भी प्रिय लगता है।

कौरवों के साथ हुए भीषण संग्राम, अर्जुन, कर्ण, भीम और दुःशासन—इनमें हुए चुनौतीपूर्ण द्वंद्व हजारों वर्ष पूर्व कुरुक्षेत्र में हुए थे, तथापि प्रत्येक कुटीर में अथवा राजप्रासादों में भावनाओं का क्षोभ करनेवाले गीत उन सभी रसपूर्ण घटनाओं के साथ आज भी गाए जाते हैं। अभिमन्यु अर्जुन को जितना प्रिय था, उतना ही वह हम लोगों को भी प्रिय लगता है। उस राजीव नेत्र सुकुमार के रणक्षेत्र में हुए निधन की वार्त्ता सुनते ही शोक से विह्वल होकर आक्रंद करनेवाले उसके पिता ने अश्रुओं से अभिषेक किया होगा। उसी तरह प्रेम तथा शोक से विह्वल होकर लंका व कश्मीर तक सारा हिंदुस्थान अश्रुसिंचन करता है। इससे बढ़कर और क्या उदाहरण हो सकते हैं ? इससे अधिक हम कुछ नहीं कह सकते। मुट्ठी भर बालू को सब ओर

फेंक दिया जाए, उसी तरह यदि हम सबको दश दिशाओं में बिखेर दिया जाए, तब भी, रामायण व महाभारत—ये दोनों ग्रंथ हमें एकत्रित करने की क्षमता रखते हैं। मैं मैजिनी का चरित्र पढ़ता हूँ, तब कहता हूँ कि वे कितने देशाभिमानी हैं। माधवाचार्य का चरित्र पढ़ने पर अपने आप मेरे मुँह से शब्द निकलते हैं, 'हम कितने स्वदेशभक्त हैं।' पृथ्वीराज का पतन याद करने पर तथा मृत्यु को गले लगानेवाले गोविंदसिंहजी के दोनों पुत्रों का बलिदान याद करने पर महाराष्ट्रीय हो या बंगाली, दोनों ही शोक करते हैं। देश के उत्तरी कोने में रहनेवाले आर्यसमाजी इतिहासकार को ऐसा लगता है कि देश के दक्षिणी छोर में स्थित विजयनगर साम्राज्य के संस्थापक हरिहर व बुक्का हमारे लिए ही तो दुश्मनों से लड़े थे तथा दक्षिणी छोर के सनातनी इतिहासकार को भी ऐसा लगता है कि उत्तर के गुरु तेगबहादुर ने भी हमारे लिए मृत्यु का आलिंगन किया। हम सबके राजा एक ही थे। हमारे राज्य भी एक ही थे। हमने समृद्धि व संपन्नता का भी एक समान उपभोग किया। हम सबने अपने पराक्रम से दिग्विजय प्राप्त किए। विजय हुई, तब तो हम सब एक साथ थे ही, पराजय व आपत्तियों को भी हमने एकसाथ रहकर झेला। जहाँ मोका बसाय्या, सूर्याजी पिसाल, जयचंद तथा काला पहाड़[६३] नामक बंगली ब्राह्मण, जिसको मुसलमान युवती से विवाह रचने के कारण हिंदू धर्म से बाहर कर दिया गया, जिससे क्रोधित होकर उसने मुसलमान धर्म को स्वीकार किया व कई मंदिर नष्ट कर दिए, लोगों को धर्मभ्रष्ट कराया—इन सबके नाम का उच्चारण करना भी हमें पातक सा लगता है, वहीं अशोक, पाणिनि

मैं मैजिनी का चरित्र पढ़ता हूँ, तब कहता हूँ कि वे कितने देशाभिमानी हैं। माधवाचार्य का चरित्र पढ़ने पर अपने आप मेरे मुँह से शब्द निकलते हैं, 'हम कितने स्वदेशभक्त हैं।' पृथ्वीराज का पतन याद करने पर तथा मृत्यु को गले लगानेवाले गोविंदसिंहजी के दोनों पुत्रों का बलिदान याद करने पर महाराष्ट्रीय हो या बंगाली, दोनों ही शोक करते हैं।

और कपिलमुनि के नामों के उच्चारण के साथ अपने शरीर में नवचेतना जाग उठती है और आत्मगौरव का अनुभव होता है।

कलह और युद्ध क्या आप लोगों में नहीं होते?

हिंदुओं में जो परस्पर युद्ध हुए, उस विषय में क्या कहना चाहिए। हम इसके प्रत्युत्तर में कहते हैं, 'इंग्लैंड के यॉर्क और लंकेस्टर घरानों६४ में हुए युद्ध-ध्वजचिह्न गुलाब होने के कारण इन युद्धों को 'गुलाबों का युद्ध' नाम से जाना जाता है, उनके बारे में क्या कहा जाए?' इटली, जर्मनी, फ्रांस, अमेरिका में कई संस्थाओं के बीच विभिन्न पंथों के बीच या फिर समाज के वर्गों के बीच आपसी लड़ाइयाँ हुईं...

हिंदुओं में जो परस्पर युद्ध हुए, उस विषय में क्या कहना चाहिए। हम इसके प्रत्युत्तर में कहते हैं, 'इंग्लैंड के यॉर्क और लंकेस्टर घरानों[६४] में हुए युद्ध-ध्वजचिह्न गुलाब होने के कारण इन युद्धों को 'गुलाबों का युद्ध' नाम से जाना जाता है, उनके बारे में क्या कहा जाए?' इटली, जर्मनी, फ्रांस, अमेरिका में कई संस्थाओं के बीच विभिन्न पंथों के बीच या फिर समाज के वर्गों के बीच आपसी लड़ाइयाँ हुईं, कई बार तो एक पक्ष ने अपने ही देश में रहनेवाले विपक्षी बंधुओं का नामोनिशान मिटाने के लिए विदेशी सहायता भी प्राप्त की, उन सब के बारे में क्या कहा जाए? इतना सबकुछ हो जाने के पश्चात् भी सभी एक राष्ट्र तथा एक समान इतिहास के धनी हैं। तब हिंदू भी उसी प्रकार से एक राष्ट्र तथा एक ही जाति हैं, यदि इसी प्रकार हिंदुओं का कोई समान इतिहास नहीं है तो विश्व के अन्य राष्ट्रों का भी इस प्रकार का इतिहास नहीं होना चाहिए!

संस्कृत ही हम लोगों के देश की भाषा है

जिस प्रकार इतिहास का अध्ययन करने से ही हम लोगों को अपनी जाति के पराक्रम एवं दिग्विजय का बोध होता है, उसी प्रकार अपने वाङ्मय

का संपूर्ण विचार करने के पश्चात् ही हम लोगों को अपनी जाति की विचार-संपत्ति का इतिहास ज्ञात होता है। ऐसा कहते हैं कि विचार व शब्द कोई दो पृथक् चीजें नहीं हैं। इसी कारण हम लोगों का वाङ्मय तथा सभी लोगों की समान भाषा—संस्कृत—पृथक् नहीं हो सकती, वे दोनों अभिन्न हैं। वस्तुत: वह हमारी मातृभाषा है। हमारी माताएँ इसी भाषा का प्रयोग करती थीं तथा इसी भाषा से हम लोगों की आज की प्राकृत भाषाएँ उत्पन्न हुई हैं। हमारे ईश्वरों के संभाषण की भाषा यही देववाणी थी। हम लोगों के कवियों ने संस्कृत भाषा में ही काव्य-रचना की। हम लोगों के अत्युत्तम विचार, अत्युत्तम कल्पना अथवा काव्य-रचना अनायास ही संस्कृत में प्रकट किए गए हैं। लाखों लोग आज भी उसे 'देवभाषा' ही मानते हैं। उसी की शब्द-संपत्ति ने गुजराती तथा गुरुमुखी, सिंधी एवं हिंदी, तमिल तथा तेलुगु, महाराष्ट्री तथा मलयालम, बंगाली और सिंधी आदि भाषा भगिनियों ने अपनी भाषा समृद्ध की। संस्कृत हम लोगों की भावनाओं तथा आशा-आकांक्षाओं को एक प्रकार का मर्यादित सुसंवाद प्रदान करनेवाली केवल एक भाषा ही नहीं है, अनेक हिंदुओं को वह किसी मंत्र के समान मुग्ध कर देती है। सभी को वह संगीत के समान मोहित करती है।

हमारे ईश्वरों के संभाषण की भाषा यही देववाणी थी। हम लोगों के कवियों ने संस्कृत भाषा में ही काव्य-रचना की। हम लोगों के अत्युत्तम विचार, अत्युत्तम कल्पना अथवा काव्य-रचना अनायास ही संस्कृत में प्रकट किए गए हैं। लाखों लोग आज भी उसे 'देवभाषा' ही मानते हैं।

हिंदुओं की वाङ्मय संपत्ति

वेद जैन लोगों के प्रमाणभूत ग्रंथ नहीं बन सकते, परंतु हम लोगों की जाति के अत्यंत प्राचीन इतिहास ग्रंथों के रूप में हम लोगों के समान वे जैनों के भी ग्रंथ हैं। 'आदिपुराण' किसी सनातनी द्वारा नहीं रचा गया है, परंतु 'आदिपुराण' को सनातनी व जैन दोनों ही मानते हैं। 'बसवपुराण'

लिंगायतों का वेद है, परंतु वह लिंगायत तथा लिंगायेतर हिंदुओं का भी है। कानडी भाषा का सबसे प्राचीन तथा ऐतिहासिक दृष्टि से अत्यंत महत्त्वपूर्ण उपलब्ध वाङ्मय वही है। गुरुगोविंदजी द्वारा रचित 'विचित्र नाटक' को बंगाल के हिंदू अपनी वाङ्मय संपत्ति मानते हैं। उसी प्रकार 'चैतन्य चरित्रामृत' को सिख बहुत मूल्यवान समझते हैं। कालीदास तथा भवभूति चरक[६५] और सुश्रुत,[६६] आर्यभट्ट[६७] एवं वराहमिहिर,[६८] भास और अश्वघोष,[६९] जयदेव[७०] और जगन्नाथ[७१] आदि ने हम लोगों के लिए लिखा। उनके वाङ्मय से हम लोगों को आनंद प्राप्त होता है तथा उनका वाङ्मय एक अमूल्य संपत्ति है। तमिल कवि कंब तथा हाफिज[७२]—इन दोनों का काव्य किसी बंगाली व्यक्ति के सम्मुख एक साथ रखा गया और उससे पूछा गया कि इनमें से तुम्हारा कौन है? तब वह कहेगा कि कंब कवि मेरा है। रवींद्रनाथ तथा शेक्सपियर का वाङ्मय देखकर महाराष्ट्रीय हिंदू तत्काल बोल उठेगा—'रवींद्र! रवींद्र मेरा है!'

कला तथा कलाशिल्प भी हम लोगों की जाति की समान संपत्ति है। फिर वह कला व शिल्प किसी भी वैदिक अथवा अवैदिक धर्ममत का पुरस्कार क्यों न करता हो। जिन शिल्पियों ने ये कला कौशल्य के जो आदर्श स्थापित किए, जिन्होंने तज्ञ मार्गदर्शन किया, जिन्होंने कर के रूप में यह निर्माण करने हेतु धन की आपूर्ति की तथा जिन राजाओं ने ये शिल्प बनाने में प्रेरणा देने का कार्य किया, वे सभी वैदिक हों या अवैदिक, परंतु सभी हिंदू ही थे।

कला तथा कलाशिल्प

कला तथा कलाशिल्प भी हम लोगों की जाति की समान संपत्ति है। फिर वह कला व शिल्प किसी भी वैदिक अथवा अवैदिक धर्ममत का पुरस्कार क्यों न करता हो। जिन शिल्पियों ने ये कला कौशल्य के जो आदर्श स्थापित किए, जिन्होंने तज्ञ मार्गदर्शन किया, जिन्होंने कर के रूप में यह निर्माण करने

हेतु धन की आपूर्ति की तथा जिन राजाओं ने ये शिल्प बनाने में प्रेरणा देने का कार्य किया, वे सभी वैदिक हों या अवैदिक, परंतु सभी हिंदू ही थे। आसिंधुसिंधुपर्यंता की भूमि की महान् जाति के—हिंदूजाति के ही थे। जो सनातनी कहलाते हैं, उन्होंने उस समय के बौद्ध स्तूपों के तथा कला शिल्पों के कार्य में स्वयं कष्ट सहते हुए तथा द्रव्य देकर पूरे किए हैं तथा उस समय के बौद्धों ने आज के सनातनियों की मंदिर तथा स्मारकों के एवं कला-कौशल के कार्य द्रव्य देकर तथा प्रत्यक्ष अपने श्रम से पूरे किए हैं।

हिंदू निर्बंध-विधान

गौण बातों में यहाँ-वहाँ कुछ मतभेद होते हुए भी रीति-रिवाज तथा समाज नियमन के नीति निर्बंध हम सभी के लिए समान हैं। वे ही हम लोगों की एकता का कारण हैं; उसका परिणाम तथा प्रयोजन हैं। हिंदू धर्म के शास्त्रों की मूलभूत नींव पर आधारित निर्बंध-विधानों (Hindu law) के संबंध में कितने भी गौण मतभेद हों तथा यहाँ-वहाँ परस्पर विरोधी कुछ बातें भी समाविष्ट की गई हों, तब भी उसकी रचना इतनी योग्य प्रकार से की गई है कि उसकी विशेषता स्पष्ट रूप से बनी रहेगी। अमेरिका के विभिन्न राज्यों में तथा ब्रिटिश प्रजासत्ताक राज्य में नए-नए निर्बंध विधान (कानून) तैयार करने तथा उनको स्पष्ट रूप देने हेतु निर्बंध निर्मितासभा (लोकसत्ता आदि) का कार्य भी गति से चलता हो, परंतु धर्मशास्त्र द्वारा व्यवहार में पालन के लिए नीति-नियमों के जो सिद्धांत

गौण बातों में यहाँ-वहाँ कुछ मतभेद होते हुए भी रीति-रिवाज तथा समाज नियमन के नीति निर्बंध हम सभी के लिए समान हैं। वे ही हम लोगों की एकता का कारण हैं; उसका परिणाम तथा प्रयोजन हैं। हिंदू धर्म के शास्त्रों की मूलभूत नींव पर आधारित निर्बंध-विधानों (Hindu law) के संबंध में कितने भी गौण मतभेद हों तथा यहाँ-वहाँ परस्पर विरोधी कुछ बातें भी समाविष्ट की गईं"

बनाए गए तथा उन सिद्धांतों का विकास होकर संपूर्ण अवस्था को प्राप्त हुई। निर्बंध-विधान की पद्धति को हम आज भी स्वीकार करते हैं। मूलभूत समानता का ही आधार मानकर चलें तो अंग्रेजी निर्बंध-विधान का कोई वैशिष्ट्यपूर्ण पहलू उजागर करने लायक शब्द भी याद नहीं आता। अन्य मुसलमान जाति की तरह कई बार, विशेषतः उत्तराधिकारों के मामलों में हिंदू-निर्बंध विधान का आधार खोजा अथवा बोहरी लोगों ने लिया है; परंतु इन विरल तथा घातक अपवादों के होते हुए भी मुसलमानी कानून ने अपनी विशेषता बनाए रखी है। महाराष्ट्र अथवा पंजाब के हिंदुओं के रीति-रिवाज बंगाल अथवा सिंध के हिंदुओं के रीति-रिवाजों से अल्पत भिन्न होने की संभावना है, परंतु अन्य गौण व्यवहारों में इतना साम्य है कि महाराष्ट्र में रूढ़ नीति व्यवहार बंगाल अथवा सिंध के व्यवहार निर्बंध शास्त्र के अनुसार ही होते हैं। ऐसा प्रतीत होता है अथवा बंगाल के व्यवहार महाराष्ट्र के समान ही होते हैं ऐसी धारणा बन सकती है। हम लोगों की किसी एक जाति के आचार-विचार, रूढ़ियों अथवा रीति-रिवाजों को एकत्र किया जाए, तब ऐसा प्रतीत होगा कि युद्ध हम लोगों के हिंदू नीति-व्यवहार न्याय-शास्त्र का एक पृथक् तथा संलग्न अध्याय है। यदि इस अध्याय को इस निर्बंध विधा में सम्मिलित न करने के प्रयास किए जाते हैं तथा बहुत बुद्धिमानी का परिचय देने के पश्चात् ये प्रयास सफल भी होते हैं, तब भी इस अध्याय की पृथक्ता छिपाना संभव नहीं होगा।

महाराष्ट्र अथवा पंजाब के हिंदुओं के रीति-रिवाज बंगाल अथवा सिंध के हिंदुओं के रीति-रिवाजों से अल्पत भिन्न होने की संभावना है, परंतु अन्य गौण व्यवहारों में इतना साम्य है कि महाराष्ट्र में रूढ़ नीति व्यवहार बंगाल अथवा सिंध के व्यवहार निर्बंध शास्त्र के अनुसार ही होते हैं। ऐसा प्रतीत होता है अथवा बंगाल के व्यवहार महाराष्ट्र के समान ही होते हैं ऐसी धारणा बन सकती है।

त्योहार तथा यात्रा महोत्सव

हम सभी लोगों के त्योहार तथा उत्सव एक समान हैं। हम लोगों के धार्मिक संस्कारों तथा धार्मिक आचारों में समानता है। जहाँ-जहाँ हिंदू वास करते हैं, उन सभी स्थानों पर दशहरा, दीपावली, रक्षाबंधन एवं होली आदि त्योहार अत्यंत आनंदायक माने जाते हैं। सिख तथा जैन, ब्राह्मण एवं पंचम आदि संपूर्ण हिंदू विश्व दीपावली का आनंद उठाने में मग्न रहता है। केवल हिंदुस्थान में ही ऐसा नहीं होता, विश्व के अन्य खंडों में भी जहाँ-जहाँ बृहत्तर भारत का विकास शीघ्र गति से हो रहा है, उस बृहत्तर हिंदुस्थान में भी ऐसा ही होता है। तराई-जंगल में एक भी झोंपड़ी ऐसी नहीं होती, जहाँ एक छोटा दीप जलाकर (मिट्टी का छोटा दीया) उस रात अपने द्वार पर नहीं रखी जाती! रक्षाबंधन के दिन पंजाब की किसी अल्हड़, हर्षित युवती से लेकर मद्रास के किसी स्नानसंध्या शील कर्मठ ब्राह्मण तक प्रत्येक हिंदू, 'एक देश, एक भगवान्, एक जाति, एक मन:प्राण। भाई-भाई का एक ही निश्चय। भेद नहीं है, भेद नहीं॥' इस भावना से रेशमी राखी बँधवा रहा है। हिंदुओं में जो सामान्य धार्मिक विचार हैं, उनका हमने अभी तक उल्लेख नहीं किया है। इतना ही नहीं, अभी तक हमने धार्मिक स्वरूप के किसी भी रीति-रिवाज का अथवा प्रसंग का या संस्थाओं का भी उल्लेख नहीं किया है, क्योंकि हिंदुत्व के प्रमुख अभिलक्षणों का विचार हमें जातीय दृष्टिकोण से ही करना था। किसी धार्मिक विचारों के अनुसार नहीं, फिर भी राष्ट्रीय तथा जातीय दृष्टि से भी विभिन्न तीर्थक्षेत्र

हम सभी लोगों के त्योहार तथा उत्सव एक समान हैं। हम लोगों के धार्मिक संस्कारों तथा धार्मिक आचारों में समानता है। जहाँ-जहाँ हिंदू वास करते हैं, उन सभी स्थानों पर दशहरा, दीपावली, रक्षाबंधन एवं होली आदि त्योहार अत्यंत आनंदायक माने जाते हैं। सिख तथा जैन, ब्राह्मण एवं पंचम आदि संपूर्ण हिंदू विश्व दीपावली का आनंद उठाने में मग्न रहता है।

तथा वहाँ लगनेवाली यात्राएँ हिंदूजाति की परंपरागत संपत्ति हैं। जगन्नाथ का रथ-महोत्सव, अमृतसर की वैशाखी, (बैसाखी), कुंभ तथा अर्धकुंभ आदि महायात्राएँ हम लोगों की राष्ट्रदेह में जीवंतता तथा विचारों का अविरत प्रवाह बनाए रखनेवाले विराट् राष्ट्रीय सम्मेलन ही हैं। इन यात्राओं तथा मेलों में जो लोकविलक्षण रीति-रिवाज, विभिन्न समारोह तथा संस्कारों का दर्शन होता है, उनमें कुछ लोग आवश्यक धार्मिक कर्तव्य से, तो कई अन्य लोग उत्सवप्रिय होने के कारण वहाँ मौज-मजा करने हेतु उपस्थित रहते हैं। वहाँ उपस्थित रहनेवाले प्रत्येक व्यक्ति को यह बात ठीक से समझ में आ जाती है कि यदि उसे अपनी जीवन-यात्रा उत्तम प्रकार से पूरी करनी है, तब उसे हिंदूजाति के सामुदायिक जीवन से समरस होना पड़ेगा।

संक्षेप में हम लोगों की संस्कृति का यह प्रमुख भाग है तथा इसी कारण हम लोगों की संस्कृति एक स्वतंत्र संस्कृति के रूप में जानी जाती है। प्रस्तुत विषय पर विचार करते हुए इस बात पर समग्र विचार करना संभव नहीं है। हम लोग 'हिंदू' नामक केवल एक राष्ट्र ही नहीं हैं। हम लोग एक विशिष्ट जाति भी हैं तथा इन दोनों के मिलाप से हम लोगों की एक संस्कृति बन गई है। इस संस्कृति का आविष्कार तथा संरक्षण प्रथमतः और प्रमुख रूप से हम लोगों की मातृभाषा द्वारा ही किया गया है, जो-जो स्वयं को हिंदू मानता है, वह प्रत्येक व्यक्ति इस संस्कृति का

जगन्नाथ का रथ-महोत्सव, अमृतसर की वैशाखी, (बैसाखी), कुंभ तथा अर्धकुंभ आदि महायात्राएँ हम लोगों की राष्ट्रदेह में जीवंतता तथा विचारों का अविरत प्रवाह बनाए रखनेवाले विराट् राष्ट्रीय सम्मेलन ही हैं। इन यात्राओं तथा मेलों में जो लोकविलक्षण रीति-रिवाज, विभिन्न समारोह तथा संस्कारों का दर्शन होता है, उनमें कुछ लोग आवश्यक धार्मिक कर्तव्य से, तो कई अन्य लोग उत्सवप्रिय होने के कारण वहाँ मौज-मजा करने हेतु उपस्थित रहते हैं।

उत्तराधिकार प्राप्त कर जनमा है तथा जिस प्रकार इस भूमि से तथा पूर्वजों के रक्त से उसकी देह बनी है, उसी प्रकार उसका मन भी वास्तविक रूप में इसी संस्कृति से जनमा है।

हिंदुत्व का तीसरा प्रमुख अभिलक्षण

हिंदू उसे ही कहा जाता है, जिसे सिंधु से समुद्र तक फैली हुई यह भूमि अपनी मातृभूमि के रूप में अत्यधिक प्रिय होती है। वैदिक सप्तसिंधु के हिमालयीन उच्च प्रदेश में, जिसके प्रारंभ होने का स्पष्ट प्रमाण उपलब्ध है और नए-नए प्रदेशों से आगे बढ़ती हुई, जिनको उसने स्वीकार किया, उसे अपने में समाविष्ट करके उसे आत्मसात् किया, उसे चरमोत्कर्ष तक पहुँचाकर जो जाति-हिंदू नाम से जिसने उत्कर्ष किया, उस महान् जाति का रक्त हिंदू नाम के लिए योग्य प्रमाणित होनेवाले प्रत्येक व्यक्ति के शरीर में प्रवाहित होता रहता है। हिंदुओं का तीसरा प्रमुख अभिलक्षण है समान इतिहास, समान वाङ्मय, समान कला, एक ही निर्बंध विधान, एक ही धर्म व्यवहार शास्त्र, एक साथ मिलकर मनाए गए उत्सव, एक साथ की गई यात्राएँ, आचारविधि, त्योहार तथा एक जैसे संस्कार। सारांशत: वे, जो हिंदू संस्कृति अपनी प्रतीत होती ही है। ऊपर निर्दिष्ट सभी अभिलक्षण प्रत्येक हिंदू के पास दिखाई देंगे, यह संभव नहीं है, परंतु हिंदू बांधवों में जो परस्पर समानता दिखाई देती है, वह अन्य किसी अरब अथवा इंग्लिश व्यक्ति से दिखाई देनेवाली समानता से निश्चित रूप में अधिक होगी। इसी प्रकार हिंदुओं के

हिंदू उसे ही कहा जाता है, जिसे सिंधु से समुद्र तक फैली हुई यह भूमि अपनी मातृभूमि के रूप में अत्यधिक प्रिय होती है। वैदिक सप्तसिंधु के हिमालयीन उच्च प्रदेश में, जिसके प्रारंभ होने का स्पष्ट प्रमाण उपलब्ध है और नए-नए प्रदेशों से आगे बढ़ती हुई, जिनको उसने स्वीकार किया, उसे अपने में समाविष्ट करके उसे आत्मसात् किया"

ये अभिलक्षण किसी अहिंदू में नहीं दिखाई दे सकते, यह बात भी सच नहीं है; परंतु तब भी इन दोनों में समानता की तुलना में असाम्यता अधिक होगी। अतः जो ईसाई अथवा मुसलमान समुदाय अभी तक हिंदू ही था और धर्मांतरित प्रथम पीढ़ी दुःखी व क्रोधपूर्ण धार्मिक जीवन जी रही थी, उन मुसलमान तथा ईसाई जातियों को हिंदूजातियों का शुद्ध रक्त उत्तराधिकारियों के रूप में प्राप्त हुआ है। उन्हें भी अब हिंदू कहलाना संभव नहीं है, क्योंकि जिस दिन उनपर थोपे गए धर्म से उनका प्रत्यक्ष संबंध हुआ उसी दिन वे जातियाँ हिंदू संस्कृति के उत्तराधिकार से वंचित हो गईं। हिंदुओं से सर्वथा भिन्न संस्कृति है—ऐसा उन्हें प्रतीत होता है। इस कारण उनके आदर्श वीर और इन वीरों के प्रति उनकी भक्ति-भावना, उनके उत्सव तथा यात्राएँ, उनके ध्येय तथा जीवन विषयक दृष्टिकोण इनमें तथा हम लोगों की कल्पनाओं में कोई भी समानता अब शेष नहीं है। प्रत्येक हिंदू अपनी जाति की विशिष्ट संस्कृति से असामान्य प्रेम करता है तथा नितांत भक्तिभाव दरशाता है। इस अत्यंत आवश्यक अभिलक्षण के कारण हिंदुत्व का शुद्ध स्वरूप निश्चित करना हमारे लिए संभव हो सका।

प्रत्येक हिंदू अपनी जाति की विशिष्ट संस्कृति से असामान्य प्रेम करता है तथा नितांत भक्तिभाव दरशाता है। इस अत्यंत आवश्यक अभिलक्षण के कारण हिंदुत्व का शुद्ध स्वरूप निश्चित करना हमारे लिए संभव हो सका।

क्या बोहरी तथा खोजे को 'हिंदू' कह सकते हैं?

अब हम उस बोहरी तथा खोजे व्यक्ति का उदाहरण देते हैं, जो हम लोगों के यहाँ रहता है। हिंदुस्थान से वह पितृभूमि के रूप में प्रेम करता है, क्योंकि यह निर्विवाद रूप से उसके पूर्वजों की भूमि है। उसमें और कुछ अन्य लोगों के शरीर में निश्चित रूप से हिंदू रक्त ही विद्यमान है। यदि उसकी पीढ़ी में वही प्रथम होगा, जो मुसलमान हुआ होगा, तब उसके शरीर में उसके हिंदू माँ-बाप का ही रक्त होगा। किसी समझदार तथा जानकार

व्यक्ति के समान वह हिंदू इतिहास से एवं ऐतिहासिक पुरुषों से प्रेम करता है। बोहरे तथा खोजे हमारे दशावतारों की पूजा ईश्वर मानकर करते हैं, परंतु इनमें ग्यारहवाँ नाम मोहम्मद का भी जोड़ देते हैं। वह बोहरी अथवा खोजा उसकी संपूर्ण जाति जैसा ही, अपने पूर्वजों के हिंदू निर्बंध विधान को ही आधार मानते हैं। इस प्रकार राष्ट्र, जाति तथा संस्कृति—ये तीन आवश्यक अभिलक्षणों का विचार किया जाए तो उसे हिंदू ही कहना होगा। उसके कुछ त्योहार तथा उत्सव हम लोगों से भिन्न हो सकते हैं तथा अपनी देव-देवताओं और सत्पुरुषों की पंक्ति में वह एक-दो अतिरिक्त व्यक्तियों का समावेश कर सकता है। इन एक-दो मतभेदों के कारण उसे हिंदू संस्कृति को माननेवालों से बाहर नहीं किया जाता है। हिंदुओं की कुछ उपजातियों में कुछ पृथक् रीति-रिवाजों का पालन किया जाता है। कई बार तो इन रीति-रिवाजों में परस्पर विरोधी होने की बात भी देखी जाती है। तब भी वहाँ सभी उपजातियाँ हिंदू ही कहलाती हैं, तब हिंदू धर्म के तीन ऊपर वर्णित अभिलक्षण जिनमें विद्यमान हैं, उन बोहरों को अथवा खोजों को हिंदू कहने में क्या कठिनाई हो सकती है ?

हिंदुओं की कुछ उपजातियों में कुछ पृथक् रीति-रिवाजों का पालन किया जाता है। कई बार तो इन रीति-रिवाजों में परस्पर विरोधी होने की बात भी देखी जाती है। तब भी वहाँ सभी उपजातियाँ हिंदू ही कहलाती हैं, तब हिंदू धर्म के तीन ऊपर वर्णित अभिलक्षण जिनमें विद्यमान हैं, उन बोहरों को अथवा खोजों को हिंदू कहने में क्या कठिनाई हो सकती है?

वस्तुत: इस प्रकार उन्हें हिंदू कहने में कोई दोष नहीं है, परंतु हिंदुत्व के एक अभिलक्षण के प्रति उनका जो दृष्टिकोण है, उसी कारण उन्हें हिंदू नहीं कहा जा सकता। यह अभिलक्षण संस्कृति शब्द में ही समाविष्ट हो जाता है। फिर भी अन्य विशेषणों में उसे गौण मानकर उसपर ध्यान न देना उचित नहीं होगा, अर्थात् विचारों की दृष्टि से वह बहुत महत्त्वपूर्ण है। अत: उसका

स्वतंत्र विवेचन तथा विश्लेषण करना आवश्यक है। इस बात की चर्चा अभी तक इसलिए नहीं की गई क्योंकि उसपर यथोचित विचार करने के पश्चात् सदा के लिए निश्चित एवं परिणामकारक निर्णय लेने का हमारा विचार हिंदुत्व तथा हिंदू धर्म—इन दो शब्दों का महत्त्व तथा उनसे व्यक्त होनेवाला अर्थ निश्चित रूप से ज्ञात करने के पश्चात् हम लोग इस स्थिति में पहुँच जाएँगे कि इस शब्द का विश्लेषण करने की पूरी साधन-सामग्री हम लोगों को प्राप्त हो गई है—ऐसा कह सकेंगे।

□

हिंदू धर्म से 'हिंदू' की परिभाषा करना अनुचित

हिंदुत्व तथा हिंदू धर्म—ये दोनों ही शब्द हिंदू शब्द से उत्पन्न हुए हैं। अत: उनका अर्थ 'सारी हिंदूजाति' ऐसा ही किया जाना आवश्यक है। हिंदू धर्म की परिभाषा के अनुसार, यदि कोई महत्त्वपूर्ण समाज उसमें सम्मिलित न किया जाता हो अथवा उसे स्वीकारने से हिंदुओं के घटकों को हिंदुत्व से बाहर किया जा रहा हो, तो वह परिभाषा मूलत: ही धिक्कारने योग्य समझी जानी चाहिए। 'हिंदू धर्म' से हिंदू लोगों में प्रचलित विविध धर्ममतों का बोध होता है। हिंदू लोगों के विभिन्न धार्मिक विचार कौन से हैं अथवा हिंदू धर्म क्या है, इसे निश्चित रूप से समझने के लिए सर्वप्रथम 'हिंदू' शब्द की परिभाषा निश्चित करना आवश्यक है। जो लोग केवल 'हिंदुओं की पूरी तरह से स्वतंत्र विभिन्न धार्मिक सोच-समझ' इतना ही अर्थ मन में लेकर, 'हिंदू धर्म' शब्द से दर्शाए जानेवाले महत्त्वपूर्ण अर्थ की ओर ध्यान देते हुए हिंदू धर्म के आवश्यक लक्षण निश्चित करने का प्रयास करते हैं, उन्हें इसी बात को लेकर मन में संभ्रम उत्पन्न हो जाता कि किन लक्षणों को आवश्यक माना जाए।

क्योंकि उन्होंने जिन लक्षणों को आवश्यक माना है, उनके सहारे वे सभी हिंदूजातियों का समावेश 'हिंदू' शब्द में नहीं कर सकते। इसके कारण वे क्रोधित होकर, वे जातियाँ 'हिंदू' कभी थीं ही नहीं, ऐसा कहने का दुस्साहस करते हैं, उनकी परिभाषा में इन जातियों का समावेश नहीं किया जा सकता,

क्योंकि वह संकीर्ण है, ऐसा कहना उचित नहीं है। जिन तत्त्वों को हिंदू धर्म कहना चाहिए, ऐसा ये सज्जन समझते हैं, वे तत्त्व इन जातियों द्वारा या तो स्वीकार नहीं किए जाते अथवा वे उनका पालन नहीं करतीं, इसलिए 'हिंदू कौन है'—इस प्रश्न का उत्तर देने का यह तरीका सर्वथा विपरीत है। इसी कारण सिख, जैन, देवसमाजी जैसे अवैदिक मतों का पुरस्कार करनेवाले हमारे बांधवों में और प्रगतिक तथा देशप्रेमी आर्यसमाजियों में कुछ कटुता का भाव पैदा हो गया है।

हिंदू किसे कहते हैं?

हिंदू किसे कहना चाहिए? जो हिंदू धर्म के तत्त्वों का पालन करता है उसे ही! अब हिंदू धर्म किसे कहना चाहिए? हिंदू लोग जिन तत्त्वों को मानते हैं—उसे! यह व्याख्या है तो न्यायसंगत, परंतु इसी तरह से बार-बार यही कहना कभी न खत्म होनेवाले विवाद का वातावरण बन जाता है। इसी कारण इससे कोई संतोषप्रद निर्णय निकलने की संभावना नहीं है।

हिंदू किसे कहना चाहिए? जो हिंदू धर्म के तत्त्वों का पालन करता है उसे ही! अब हिंदू धर्म किसे कहना चाहिए? हिंदू लोग जिन तत्त्वों को मानते हैं—उसे! यह व्याख्या है तो न्यायसंगत, परंतु इसी तरह से बार-बार यही कहना कभी न खत्म होनेवाले विवाद का वातावरण बन जाता है। इसी कारण इससे कोई संतोषप्रद निर्णय निकलने की संभावना नहीं है। इस प्रकार गलत मार्ग पर चलनेवाले हम लोगों के बहुत से मित्रों को यह कहना आवश्यक हो जाता है कि 'हिंदू नाम के कोई लोग विश्व में विद्यमान नहीं है।' जिस महाविद्वान्, इंग्लिश व्यक्ति ने 'हिंदूइज्म' शब्द को प्रचलित किया (हिंदू धर्म इस अर्थ में) उसी का अनुकरण करते हुए यदि कोई हिंदी व्यक्ति 'इंग्लिशिज्जम' शब्द का प्रयोग करते हुए इंग्लिश लोगों में रूढ़ धार्मिक कल्पनाओं की जड़ों में कुछ एकता की खोज करने का

प्रयास करता है तो ज्यू से जॅकोविनों[७३] तक तथा ट्रिनिटी[७४] का तत्त्व माननेवाले से उपयुक्ततावादियों तक उसे इतने पंथ, उपपंथ, जातियाँ एवं उपजातियाँ दिखाई देंगी कि क्रोध से वह कहेगा, 'इंग्लिश कहलानेवाला कोई भी व्यक्ति इस विश्व में विद्यमान नहीं है!' तथा इस विश्व में हिंदू नामक कोई व्यक्ति नहीं है—ऐसा कहनेवाले सज्जन की तुलना में वह कम हास्यास्पद नहीं कहा जाएगा। इस विषय के बारे में कितनी भ्रांतियाँ फैल चुकी हैं तथा हिंदुत्व व हिंदू धर्म—इन दो शब्दों का पृथक् विश्लेषण करने में यश प्राप्त न होने के कारण इन भ्रांतिपूर्ण विचारों में वृद्धि ही हुई है। इसका अनुभव करना हो तो 'नटेसन कंपनी' द्वारा प्रकाशित 'Essentials of Hinduism' नामक छोटी पुस्तक का अवलोकन करना उचित होगा।

हिंदू धर्म में कई धर्म-पद्धतियों का अंतर्भाव होता है

हिंदू धर्म का अर्थ है—हिंदुओं का धर्म; और जहाँ तक सिंधु शब्द से बने 'हिंदू' शब्द का मूल अर्थ सिंधु से सिंधु तक अर्थात् समुद्र तक फैली हुई इस भूमि में निवास करनेवाले लोग—इस प्रकार होता है। इसीलिए जो धर्म अथवा विशेष रूप से जो धर्म प्रारंभ से ही इस भूमि और यहाँ के निवासियों के धर्म हैं, वह धर्म अथवा वे सभी धर्म हिंदू धर्म ही हैं। यदि हम लोगों को इन विभिन्न तत्त्वों एवं विचारों को एक ही धर्म-पद्धति में सम्मिलित करना संभव नहीं दिखाई देता तो दूसरा मार्ग भी अपनाया जा सकता है। हिंदू धर्म इस नाम से एक ही धर्म पद्धति अथवा एक ही धर्म मत का बोध होता है—यह न मानते हुए हिंदू धर्म परस्पर

हिंदू धर्म का अर्थ है—हिंदुओं का धर्म; और जहाँ तक सिंधु शब्द से बने 'हिंदू' शब्द का मूल अर्थ सिंधु से सिंधु तक अर्थात् समुद्र तक फैली हुई इस भूमि में निवास करनेवाले लोग—इस प्रकार होता है। इसीलिए जो धर्म अथवा विशेष रूप से जो धर्म प्रारंभ से ही इस भूमि और यहाँ के निवासियों के धर्म हैं, वह धर्म अथवा वे सभी धर्म हिंदू धर्म ही हैं।

मिलते-जुलते अथवा असमान अथवा परस्पर विरोधी भी—ऐसी अनेक धर्म पद्धतियों का समूह है। हिंदू धर्म की निश्चित व्याख्या आप भले न कर सकते हों; लेकिन आप हिंदू राष्ट्र का अस्तित्व नकार नहीं सकते अथवा इससे भी घातक बात कोई हो, तो हमारे वैदिक और अवैदिक बांधवों की भावनाओं को ठेस पहुँचाकर उनमें से कइयों को अहिंदू कहकर दुतकारने का अपवित्र कृत्य भी आप कर नहीं सकेंगे।

वैदिक धर्म को ही हिंदू धर्म मानना एक भूल है

प्रस्तुत प्रबंध की मर्यादाओं का विचार करने पर यह प्रतीत होता है कि हिंदू धर्म के आवश्यक लक्षण कौन से हैं। इसी विषय पर यहाँ समग्र चर्चा अथवा विवेचन करना संभव नहीं है। इससे पूर्व भी हमने कहा है कि 'हिंदू धर्म क्या है?' इस प्रश्न पर वस्तुतः चर्चा करना तब ही संभव होगा जब हिंदुत्व के सभी अभिलक्षणों की निश्चित पहचान हो जाने के पश्चात् ही हिंदू कौन है, इस प्रश्न का अचूक उत्तर देना संभव होगा तथा 'हिंदू कौन है' इस प्रश्न का उत्तर निश्चित रूप से हम दे सकेंगे। हिंदुत्व के प्रमुख अभिलक्षणों का ही विचार यहाँ हमें करना है। अतः हिंदू धर्म के स्वरूप के विषय में किसी भी प्रकार की चर्चा यहाँ नहीं की जाएगी। हमारे इस प्रस्तुत विषय में यदि उसका कुछ संबंध है ऐसा प्रतीत होगा, तब उसी संदर्भ में उसका विचार किया जाएगा। 'हिंदू धर्म' शब्द इतना व्यापक होना चाहिए कि हिंदू लोगों में विद्यमान विभिन्न जातियों तथा उपजातियों के अतिरिक्त, विभिन्न पंथ, मत अथवा धार्मिक विचार जो हैं, उन सभी का अंतर्भाव उसमें किया जा सके। सामान्यतः हिंदू धर्म बहुसंख्यक हिंदू लोगों ने जो धर्म-पद्धति स्वीकार कर

प्रस्तुत प्रबंध की मर्यादाओं का विचार करने पर यह प्रतीत होता है कि हिंदू धर्म के आवश्यक लक्षण कौन से हैं। इसी विषय पर यहाँ समग्र चर्चा अथवा विवेचन करना संभव नहीं है। इससे पूर्व भी हमने कहा है कि 'हिंदू धर्म क्या है?'

ली है, उसी के लिए प्रयोग किया जाता है। धर्म, देश अथवा जाति को प्राप्त हुआ नाम उस धर्म, देश अथवा जाति के उत्कर्ष के कारण होता है। यह नाम संभाषण के लिए, संदर्भ तथा उल्लेख की दृष्टि से भी अत्यधिक अनुकूल होता है। परंतु यदि इस अनुकूल संबोधन के कारण कोई भ्रामक, हानिकारक या दिशामूल करनेवाली बात हो सकती है, तो हमें इस बात के लिए सचेत रहना होगा, क्योंकि इस कारण हम लोगों की विचार-शक्ति ही लुप्त हो जाएगी। हिंदू लोगों में बहुसंख्यक लोग जिस धर्म-पद्धति को पूजनीय व शिरोधार्य मानते हैं, उसकी संपूर्ण विशेषता स्पष्ट रूप से दरशाने वाले किसी नाम से उसका उल्लेख करना हो, तो उसे 'श्रुतिस्मृति पुराणोक्त' धर्म अथवा 'सनातन धर्म' यही नाम अधिक उचित होगा अथवा इसे 'वैदिक धर्म' कहने पर भी हमें कोई आपत्ति नहीं होगी। परंतु इन बहुसंख्यक हिंदू लोगों के अतिरिक्त ऐसे अनेक हिंदू भी हैं जिनमें से कुछ अंशतः अथवा पूर्णतः पुराणों को तो कुछ स्मृतियों को और कुछ प्रत्यक्ष ऋषियों को भी नहीं मानते। परंतु यदि बहुसंख्यक हिंदुओं का धर्म ही सभी हिंदुओं का धर्म है, ऐसा मानते हुए यदि उसी को हिंदू धर्म कहना चाहोगे तो हिंदू कहलाने वाले, लेकिन अन्य धार्मिक मतों को माननेवाले बांधवों को ऐसा प्रतीत होना स्वाभाविक है कि बहुसंख्यक लोगों ने हिंदुत्व का अपहरण किया है तथा उन्हें हिंदुत्व से बाहर फेंक देने का उनका यह प्रयास क्रोधकारक तथा अन्यायपूर्ण है। अल्पसंख्यक होने के कारण क्या उनके धर्म का कोई नाम नहीं होगा? परंतु यदि आप लोग इस तथाकथित सनातन धर्म को ही एकमेव हिंदू धर्म कहने लगोगे, तब ऐसा कहना अनिवार्य हो जाएगा

हिंदू लोगों में बहुसंख्यक लोग जिस धर्म-पद्धति को पूजनीय व शिरोधार्य मानते हैं, उसकी संपूर्ण विशेषता स्पष्ट रूप से दरशाने वाले किसी नाम से उसका उल्लेख करना हो, तो उसे 'श्रुतिस्मृति पुराणोक्त' धर्म अथवा 'सनातन धर्म' यही नाम अधिक उचित होगा अथवा इसे 'वैदिक धर्म' कहने पर भी हमें कोई आपत्ति नहीं होगी।

कि उन अन्य मतों को धारण करनेवाले लोगों के नवमतवादी धर्म को हिंदू धर्म कहना संभव नहीं होगा, इसके बाद वे लोग हिंदू नहीं है, ऐसा कहने का साहस भी करने लगोगे। परंतु पहले में दिए गए तर्कों को नापसंद करते हुए समर्थन देने के अतिरिक्त उनके पास अन्य कोई मार्ग नहीं था और जिन्हें उसे मान्यता देने में कठिनाई लग रही थी, फिर भी उसके अलावा चारा भी नहीं था, उन्हें भी इस निष्कर्ष के कारण धक्का लगेगा। हमारे लाखों सिख, जैन, लिंगायत और अन्य समाज के बंधुओं को, जिनके पूर्वजों की नसों में दस पीढ़ियों पूर्व तक तो हिंदू रक्त ही बहता था, अचानक 'हिंदू' संज्ञा से नाता तोड़ने की नौबत आने के कारण अत्यंत दु:ख हुआ, उसमें से कई लोग तो निश्चित रूप से मानते हैं कि जिन रीति-रिवाजों को उन्होंने नवीन मतों के कारण भ्रामक मानकर त्याग दिया था, उनको या तो पुन: स्वीकार करना चाहिए या फिर उनके पूर्वज जिन जातियों में पैदा हुए थे, उन जातियों को सदा के लिए छोड़ देना चाहिए।

यह पराया भाव तथा कटुता उत्पन्न होने का कारण हिंदू धर्म के बहुसंख्यक वैदिक लोगों का धर्म, इस अर्थ से दुरुपयोग किया जाना ही है। सभी हिंदुओं के विविध धर्म—इस अर्थ में इसका प्रयोग किया जाना चाहिए अन्यथा उसका प्रयोग करना बंद किया जाना चाहिए।

सभी हिंदू एक ही ध्वज के नीचे एकत्रित होंगे

यह पराया भाव तथा कटुता उत्पन्न होने का कारण हिंदू धर्म के बहुसंख्यक वैदिक लोगों का धर्म, इस अर्थ से दुरुपयोग किया जाना ही है। सभी हिंदुओं के विविध धर्म—इस अर्थ में इसका प्रयोग किया जाना चाहिए अन्यथा उसका प्रयोग करना बंद किया जाना चाहिए। बहुसंख्यक हिंदुओं के धर्म का निर्देश सनातन धर्म अथवा श्रुतिस्मृति पुराणोक्त धर्म या वैदिक धर्म—इस प्राचीन तथा पहले से स्वीकृत नामों से ही उत्तम प्रकार से किया जाता है। शेष

अल्पसंख्यक हिंदुओं के धर्म का निर्देश भी उनके पुराने तथा सर्वमान्य सिख धर्म, आर्य धर्म, जैन धर्म अथवा बौद्ध धर्म आदि नामों से ही भविष्य में किया जाना चाहिए। जिस समय इन सभी धर्मों को एक साथ उल्लेख करने का प्रसंग आएगा, तब हिंदू धर्म इस समुच्चयवाचक शब्द का प्रयोग किया जाना उचित होगा। बिना किसी शंका के इसे इसी रूप में मान लेना किसी प्रकार से हानिकारक नहीं होगा। इससे इसे अधिक संक्षिप्त रूप में कहना संभव होगा तथा किसी प्रकार की गलती होने का कोई कारण भी नहीं रहेगा। इसी से भविष्य में हिंदुओं की अल्पसंख्यक हिंदूजातियों के पंथों में मन में विद्यमान वैर भाव नष्ट होगा। सभी हिंदू लोग अपनी समान जाति तथा समान संस्कृति का एकमेव चिह्न रहे पुरातन ध्वज के नीचे पुन: एकत्रित हो जाएँगे।

हिंदुस्थान की विभिन्न जातियों के मनुष्य जाति-संबंध में, धर्म वाङ्मय में प्राचीनतम उपलब्ध वाङ्मय वेद वाङ्मय ही है। सप्तसिंधु का, वैदिक परंपरा का यह राष्ट्र अनेक संघों, समुदायों में विभाजित था। आज जिसे हम लोग अपनी सुविधा के लिए वैदिक धर्म कहते हैं, वह उस समय के बहुसंख्य लोगों का धर्म तो था, पर सिंधुओं की अल्पसंख्यक जातियों को वह धर्म कभी भी मान्य नहीं था।

हिंदूजाति द्वारा निर्मित समान समष्टि (समुदाय)

हिंदुस्थान की विभिन्न जातियों के मनुष्य जाति-संबंध में, धर्म वाङ्मय में प्राचीनतम उपलब्ध वाङ्मय वेद वाङ्मय ही है। सप्तसिंधु का, वैदिक परंपरा का यह राष्ट्र अनेक संघों, समुदायों में विभाजित था। आज जिसे हम लोग अपनी सुविधा के लिए वैदिक धर्म कहते हैं, वह उस समय के बहुसंख्य लोगों का धर्म तो था, पर सिंधुओं की अल्पसंख्यक जातियों को वह धर्म कभी भी मान्य नहीं था। 'पाणी,[७५] दास,[७६] ब्रात्य[७७]' तथा अन्य अनेक लोग इस धर्म से प्रारंभ से ही अलिप्त रहे थे अथवा इस धर्म से बाहर हो गये थे, यह बात

बार-बार दिखाई देती है। फिर भी जातीय तथा राष्ट्रीय रूप से हम सभी एक हैं इस बात की उन्हें समझ थी। वैदिक धर्म नाम का एक धर्म उस समय भी अस्तित्व में था परंतु उस समय उसे सिंधु धर्म के रूप में मान्यता प्राप्त नहीं थी। सिंधु धर्म शब्द यदि उसी समय से रूढ़ हो जाए, तब उसका अर्थ सप्तसिंधु में प्रचलित सर्व सनातन अथवा तदितर अन्य धर्म पंथय ऐसा ही समुच्चना दर्शक ही होता। नए की समष्टि कर लेने तथा अवांछित को बाहर फेंक देने की रीति के अनुसार सिंधुओं की जाति का हिंदू में तथा सिंधुस्तान का हिंदुस्थान में रूपांतर हो गया। भविष्य में कई बातों की खोज करके, साहसपूर्वक कई बातों के बारे में ज्ञान प्राप्त करके, अणु से लेकर आत्मा तक और परमाणु से लेकर परब्रह्म तक के सूक्ष्म-से-सूक्ष्म और विशाल-से-विशाल विश्व की खोजबीन की; साथ ही गूढ़ तत्त्वों के बारे में जानकार और परमोच्च समाधि अवस्था में विहार कर ब्रह्मानंद प्राप्त करके सनातनधर्मियों और अन्य धर्ममतों के शिष्यों ने एक ईश्वरवादी और निरीश्वरवादी दोनों प्रकार के लोगों को समाया जा सके, ऐसी एक विशाल समष्टि (Synthesis) का निर्माण किया। अंतिम सत्य की खोज करना यह उसका ध्येय था तथा प्रत्यक्ष अनुभव उसका मार्ग था। यह समष्टि केवल वैदिक अथवा अवैदिक नहीं थी, परंतु दोनों ही थी। प्रत्यक्ष धर्म का अचूक शास्त्र यही था। वैदिक, सनातनी, जैन, बौद्ध, सिख अथवा देवसमाजी आदि सभी धर्ममतों के सूक्ष्म साक्षात्कार का निष्कर्ष है; उस निष्कर्ष का भी निष्कर्ष है वास्तविक हिंदू धर्म। सप्तसिंधु की भूमि में अथवा वैदिककालीन हिंदुस्थान के अन्य क्षेत्रों की अज्ञात जातियों में

सिंधु धर्म शब्द यदि उसी समय से रूढ़ हो जाए, तब उसका अर्थ सप्तसिंधु में प्रचलित सर्व सनातन अथवा तदितर अन्य धर्म पंथय ऐसा ही समुच्चना दर्शक ही होता। नए की समष्टि कर लेने तथा अवांछित को बाहर फेंक देने की रीति के अनुसार सिंधुओं की जाति का हिंदू में तथा सिंधुस्तान का हिंदुस्थान में रूपांतर हो गया।

जो वैदिक अथवा अवैदिक धर्ममत थे, उन्हीं से साक्षात् निर्माण हुए अथवा उन धर्ममतों में परिवर्तन होकर जिन पंथों का उदय हुआ, वे सभी पंथ हिंदू धर्म के नाम से ही ज्ञात हैं। हिंदू धर्म से अलग न किए जानेवाले वे हिंदू धर्म के अविभाज्य अंग ही हैं।

लोकमान्य तिलक द्वारा की गई हिंदू धर्म की परिभाषा

अत: वैदिक अथवा सनातन धर्म—यह हिंदू धर्म का केवल एक पंथ है, भले ही उस धर्म को माननेवाला बहुसंख्य समाज क्यों न हो। 'प्रामाण्यबुद्धिर्वेदेषु। साधनानामनिकता। उपास्यानामनियम:। एतद धर्मस्य लक्षणम' अनुष्टुप छंद में रचित सनातन धर्म की यह परिभाषा कै. लोकमान्य तिलक की बनाई हुई है। चित्रमयजगत् इस मासिक मराठी पत्रिका में एक विद्वत्ताप्रचुर लेख, जिसमें उनकी बुद्धिमत्ता तथा गंभीर ज्ञान की झलक दिखाई देती थी, उसमें कुछ अपवाद के परिभाषा का स्पष्ट अर्थ समझाते हुए लोकमान्य ने सूचित किया था कि सामान्यत: जिसे हिंदू धर्म कहते हैं, उसी का विचार करने का उनका उद्देश्य था। हिंदुत्व का विचार उन्होंने किया ही नहीं था। इसी के साथ उन्होंने यह भी मान्य किया था कि इस परिभाषा में वास्तविक रूप में जातीय दृष्टि से तथा राष्ट्रीय दृष्टि से आर्यसमाजी जैसे कट्टर हिंदुओं का अथवा उसी प्रकार के अन्य पंथों का समावेश नहीं किया जा सकता। यह परिभाषा अपने आप में सर्वोत्तम तो है पर सत्य की कसौटी पर हिंदू धर्म की परिभाषा नहीं बन सकती। 'हिंदुत्व की तो कभी भी नहीं! सनातन अथवा श्रुतिस्मृति, पुराणों

वैदिक अथवा सनातन धर्म—यह हिंदू धर्म का केवल एक पंथ है, भले ही उस धर्म को माननेवाला बहुसंख्य समाज क्यों न हो। 'प्रामाण्यबुद्धिर्वेदेषु। साधनानामनिकता। उपास्यानामनियम:। एतद धर्मस्य लक्षणम' अनुष्टुप छंद में रचित सनातन धर्म की यह परिभाषा कै. लोकमान्य तिलक की बनाई हुई है।

का धर्म हिंदू धर्म में सम्मिलित अन्य धर्मों की अपेक्षा अत्यधिक लोकप्रिय हुआ तथा जिसे हिंदू धर्म मानने की अयथार्थ प्रथा बन गई, उस सनातन धर्म के लिए यह परिभाषा उचित है।

हिंदू संस्कृति की चिरस्थायी छाप

शब्द व्युत्पत्ति से और वास्तविक परिस्थिति पर ध्यान देते हुए तथा धार्मिक अंगों का विचार करने पर प्रतीत होता है कि हिंदू धर्म हिंदुओं का ही धर्म होने के कारण हिंदुओं की जो प्रमुख विशेषताएँ हैं; वे सभी इस धर्म में दिखाई देनी आवश्यक हैं। हम लोग देख चुके हैं कि हिंदुओं का प्रथम तथा सर्व प्रमुख अभिलक्षण है सिंधु से सागर तक फैली हुई इस भूमिका को अपनी पितृभूमि तथा मातृभूमि मानना। जिन वैदिक अथवा अवैदिक धर्ममतों अथवा पंथों को हम लोग हिंदू धर्म कहते हैं, वे सभी धर्म वास्तविक अर्थ में उन धर्मों अथवा पंथों के विचारों के तत्त्वज्ञान की आपूर्ति करनेवाले अथवा जिन्हें उस धर्म का प्रत्यक्ष ज्ञान हुआ अथवा वह ज्ञान जिन्हें दिखाई दिया, उन द्रष्टा लोगों के समान इसी भूमि में उपजे हैं। सर्व पंथों तथा मतों का जिसमें समावेश किया जाता है, उस हिंदू धर्म का आविष्कार प्रथम सिंधुस्थान में हुआ। लौकिक अर्थ में सिंधुस्थान उसकी जन्मभूमि है। गंगा विष्णु के पदकमलों से निकलती है, परंतु अत्यंत धर्मश्रद्ध व्यक्ति अथवा किसी गूढ़वादी महात्माओं को भी मनुष्य के स्तर पर विचार करने पर प्रतीत होता

शब्द व्युत्पत्ति से और वास्तविक परिस्थिति पर ध्यान देते हुए तथा धार्मिक अंगों का विचार करने पर प्रतीत होता है कि हिंदू धर्म हिंदुओं का ही धर्म होने के कारण हिंदुओं की जो प्रमुख विशेषताएँ हैं; वे सभी इस धर्म में दिखाई देनी आवश्यक हैं। हम लोग देख चुके हैं कि हिंदुओं का प्रथम तथा सर्व प्रमुख अभिलक्षण है सिंधु से सागर तक फैली हुई इस भूमिका को अपनी पितृभूमि तथा मातृभूमि मानना।

है कि वह हिमालय की कन्या है। इसी के समान धार्मिक दृष्टि से जिसे हिंदू धर्म का संबोधन दिया गया है, उस तत्त्वज्ञान की यह भूमि जन्मभूमि है, अतः यह मातृभूमि तथा पुण्यभूमि है। हिंदुत्व का दूसरा महत्त्वपूर्ण अभिलक्षण है हिंदू, हिंदू माँ-बाप का वंशज होना। प्राचीन सिंधुओं का व उनसे जो जाति उपजी है उस जाति का रक्त उसकी नसों में प्रवाहित होने की बात हर हिंदू अभिमानपूर्वक जानता है। यह अभिलक्षण हिंदुओं के विभिन्न धर्ममतों तथा पंथों के लिए भी सही प्रतीत होता है। ये धर्मतत्त्व हिंदू धर्म के द्रष्टाओं को दिखाई दिए हुए अथवा उन्होंने ही प्रस्थापित किए हुए तत्त्व हैं। जो अच्छा है, उसे अपने में सम्मिलित करके जो बुरा है, उसे बाहर फेंकने की क्रिया के अनुसार वे धर्म पंथ अथवा धर्म मत, नैतिक, सांस्कृतिक तथा आध्यात्मिक दृष्टि से सप्तसिंधुओं ने जो वैचारिक प्रगति की, उसी से उपजे हैं—ऐसा प्रतीत होता है। हिंदू धर्म केवल हिंदुओं की प्राकृतिक स्थिति से अथवा विचार परंपरा से परिणत नहीं हुआ है। वह हिंदू संस्कृति का भी ऋणी है। वैदिक काल के प्रसंग हों अथवा बौद्ध या जैनों के इतिहास के प्रसंग हों, इतना ही नहीं—चैतन्य, चक्रधर, बसव, नानक, दयानंद या राजाराममोहन जैसे आधुनिक लोगों से संबंधित प्रसंग हों, वे जिस परिवेश में घटे हैं, उसपर तथा हिंदू धर्म की उत्कट अनुभूति को शब्द रूप दिलानेवाली भाषा पर और हिंदू धर्म के पुराणों पर, कल्पनाओं पर तत्त्वज्ञान पर हिंदू संस्कृति ने अपनी अमिट छाप छोड़ी है। इस प्रकार जिसके कई पंथ और उपपंथ, भिन्न मत प्रवाह हैं, वह हिंदू धर्म हिंदू संस्कृति के परिवेश में ही पला-बढ़ा है और विकसित होकर

हिंदू धर्म केवल हिंदुओं की प्राकृतिक स्थिति से अथवा विचार परंपरा से परिणत नहीं हुआ है। वह हिंदू संस्कृति का भी ऋणी है। वैदिक काल के प्रसंग हों अथवा बौद्ध या जैनों के इतिहास के प्रसंग हों, इतना ही नहीं—चैतन्य, चक्रधर, बसव, नानक, दयानंद या राजाराममोहन जैसे आधुनिक लोगों से संबंधित प्रसंग हों, वे जिस परिवेश में घटे हैं...

अपना अस्तित्व बनाए रखता है। हिंदुओं का धर्म हिंदुओं की इस भूमि से इतना जुड़ा है, इसी कारण यह भूमि उसे अपनी पितृभूमि तथा पुण्भूमि की लगती है।

ऋषि-मुनियों और साधु पुरुषों की कर्मभूमि

हम लोगों के धर्म संस्थापकों को तथा वेदों (ज्ञान) की रचना करनेवाले द्रष्टाओं को अर्थात् ऋषियों को—वैदिक ऋषि मुनियों से लेकर महर्षि दयानंद तक, जैन मुनियों से लेकर महावीर तक, बौद्ध भगवान् से लेकर बसवेश्वर तक, चक्रधर से लेकर चैतन्य तक तथा रामदास से लेकर राममोहन राय तक—साधु-संतों तथा गुरुओं को इस भूमि ने जन्म दिया तथा उन्हें पाल-पोसकर बड़ा किया।

सिंधु से सागर तक फैली हुई यह भारतभूमि, यह सिंधुस्थान हम लोगों की पुण्यभूमि ही है। क्योंकि हम लोगों के धर्म संस्थापकों को तथा वेदों (ज्ञान) की रचना करनेवाले द्रष्टाओं को अर्थात् ऋषियों को—वैदिक ऋषि मुनियों से लेकर महर्षि दयानंद[७८] तक, जैन मुनियों से लेकर महावीर तक, बौद्ध भगवान् से लेकर बसवेश्वर तक, चक्रधर[७९] से लेकर चैतन्य तक तथा रामदास से लेकर राममोहन राय[८०] तक—साधु-संतों तथा गुरुओं को इस भूमि ने जन्म दिया तथा उन्हें पाल-पोसकर बड़ा किया। इसके मार्गों पर फैली हुई प्रत्येक धूली में से हमारे महात्माओं तथा वंदनीय गुरुओं के पद आज भी हम लोगों के कानों में गूँजते हैं। यहाँ की नदियाँ परम पवित्र हैं। उनके तटों पर निर्मल और पवित्र उद्यान खिल रहे हैं। चाँदनी रात में अधिक रमणीय बने इन नदियों के तट पर अथवा इन्हीं उद्यानों और उपवनों के वृक्षों की छाया में बैठकर किसी बौद्ध ने अथवा किसी शंकराचार्य ने जीवन, जीव, जगदीश, आत्मा, मानव, ब्रह्म व माया आदि गहन तत्त्वों पर चिंतन तथा चर्चा की होगी। यहाँ दिखाई देनेवाली प्रत्येक गुफा और गिरि-पर्वत किसी कपिल अथवा व्यास या किसी शंकराचार्य अथवा किसी रामदास की स्मृति हम लोगों की आँखों के सामने साकार कर देती है। यहाँ भगीरथ ने राज किया। यहाँ

कुरुक्षेत्र है। रामचंद्र ने वनवास गमन के समय प्रथम विराम यहीं किसी जगह किया था। वहाँ जानकी को सुवर्ण मृग के दर्शन हुए तथा उसे प्राप्त करने हेतु उसने आर्यपुत्र से प्रेमपूर्वक हठ किया। इस स्थान पर गोकुल के उस दिव्य गोपाल ने अपनी मुरली बजाई। गोकुल में निवास करनेवाले प्रत्येक व्यक्ति का हृदय मोहित होकर उस मुरली की धुन पर नाच उठा।

हुतात्माओं की वीरभूमि तथा यक्षभूमि

इस स्थान पर स्थित बोधिवृक्ष के नीचे एक मृगोद्यान में महावीर मुक्ति प्राप्त करने हेतु गए थे। यहीं भक्तगणों के समुदाय में गुरु नानक ने 'गगन थाल रविचंद्र दीपक बने' यह भजन गाया। यहीं पर गोपीचंद ने जोगी बनने के लिए दीक्षा ग्रहण की, वह मुट्ठी भर भिक्षा माँगते हुए 'अलख' कहकर अपनी बहन के द्वार पर उपस्थित हुआ। इसी स्थान पर बंदा बहादुर के पुत्र को पिता समक्ष टुकड़ों-टुकड़ों में काटकर मार डाला गया तथा उस बालक का रक्तरंजित हृदय, हिंदू होने के अपराध में उसके पिता के मुँह में जबरदस्ती ठूँस दिया गया। हे मातृभूमि! तुम्हारी भूमि का हर कण वीर मृत्यु से पावन बना हुआ है। यहाँ कृष्णसार जाति के मृग विद्यमान हैं। कश्मीर से सिंहलद्वीप तक यह भूमि ज्ञानयज्ञ अथवा आत्मयज्ञ से परम पवित्र हो गई है। यह वास्तविकत: 'यज्ञीय' भूमि है। अत: संतलों से लेकर साधु तक के सभी हिंदुओं को यह भारतभूमि, यह सिंधुस्थान अपनी पितृभूमि तथा मातृभूमि प्रतीत होती है।

इस स्थान पर स्थित बोधिवृक्ष के नीचे एक मृगोद्यान में महावीर मुक्ति प्राप्त करने हेतु गए थे। यहीं भक्तगणों के समुदाय में गुरु नानक ने 'गगन थाल रविचंद्र दीपक बने' यह भजन गाया। यहीं पर गोपीचंद ने जोगी बनने के लिए दीक्षा ग्रहण की, वह मुट्ठी भर भिक्षा माँगते हुए 'अलख' कहकर अपनी बहन के द्वार पर उपस्थित हुआ।

ईसाई अथवा बोहरी अथवा मुसलमान हिंदू नहीं होते

हमारे कुछ मुसलमान अथवा ईसाई देश-बांधवों को पूर्व में जबरदस्ती अहिंदू धर्म को स्वीकार करने को बाध्य किया गया था। इसी कारण अन्य हिंदुओं के समान पितृभूमि, भाषा, निर्बंध-विधान, रीति-रिवाज, प्रचलित आख्यायिका तथा इतिहास—इन सभी से बनने वाली समान संस्कृति का अधिकांश उत्तराधिकार इन्हें प्राप्त हुआ है, परंतु तब भी इन्हें हिंदू मानना संभव नहीं है। हिंदुस्थान उनकी पितृभूमि हो सकती है, परंतु उनकी पुण्यभूमि कभी नहीं बन सकती। उनकी पुण्यभूमि कहीं सुदूर अरबस्थान अथवा फिलिस्तीन में होती है। उनकी पौराणिक कथाएँ तथा उनके संत, सत्पुरुष, उनके धार्मिक विचार, उनके अवतारी ईश्वर आदि इस भूमि में उत्पन्न नहीं हुए हैं। और इस कारण उनकी आकांक्षाएँ, उनके नाम आदि में एक परायेपन की झलक दिखाई देती है। इस भूमि से वे संपूर्णत: प्रेम नहीं करते। यदि उनमें से कुछ लोग सदैव घमंड भरी बात करते हैं, और उन्हें ये अपनी बढ़ाइयाँ सत्य प्रतीत होती हों, तब तो उनका कुछ विचार भी न करना ही उचित होगा। उन्हें अपनी संपूर्ण श्रद्धा तथा प्रेम पुण्यभूमि को ही अर्पण करना आवश्यक है। पितृभूमि का विचार तो वे उसके बाद करते हैं। इस पर हमें कुछ दु:ख नहीं होता है अथवा इसलिए हम उनका धिक्कार नहीं करते। हमने केवल वस्तुस्थिति का ही वर्णन किया है। हमने अभी तक हिंदुत्व के

हमारे कुछ मुसलमान अथवा ईसाई देश-बांधवों को पूर्व में जबरदस्ती अहिंदू धर्म को स्वीकार करने को बाध्य किया गया था। इसी कारण अन्य हिंदुओं के समान पितृभूमि, भाषा, निर्बंध-विधान, रीति-रिवाज, प्रचलित आख्यायिका तथा इतिहास—इन सभी से बनने वाली समान संस्कृति का अधिकांश उत्तराधिकार इन्हें प्राप्त हुआ है, परंतु तब भी इन्हें हिंदू मानना संभव नहीं है। हिंदुस्थान उनकी पितृभूमि हो सकती है, परंतु उनकी पुण्यभूमि कभी नहीं बन सकती।

जो अत्यधिक महत्त्वपूर्ण अभिलक्षण निश्चित करने का प्रयास किया है, तब हमें यह प्रतीत हुआ कि बोहरी तथा कुछ अन्य मुसलमानों में हिंदुत्व के एक अत्यंत महत्त्वपूर्ण अभिलक्षण के सिवाय अन्य सभी अभिलक्षण दिखाई देते हैं। उनका हिंदुस्थान को अपनी पुण्यभूमि के रूप में न स्वीकारना, यही वह अभिलक्षण है।

परधर्म अपनाए हुए बांधवो! पुनः हिंदू धर्म को स्वीकार करो

ईश्वर, आत्मा, मानव संबंधी कुछ नई खोज का निर्देश करनेवाले किसी विशिष्ट धर्मपंथ को स्वीकार करनेवाले किसी भी व्यक्ति के विषय में अभी हम बात नहीं कर रहे हैं, क्योंकि हमें विश्वासपूर्वक ऐसा लगता है कि हिंदू तत्त्वज्ञान में (यहाँ हमें किसी विशिष्ट धर्ममत के विषय में कुछ कहना नहीं है) अज्ञेय के संबंध में नहीं परंतु आजतक जो किसी को ज्ञात नहीं हो सका है, उस संबंध में तथा 'तत्' एवं 'त्वम्'[८१] में विद्यमान परस्पर संबंधों के विषय पर जितना विचार करना संभव है या मानवी बुद्धि के लिए संभव हो सकता है, उतना सर्व विचार किया जा चुका है। 'आप कौन हो? अद्वैती एकेश्वरवादी, सर्वेश्वरवादी अथवा निरपेक्षवादी या अज्ञेयवादी? यहाँ का अनंत अवकाश अभी रिक्त है। हे आत्माराम! तुम कोई भी हो सकते हो। परंतु किसी व्यक्ति विशेष पर नहीं, बल्कि सत्य के विस्तृत तथा शाश्वत आधार पर खड़े इस परम पवित्र और महान् मंदिर में विश्व प्रेम पाने व जिससे

ईश्वर, आत्मा, मानव संबंधी कुछ नई खोज का निर्देश करनेवाले किसी विशिष्ट धर्मपंथ को स्वीकार करनेवाले किसी भी व्यक्ति के विषय में अभी हम बात नहीं कर रहे हैं, क्योंकि हमें विश्वासपूर्वक ऐसा लगता है कि हिंदू तत्त्वज्ञान में (यहाँ हमें किसी विशिष्ट धर्ममत के विषय में कुछ कहना नहीं है) अज्ञेय के संबंध में नहीं परंतु आजतक जो किसी को ज्ञात नहीं हो सका है...

अपार शांति प्राप्त होगी, ऐसा परमोच्च विकास करने का पूरा अवसर तुम्हें प्राप्त है। इस स्फटिक समान शुद्ध गंगाप्रवाह के तट पर खड़े होकर भी तुम अपने छोटे पात्र में पानी भरने के लिए दूर-दूर तक के सरोवरों पर क्यों जा रहे हो? तलवार के एक ही प्रहार से क्रूरतापूर्वक जिन्हें मार डाला गया है तथा इस कारण जो तुमसे सदा के लिए दूर हो गए हैं, उस परिचित दृश्यों तथा प्रतिबंधों की स्मृतियों से व्याकुल होकर, हे बंधो, तुम्हारी नसों में बहनेवाला पूर्वजों का रक्त क्यों आक्रोश नहीं करता? बंधो! पुनश्च हम लोगों में लौट आओ। ये तुम्हारे बंधु और भगिनी, अपने ही रक्त के परंतु भटके हुए तुम्हारे जैसे व्यक्ति का स्वागत करने के लिए इस महाद्वार पर अपनी बाँहें फैलाकर खड़े हैं। जिस भूमि पर, महाकाल मंदिर की सीढ़ी पर खड़े होकर चार्वाक ने भी अपने नास्तिकवाद का उपदेश किया था, उस भूमि के अतिरिक्त तुम्हें स्वतंत्र धार्मिक विचार करने की छूट कहाँ प्राप्त हो सकेगी? जिस हिंदू समाज में उड़ीसा के पट्टण से लेकर काशी के पंडित तक तथा संताल से साधु तक प्रत्येक व्यक्ति को विभिन्न प्रकार की समाज रचना-निर्माण करने का तथा उसका विकास करने का अवसर प्राप्त होता है; उस हिंदू समाज के अतिरिक्त इतनी सामाजिक स्वतंत्रता तुम्हें कहाँ प्राप्त हो सकती है? यही सत्य है कि 'यदिहास्ति न सर्वत्र यन्नेहास्ति न कुत्रचित्'। विश्व में प्राप्त होनेवाली सभी चीजें यहाँ विद्यमान हैं और यदि कोई चीज यहाँ प्राप्त करना संभव नहीं है तो वह तीनों खंडों में भी नहीं होगी।

जिस भूमि पर, महाकाल मंदिर की सीढ़ी पर खड़े होकर चार्वाक ने भी अपने नास्तिकवाद का उपदेश किया था, उस भूमि के अतिरिक्त तुम्हें स्वतंत्र धार्मिक विचार करने की छूट कहाँ प्राप्त हो सकेगी? जिस हिंदू समाज में उड़ीसा के पट्टण से लेकर काशी के पंडित तक तथा संताल से साधु तक प्रत्येक व्यक्ति को विभिन्न प्रकार की समाज रचना-निर्माण करने का तथा उसका विकास करने का अवसर प्राप्त होता है...

इसलिए हे बांधव! एक जाति, एक रक्त, एक संस्कृति तथा एक राष्ट्रीयत्व—ये हिंदुत्व के सभी अभिलक्षण तुम्हारे पास हैं। अत्याचार के शिकंजे में जकड़कर तुम्हें पूर्वजों की छत्रच्छाया से बलपूर्वक निकाला गया था। इसी कारण आगे चलकर, तुम अपनी मातृभूमि को अपना प्रेम अर्पण करो। उसे अपनी पितृभूमि ही नहीं, पुण्यभूमि भी समझने लगो। यह हिंदूजाति तुम्हें भी अपना लेगी!

जो हमारे देशबंधु हैं तथा रक्त के नाते हमारे पुराने भाई हैं, उन बोहरी, खोजी, मेमन और अन्य मुसलमानों तथा ईसाइयों को इस उदार अवसर का लाभ अब उठाना चाहिए। अर्थात् यह सब शुद्ध प्रेम की भूमिका के अनुसार ही किया जाना चाहिए। परंतु जब तक वे लोग इस प्रकार विचार नहीं करेंगे, तब तक उन्हें हिंदू नहीं कहा जा सकता। यहाँ यह बात ध्यान देने योग्य है कि हिंदुत्व शब्द का जो कुछ प्रत्यक्ष अर्थ हम करते हैं उसी के अनुसार हम हिंदुत्व के आवश्यक अंगों का विचार तथा विश्लेषण कर रहे हैं। हम लोगों के पूर्वग्रहों को अथवा हमारे द्वारा स्वीकार किए हुए अर्थ को हमें खींचतान करते हुए प्रयोग करना न्याय नहीं होगा।

जो हमारे देशबंधु हैं तथा रक्त के नाते हमारे पुराने भाई हैं, उन बोहरी, खोजी, मेमन और अन्य मुसलमानों तथा ईसाइयों को इस उदार अवसर का लाभ अब उठाना चाहिए। अर्थात् यह सब शुद्ध प्रेम की भूमिका के अनुसार ही किया जाना चाहिए। परंतु जब तक वे लोग इस प्रकार विचार नहीं करेंगे, तब तक उन्हें हिंदू नहीं कहा जा सकता।

यही हिंदू धर्म की योग्य तथा संक्षिप्त परिभाषा है

अब तक के विवेचन का संक्षिप्त निष्कर्ष यह है कि हिंदू वही होता है, जो सिंधु से सागर तक फैली हुई इस भूमि को अपनी पितृभूमि मानता है। इसी प्रकार वैदिक सप्तसिंधु के प्रदेश में जिस जाति का प्रारंभ होने का प्रथम तथा स्पष्ट प्रमाण उपलब्ध है तथा जिस जाति ने नए-नए प्रदेशों पर अधिकार करते हुए लोगों को स्वीकार किया और उन्हें अपना लिया, अपनों में समाविष्ट

कर लिया और उन्हें परमोच्च अवस्था पर पहुँचाया, उस जाति का रक्त हिंदू नाम के लिए योग्य कहलाने वाले मनुष्यों के शरीर में होता है। समान इतिहास, समान वाङ्मय, समान कला, एक ही निर्बंध विधान, एक ही धर्मव्यवहार शास्त्र, मिले-जुले महोत्सव तथा यात्राएँ, मिली-जुली धार्मिक आचार विधि, त्योहार तथा संस्कार आदि विशिष्ट गुणों से ज्ञात हिंदुओं की संस्कृति का परंपरागत उत्तराधिकार उसे प्राप्त होता है। इससे भी अधिक महत्त्वपूर्ण है उसके पूजनीय ऋषि-मुनि, संत-महंत, गुरु तथा अवतारी पुरुष, जहाँ जनमे हैं तथा जहाँ उनके पुण्यकारक यात्रास्थल हैं, वह आसिंधु, सिंधु भारत जिसकी पितृभूमि व पुण्यभूमि है, वही हिंदू है! यही हिंदुत्व के आवश्यक अभिलक्षण हैं। समान राष्ट्र, समान जाति, समान संस्कृति—इन अभिलक्षणों को सारांश में इस प्रकार दरशाया जा सकता है। हिंदू वही है; जो इस भूमि को केवल अपनी पितृभूमि ही नहीं मानता। इसे वह अपनी पुण्यभूमि भी मानता है। हिंदुत्व के प्रथम दो प्रमुख लक्षण हैं—राष्ट्र तथा जाति। पितृभूमि शब्द से स्पष्ट दिखाई देता है तथा हिंदुत्व का तीसरा लक्षण है—संस्कृति; उसका बोध पुण्यभूमि शब्द से होता है, क्योंकि संस्कृति में ही धार्मिक आचार, रीति-रिवाज तथा संस्कार आदि का अंतर्भाव होता है। इसी कारण यह भूमि हम लोगों की पुण्यभूमि बन जाती है। हिंदुत्व की यही परिभाषा अधिक संक्षिप्त करने हेतु उसे अनुष्टुप में ग्रथित करने का हमने प्रयास किया तो वह अनुचित नहीं होगा, ऐसा हमें विश्वास है—

हिंदू वही है, जो इस भूमि को केवल अपनी पितृभूमि ही नहीं मानता। इसे वह अपनी पुण्यभूमि भी मानता है। हिंदुत्व के प्रथम दो प्रमुख लक्षण हैं—राष्ट्र तथा जाति। पितृभूमि शब्द से स्पष्ट दिखाई देता है तथा हिंदुत्व का तीसरा लक्षण है—संस्कृति; उसका बोध पुण्यभूमि शब्द से होता है, क्योंकि संस्कृति में ही धार्मिक आचार, रीति-रिवाज तथा संस्कार आदि का अंतर्भाव होता है। इसी कारण यह भूमि हम लोगों की पुण्यभूमि बन जाती है।

आसिंधुसिंधुपर्यंता यस्य भारतभूमिका।

पितृभूः पुण्यभूमिश्चैव स वै हिंदूरितिस्मृतः॥

सिंधु (ब्रह्मपुत्र नदी को भी उसकी उपनदियों के साथ सिंधु कहते हैं।) से सिंधु (सागर) तक फैली हुई यह भारतभूमि, जिसकी पितृभूमि (पूर्वजों की भूमि है' तथा पुण्यभूमि, कर्म के साथ संस्कृति की भूमि) है—वही हिंदू है! □

कुछ प्रत्यक्ष उदाहरण

गत परिच्छेदों में हमने हिंदुत्व की कल्पना का स्थूल रूप से जो विवेचन किया है, उससे हिंदुत्व के प्रमुख अभिलक्षणों का अंतर्भाव करनेवाली, हिंदुत्व की कार्यपूर्ति करनेवाली परिभाषा की है। अब यह व्याख्या कसौटी पर किस प्रकार खरी उतरती है इसे देखेंगे। इस व्याख्या की जिस कारण तीव्र आवश्यकता प्रतीत हुई, उनमें से कुछ विशिष्ट उदाहरणों का विचार करेंगे। इस प्रकार से सर्वव्यापी, अस्पष्ट व दिशाभूल करनेवाले वर्गीकरण करते समय जो परिभाषा हम लोगों ने बनाई, उसमें अति व्याप्ती का दोष न रह जाए इस कारण हमने समय-समय पर उचित सावधानी बरती है। अब कुछ उदाहरण लेकर उन्हें इस कसौटी पर परखेंगे। यदि इस परिभाषा के लिए ये पर्याप्ततः योग्य सिद्ध होते हैं, तो इस परिभाषा में संकीर्णता का दोष भी नहीं है, ऐसा निश्चित रूप से कहा जा सकेगा। उसमें अतिव्याप्ती का दोष न होने की बात हम लोगों को ज्ञात है, अतः अब केवल अव्याप्ती नहीं है, इसे ही देखने की आवश्यकता है।

हम लोग इस बात को प्रारंभ में ही समझ जाएँगे कि हिंदुओं में जो भौगोलिक विभाग हम लोग देखते हैं, वे सभी इस परिभाषा के अर्थ से सुसंगत हैं। इस परिभाषा की प्रथम मान्यता है कि आसिंधुसिंधुपर्यंता, यह हम लोगों की ही भूमि है। हमारे अनेक बंधु विशेषतः वे लोग जो प्राचीन सिंधुओं के वंशज हैं तथा अभी तक जिन्होंने अपनी जाति तथा भूमि का नाम परिवर्तित नहीं किया है तथा जो पाँच हजार वर्षों के पूर्व समय के समान आज भी स्वयं

को सिंधु अथवा सिंधु देश की संतान मानते हैं, वे लोग सिंधु के दोनों तटों पर बसे हुए हैं। इससे एक बात समझना आवश्यक हो जाता है। जब सिंधु नदी का उल्लेख किया जाता है तब उसके दोनों ही किनारों का समावेश रहता है। सिंध प्रांत का जो भाग सिंधु के पश्चिम तट पर बसा है, वह भी हिंदुस्थान का एक प्राकृतिक भाग है तथा हम लोगों की परिभाषा में इस पश्चिम भाग का भी समावेश होता है। एक अन्य बात यह है कि प्रमुख देश से जो भूमि जुड़ी हुई रहती है, उसे भी उस प्रमुख देश का नाम दिया जाता है। तीसरी बात यह है कि सिंधु के उस पार रहनेवाले हिंदू लोग प्राचीन इतिहासकाल से इस संपूर्ण भारतवर्ष को ही अपनी वास्तविक पितृभूमि तथा पुण्यभूमि मानते आ रहे हैं। जिस सिंधु के क्षेत्र में वे निवास करते हैं उसी क्षेत्र को अपनी पितृभूमि तथा पुण्यभूमि मानकर मातृ घातकता के दोष के वे कभी भागीदार नहीं बने हैं। इसके अतिरिक्त बनारस, गंगोत्री आदि तीर्थ क्षेत्रों को वे अपने ही तीर्थक्षेत्र मानते आ रहे हैं। प्राचीन वैदिक समय से वे लोग भारतवर्ष का एक अविभाज्य तथा प्रमुख भाग के रूप में पहचाने जाते हैं। 'रामायण' तथा 'महाभारत' में भी सिंधु शिवि सौवीर महान् सिंधु साम्राज्य के अधिकृत घटक होने का उल्लेख किया गया है। वे हमारे राष्ट्र के, हम लोगों की जाति के तथा संस्कृति के ही लोग हैं। इसलिए वह हिंदू ही हैं। इस दृष्टि से हम लोगों की परिभाषा सर्वस्वी यथार्थ है।

प्राचीन वैदिक समय से वे लोग भारतवर्ष का एक अविभाज्य तथा प्रमुख भाग के रूप में पहचाने जाते हैं। 'रामायण' तथा 'महाभारत' में भी सिंधु शिवि सौवीर महान् सिंधु साम्राज्य के अधिकृत घटक होने का उल्लेख किया गया है। वे हमारे राष्ट्र के, हम लोगों की जाति के तथा संस्कृति के ही लोग हैं। इसलिए वह हिंदू ही हैं। इस दृष्टि से हम लोगों की परिभाषा सर्वस्वी यथार्थ है।

हिंदुत्व की भौगोलिक मर्यादाएँ

यदि किसी को ऐसा संदेह हो जाता है कि कोई एक नदी हम लोगों की है इसका अर्थ यह कदापि नहीं होता कि उस नदी के दोनों तट किसी स्पष्ट निर्देश के अभाव में हम लोगों की सीमा में होते हैं। इस कारण भी हमारी परिभाषा में कोई न्यूनता उत्पन्न नहीं होती, क्योंकि हम लोगों के सिंधी बंधुओं के लिए अन्य अनेक कारणों से यह परिभाषा उचित है, ऐसा प्रतीत होता है। कुछ समय के लिए सिंधु के उस पार निवास करनेवाले सिंधी बंधुओं के उदाहरण पर विचार नहीं किया जाए, तब भी विश्व के सभी क्षेत्रों में हिंदू लोग लाखों की संख्या में फैले हुए हैं। एक समय ऐसा भी आएगा कि दूसरे स्थानों पर रहनेवाले लोग, जो व्यापार, बुद्धि, कार्यक्षमता तथा संख्या की दृष्टि से जहाँ निवास कर रहे हैं, वहाँ के लोगों से श्रेष्ठ हैं, वे लोग उन प्रदेशों में अपना अधिराज्य स्थापित करते हुए एक स्वतंत्र राष्ट्र का निर्माण करेंगे। क्या हिंदुस्थान के बाहर दूसरे क्षेत्रों में वे निवास करते हैं, इस कारण उन लोगों को अहिंदू समझना चाहिए? निश्चित रूप से 'नहीं' कहना चाहिए, क्योंकि हिंदू हिंदुस्थान के बाहर के प्रदेश का निवासी नहीं होना चाहिए—ऐसा हिंदुत्व के प्रथम अभिलक्षण का अर्थ कदापि नहीं होता। कोई भी व्यक्ति विश्व के किसी भी क्षेत्र में रहने वाला हो। उसने तथा उसके वंशजों ने, सिंधुस्थान ही उसके पूर्वजों की भूमि है, इस बात का स्मरण रखना आवश्यक है। यही हिंदुत्व के प्रथम अभिलक्षण का अर्थ है। यह प्रश्न केवल स्मरण रखने मात्र से जुड़ा हुआ नहीं है। यदि उसके पूर्वज हिंदुस्थान

यदि किसी को ऐसा संदेह हो जाता है कि कोई एक नदी हम लोगों की है इसका अर्थ यह कदापि नहीं होता कि उस नदी के दोनों तट किसी स्पष्ट निर्देश के अभाव में हम लोगों की सीमा में होते हैं। इस कारण भी हमारी परिभाषा में कोई न्यूनता उत्पन्न नहीं होती, क्योंकि हम लोगों के सिंधी बंधुओं के लिए अन्य अनेक कारणों से यह परिभाषा उचित है, ऐसा प्रतीत होता है।

से ही वहाँ गए होंगे तो हिंदुस्थान ही उसकी पितृभूमि निश्चित होती है। इसके अतिरिक्त उसके लिए कोई अन्य पर्याय नहीं है। इसी कारण हिंदुत्व की यह परिभाषा, हिंदू लोगों का कितना भी दूर तक प्रसार होने के बाद भी उनके लिए उचित प्रतीत होती है। हमारे उपनिवेशवासी परद्वीपस्थ लोगों को (हिंदुओं ने) महाभारत अथवा बृहत्तर भारत स्थापित करने के अपने प्रयास पहले जैसे ही अविरत रूप में, अपनी सारी शक्ति का उपयोग करते हुए जारी रखना चाहिए। हम लोगों के जो उत्तम, उदात्त, उन्नत तथा मधुर गुण हैं उनको सर्व मानवजाति के उद्धार के लिए उपयोग में लाना चाहिए। आध्रुवध्रुवपर्यंत विस्तृत इस भूमि में वास करनेवाली अखिल मानवजाति की उन्नति के लिए उन्हें अपने सद्‌गुणों का उपयोग करना चाहिए तथा इसी के साथ विश्व में जो-जो सत्य, शिव तथा सुंदर होगा उसे आत्मसात् करते हुए अपनी जाति तथा मातृभूमि को सकल, श्रीसंयुत, सकलेश्वर्य मंडित करना चाहिए। हिमालय के गिरि शिखरों पर उड़ान भरनेवाले गरुड़ के पंख काट डालने का काम हिंदुत्व को नहीं करना है। उसकी उड़ानें अधिक गति से होने के लिए हिंदुत्व चिंता करता है। हे हिंदू बंधुओ! जब तक आप लोग इस बात का स्मरण रखते हैं कि हिंदुस्थान हम लोगों के पितृपूर्वजों की तथा संत-महात्माओं की पावन पितृभूमि तथा पुण्यभूमि है तथा उनकी संस्कृति का तथा रक्त का अनमोल उत्तराधिकार हम लोगों को प्राप्त हुआ है, तब तक आपका विकास अवरोधित करनेवाली कोई भी शक्ति इस विश्व में नहीं है,

आध्रुवध्रुवपर्यंत विस्तृत इस भूमि में वास करनेवाली अखिल मानवजाति की उन्नति के लिए उन्हें अपने सद्‌गुणों का उपयोग करना चाहिए तथा इसी के साथ विश्व में जो-जो सत्य, शिव तथा सुंदर होगा उसे आत्मसात् करते हुए अपनी जाति तथा मातृभूमि को सकल, श्रीसंयुत, सकलेश्वर्य मंडित करना चाहिए। हिमालय के गिरि शिखरों पर उड़ान भरनेवाले गरुड़ के पंख काट डालने का काम हिंदुत्व को नहीं करना है।

ऐसा स्पष्ट रूप से समझ लीजिए। हिंदुत्व की वास्तविक मर्यादाएँ इस भूलोक की सीमाएँ ही हैं!

हिंदू रक्त तथा हिंदू संस्कृति का समान उत्तराधिकार

हमारे परिभाषा विषयक विचारों में सत्यासत्यता संबंधी कोई गंभीर आक्षेप लेने वाला भूलकर भी कोई व्यक्ति होगा, ऐसा हमें प्रतीत नहीं होता। इंग्लैंड में इबेरियन, केल्ट, अँगल्स, सैक्सनस, डेंस, नॉरमनस लोगों में जाति-भेद होते हुए भी वे आज अंतरजातीय विवाहों के कारण एकरूप तथा एक राष्ट्रीय हो चुके हैं। उसी प्रकार आर्यन, कोलिरियन, द्रवीडीयन तथा अन्य लोगों में जाति विषयक तीव्र मतभेद हैं, ऐसा आज कहा जाता होगा, परंतु निकट भविष्य में वे कदापि नहीं माने जाएँगे। इस संबंध में हमने पूर्व के परिच्छेद में यथावत् चर्चा करते हुए यह स्पष्ट कर दिया था कि हमारे धर्मशास्त्र से मान्यता प्राप्त अनुलोम तथा प्रतिलोम विवाह पद्धति से निश्चित रूप से प्रमाणित हो चुका है कि उस समय भी हम लोगों के राष्ट्र-शरीर में समान रक्त का प्रवाह, तेजस्वी तथा शक्तिपूर्ण रूप से बह रहा था; क्योंकि जातियाँ परस्पर एकजीव तथा एकरूप हो चुकी थीं। परिवर्तशील कालगति से बदलती रूढ़ियाँ जहाँ-जहाँ स्वीकार नहीं की गईं, वहाँ-वहाँ प्रचलित रूढ़ियों द्वारा खड़ी की गईं भेदाभेद की दीवारें प्रबल प्राकृतिक शक्ति के कारण अस्त समय ही ढह गईं। किसी हिडिंबा से प्रेम करने वाला भीमसेन कोई पहला या अंतिम आर्य नहीं था। जिसका हम पहले भी उल्लेख कर चुके हैं। उस व्याधकर्मा की माता—ब्राह्मण कन्या—युवा व्याध

हमारे परिभाषा विषयक विचारों में सत्यासत्यता संबंधी कोई गंभीर आक्षेप लेने वाला भूलकर भी कोई व्यक्ति होगा, ऐसा हमें प्रतीत नहीं होता। इंग्लैंड में इबेरियन, केल्ट, अँगल्स, सैक्सनस, डेंस, नॉरमनस लोगों में जाति-भेद होते हुए भी वे आज अंतरजातीय विवाहों के कारण एकरूप तथा एक राष्ट्रीय हो चुके हैं।

से प्रेम करनेवाली अकेली आर्यकन्या नहीं थी। दस-बीस भील, मच्छीमार अथवा संतलों का कोई पुत्र अथवा कन्या को किसी शहर की पाठशाला में ले जाकर बैठा दो, तब भी उसकी कद-काठी या आचरण से वह किसी विशिष्ट जाति से है ऐसा निश्चयपूर्वक कहना कठिन होगा। जिनका रक्त स्वयं एक-एक स्वतंत्र जाति थी, ऐसे आर्यों, कोलिरियनों, द्रविडों के और हमारे सारे पूर्वजों के रक्त के मिश्रण से जो सम्मिश्र रक्त निर्माण हुआ वह लाभदायक सिद्ध हुआ। उससे नई जाति का जन्म हुआ, उसे आर्यन, कोलिरियन, द्रविड़ियन ऐसा कोई भी नाम नहीं दिया गया। उसे हिंदूजाति ही कहा जाता है। आसिंधुसिंधु तक यह भारतभूमि पुण्यभूमि है तथा जो इस मातृभूमि की संतान होकर यहाँ वास करते हैं, उन लोगों के लिए यह नाम रूढ़ हुआ है। इसीलिए संताल, बुनकर, भील, पंचम नामशूद्र तथा अन्य जातियाँ हिंदू ही हैं। इस सिंधुस्थान पर उन तथाकथित आर्यों का जितना अधिकार है, उतना ही अधिकार संताल तथा उनके पूर्वजों का भी है। उनमें भी हिंदू रक्त ही है तथा हिंदू संस्कृति उनमें बस गई है, जिन जातियों में, जिनपर पुराणवादी हिंदू संस्कारों का प्रभाव नहीं है, वे जातियाँ आज भी अपने प्राचीन ईश्वर तथा साधु-संतों की ही पूजा करती हैं तथा अपने पुराने धर्म पर उनकी श्रद्धा रहती है। इस भूमि से वे प्रेम जरूर करते हैं। इस कारण यह भूमि उनकी पितृभूमि तथा पुण्यभूमि भी बन चुकी है।

इस सिंधुस्थान पर उन तथाकथित आर्यों का जितना अधिकार है, उतना ही अधिकार संताल तथा उनके पूर्वजों का भी है। उनमें भी हिंदू रक्त ही है तथा हिंदू संस्कृति उनमें बस गई है, जिन जातियों में, जिनपर पुराणवादी हिंदू संस्कारों का प्रभाव नहीं है, वे जातियाँ आज भी अपने प्राचीन ईश्वर तथा साधु-संतों की ही पूजा करती हैं तथा अपने पुराने धर्म पर उनकी श्रद्धा रहती है।

हिंदुत्व और हिंदूधर्म, इन दो शब्दों में जो समानता है तथा इस कारण जो भ्रांतियाँ फैली हुई हैं, वे यदि अस्तित्व में ही नहीं होतीं तो हिंदुत्व

हिंदुत्व तथा हिंदू धर्म ये दो पृथक् विचार हैं। उसी प्रकार हिंदू धर्म तथा 'हिंदूइज्म' (वैदिक धर्म इस अर्थ में) ये दो शब्द भी समानार्थी नहीं हैं। हिंदुत्व तथा हिंदू धर्म शब्दों को समानार्थी शब्द मानकर उन दोनों को सनातनी धर्ममतों से जोड़ देना इस दोहरी भूल के कारण असनातनी लोगों को क्रोध आना स्वाभाविक है। उनमें के कुछ गुट इस कल्पना का खंडन न करते हुए इसके विरोध में आगे बढ़कर 'हम हिंदू ही नहीं हैं' ऐसा कहना प्रारंभ करते हैं।

के किसी भी अंग के लिए कोई विशेष प्रकार की आपत्ति नहीं होती। हिंदुत्व तथा हिंदू धर्म शब्दों का जो दुरुपयोग किया जाता है उस पर भी हमने अपनी तीव्र नाराजगी दरशाई है। हिंदुत्व तथा हिंदू धर्म ये दो पृथक् विचार हैं। उसी प्रकार हिंदू धर्म तथा 'हिंदूइज्म' (वैदिक धर्म इस अर्थ में) ये दो शब्द भी समानार्थी नहीं हैं। हिंदुत्व तथा हिंदू धर्म शब्दों को समानार्थी शब्द मानकर उन दोनों को सनातनी धर्ममतों से जोड़ देना इस दोहरी भूल के कारण असनातनी लोगों को क्रोध आना स्वाभाविक है। उनमें के कुछ गुट इस कल्पना का खंडन न करते हुए इसके विरोध में आगे बढ़कर 'हम हिंदू ही नहीं हैं' ऐसा कहना प्रारंभ करते हैं। यह एक बड़ी आत्मघात की भूल वह करते हैं। हमें आशा है कि हम लोगों की परिभाषा के कारण इस प्रकार का मनोमालिन्य उत्पन्न होने की संभावना नगण्य है। हिंदू समाज के सभी सज्जन और विचारवंत लोग इस कथन से सहमत होंगे। इसी उद्देश्य से यह परिभाषा सत्य पर आधारित है।

हमारे सिख बंधुओं का उदाहरण

प्रस्तुत विषय पर सर्वसामान्य प्रकार से चर्चा करते समय जिन विशिष्ट बातों पर पूरी तरह से विचार करना हमारे लिए संभव न था उन्हीं का संपूर्ण विचार हम अभी करने वाले हैं। प्रारंभ में हमारे सिख बंधुओं का उदाहरण लेते हैं। सिंधुस्थान अथवा आसिंधुसिंधु तक की भारतभूमि ही उनकी पितृभूमि

थी, पुण्यभूमि थी। इस कथन से असहमत होने की चेष्टा करनेवाला व्यक्ति आज विद्यमान होगा, ऐसा हमें नहीं लगता। लिखित ऐतिहासिक उपलब्ध प्रमाणों के अनुसार इसी भूमि में उनके पूर्वजों का पालन-पोषण हुआ। इसी भूमि से उन्हें प्रेम था तथा यहीं पर उन्होंने अपनी पूजा-अर्चना, उपासना एवं प्रार्थनाएँ कीं। मद्रास के अथवा बंगाल के किसी हिंदू के समान उनकी नसों में भी हिंदू रक्त का ही संचार हो रहा है। महाराष्ट्रीय अथवा बंगालियों की नसों में आर्य रक्त के अतिरिक्त उन सभी अन्य प्राचीन लोगों का रक्त भी है, जो इस भूमि में निवास करते थे। इस दृष्टि से सिख वास्तविक रूप से सिंधुओं के प्रत्यक्ष वंशज हैं। इस कारण हिंदूजाति की यह जीवनगंगा समतल प्रदेशों से प्रवाहित होने से पूर्व उसके उत्पत्ति स्थान से उन्होंने उसका जीवनदुग्ध प्राशन किया है, ऐसा कहने का अधिकार केवल सिखों को ही प्राप्त है। तीसरी बात यह है कि हिंदू संस्कृति में उन्होंने भी महत्त्वपूर्ण योगदान देकर उसे वृद्धिंगत किया है। अतः वे भी हिंदू संस्कृति के उत्तराधिकारी व सहयोगी हैं। प्रारंभ में सरस्वती पंजाब की एक नदी का नाम था। बाद में उसे विद्या एवं कला की अधिष्ठात्री देवता समझा जाने लगा। जिस नदी के तटों पर अपनी संस्कृति और सभ्यता के बीज प्रथम समय बोए गए, उस नदी का, हे सिख बांधवो! आप लोगों के पूर्वजों ने अर्थात् हिंदुओं ने कृतज्ञतापूर्वक गुणगान किया तथा उसकी महिमा का वर्णन किया। उनके सुरों में आज के हिंदुस्थान के लाखों लोग अपना भी सुर मिला देते हैं तथा हमारे वेदों के अनुसार 'अंबितमे नदीतमे!

महाराष्ट्रीय अथवा बंगालियों की नसों में आर्य रक्त के अतिरिक्त उन सभी अन्य प्राचीन लोगों का रक्त भी है, जो इस भूमि में निवास करते थे। इस दृष्टि से सिख वास्तविक रूप से सिंधुओं के प्रत्यक्ष वंशज हैं। इस कारण हिंदूजाति की यह जीवनगंगा समतल प्रदेशों से प्रवाहित होने से पूर्व उसके उत्पत्ति स्थान से उन्होंने उसका जीवनदुग्ध प्राशन किया है, ऐसा कहने का अधिकार केवल सिखों को ही प्राप्त है।

देवितमेसरस्वति।' इस प्रकार गायन करते हैं। वे वेद जिस प्रकार हम लोगों के हैं, उसी प्रकार सिखों के भी हैं। वेदों की रचना उनके गुरुओं द्वारा नहीं की गई है, फिर भी आदरणीय ग्रंथों के रूप में उन्हें भी वेद मान्य हैं। उसी प्रकार जिस अज्ञानतिमिर के कारण लोगों अमृतकुंभ के लिए अप्राप्य बन गए थे तथा मानव की सुप्त आत्मा को जाग्रत् करनेवाले ज्ञान सूर्य की किरण भी उन तक पहुँचने में बाधा उत्पन्न हुई थी, अज्ञान के उस गहरे तिमिर से प्रकाश का जो प्रथम भीषण संग्राम हुआ, उसका इतिहास भी वेदों में हुआ है। सिखों की कथा का प्रारंभ हमारी तरह वेदों से ही हुआ है। वह कथा राम के अयोध्या के प्रासाद से निकलकर वनवास जानेवाले क्षण की साक्षी है। लंका के रणसंग्राम की साक्षी है। लाहौर की नींव रखते हुए लव की, दुःखी मनुष्य का दुःख हलका करने के लिए कपिलवस्तु से निकले सिद्धार्थ की साक्षी है। पृथ्वीराज के दुःखदायक अंत के लिए हमारे साथ सिख भी अत्यधिक व्यथित हुए। हिंदुओं को जो-जो दुःख भोगने पड़े हैं, जो अपमान उन्हें सहने पड़े हैं, वे सभी उन्होंने भी अनुभव किए हैं। हिंदू कहलाते हुए अन्य लोगों के साथ किसी भी प्रकार का त्याग करने में वे पीछे नहीं रहते। उदासी, निर्मल, गहन गंभीर तथा सिंधी पंथों के लाखों सिख संस्कृत भाषा को अपने पूर्वजों की भाषा के अतिरिक्त इस भूमि की पवित्र भाषा के रूप में पूज्य मानते हैं। उनके अतिरिक्त अन्य सिख, अपने पूर्वजों की तथा जो गुरुमुखी व पंजाबी भाषाएँ बाल्यावस्था में संस्कृत का स्तनपान करती हुई वृद्धिंगत हो रही हैं, उनकी

सिखों की कथा का प्रारंभ हमारी तरह वेदों से ही हुआ है। वह कथा राम के अयोध्या के प्रासाद से निकलकर वनवास जानेवाले क्षण की साक्षी है। लंका के रणसंग्राम की साक्षी है। लाहौर की नींव रखते हुए लव की, दुःखी मनुष्य का दुःख हलका करने के लिए कपिलवस्तु से निकले सिद्धार्थ की साक्षी है। पृथ्वीराज के दुःखदायक अंत के लिए हमारे साथ सिख भी अत्यधिक व्यथित हुए।

जननी के रूप में संस्कृत को गौरवान्वित करते हैं। अंत में यह आसिंधुसिंधु तक की भूमि उन लोगों की केवल पितृभूमि नहीं है, यह उनकी पुण्यभूमि भी है। गुरु नानक तथा गुरु गोविंद, श्री बंदा तथा रामसिंह आदि इसी भूमि के पुत्र हैं और इसी भूमि ने उनको पाल-पोसकर बड़ा किया है। हिंदुस्थान के सरोवरों का वे अमृत तथा मुक्ति के सरोवर (अमृतसर और मुक्तसर) के रूप में आदर करते हैं।

हिंदुस्थान की यह भूमि उनके गुरुओं की तथा गुरुभक्ति की भूमि है अर्थात् उनके गुरुद्वार तथा गुरुगृह यहीं हैं। जिन पर संदेह होने का कोई कारण नहीं है। इस हिंदुस्थान में कोई हिंदू कहलाने योग्य होंगे तो वे हम लोगों के सिखबंधु ही हैं, वे ही सप्तसिंधु के सबसे प्राचीन तथा वही आद्य उपनिवेश स्थापित करनेवाले लोग हैं और सिंधुओं के अथवा हिंदुओं के प्रत्यक्ष वंशज हैं। आज का सिख कल का हिंदू है। कदाचित् हिंदू भविष्य में सिख बन सकता है। रोज के व्यवहार रीति-रिवाज तथा पहनावे में फर्क हो सकता है, परंतु इस कारण रक्त अथवा बीज में कोई फर्क नहीं आता है अथवा इतिहास को संपूर्णतः मिटाकर नष्ट नहीं किया जा सकता।

हिंदुस्थान की यह भूमि उनके गुरुओं की तथा गुरुभक्ति की भूमि है अर्थात् उनके गुरुद्वार तथा गुरुगृह यहीं हैं। जिन पर संदेह होने का कोई कारण नहीं है। इस हिंदुस्थान में कोई हिंदू कहलाने योग्य होंगे तो वे हम लोगों के सिखबंधु ही हैं, वे ही सप्तसिंधु के सबसे प्राचीन तथा वही आद्य उपनिवेश स्थापित करनेवाले लोग हैं और सिंधुओं के अथवा हिंदुओं के प्रत्यक्ष वंशज हैं।

हमारे सिख बंधुओं का हिंदुत्व स्वयंसिद्ध है। सहजधारी, उदासी, निर्मल तथा सिंधी सिख स्वयं को जाति के तथा राष्ट्रीयता की दृष्टि से हिंदू कहते हैं तथा उन्हें इस बात पर गर्व है। उनके गुरु मूलतः हिंदुओं की संतान होने से किसी ने उन्हें अहिंदू नाम से संबोधित किया तो उन्हें क्रोध न आता होगा, परंतु वे इस बात से कुछ विचलित हो जाते हैं। गुरुग्रंथ को पवित्र मानकर

उनका पठन सिखों के समान सनातनी भी करते हैं। दोनों के उत्सव यात्राएँ तथा त्योहार एक समान है। 'सत्खालसा' पंथी सिख उनका संख्याबल ध्यान में रखते हुए 'अपने हिंदू' इस जातिनाम से प्रेम करते हैं तथा हिंदुओं के साथ हिंदुओं जैसा ही व्यवहार करते हैं। यदि आप लोगों को भविष्य में हिंदू नहीं कहा जाएगा, ऐसा उन्हें कहा गया तो इस अकस्मात् निर्णय से उन्हें गहरा धक्का लगेगा। हम लोगों का जातीय ऐक्य इतना असंदिग्ध तथा इतना परिपूर्ण है कि सिख और सनातनियों में परस्पर अंतरजातीय विवाह रूढ़ हो चुके हैं।

सिख वास्तविक रूप में हिंदू ही हैं

कुछ सिख नेताओं को हिंदू कहकर संबोधित किया जाता है, तब कई बार वे क्रोधित हो जाते हैं। यह एक वास्तविकता है। परंतु हिंदू धर्म तथा सनातन धर्म इन दोनों शब्दों को समानार्थी शब्दों के रूप में प्रयोग करने की भूल हम लोग नहीं करते तो उनके लिए क्रोध का कोई कारण नहीं रहता। इन दो शब्दों के एक ही अर्थ से प्रयोग किए जाने की भूल इसके संभ्रम तथा असंगत विचारों का मूल है। हिंदू लोगों की उपजातियों में जिस प्रकार के भाईचारे के संबंध थे, उनमें बाधा उत्पन्न करने में इस घातक प्रवृत्ति का बड़ा योगदान रहा है। हिंदुत्व किसी एक पंथ की धार्मिक कसौटी पर परखा नहीं जाना चाहिए, यह बात हम स्पष्ट रूप से कह चुके हैं। परंतु यहाँ एक बार पुनः यह बताना हमारे लिए आवश्यक हो जाता है कि सनातन धर्म की जो बातें सिख लोग अज्ञानमूलक तथा

कुछ सिख नेताओं को हिंदू कहकर संबोधित किया जाता है, तब कई बार वे क्रोधित हो जाते हैं। यह एक वास्तविकता है। परंतु हिंदू धर्म तथा सनातन धर्म इन दोनों शब्दों को समानार्थी शब्दों के रूप में प्रयोग करने की भूल हम लोग नहीं करते तो उनके लिए क्रोध का कोई कारण नहीं रहता। इन दो शब्दों के एक ही अर्थ से प्रयोग किए जाने की भूल इसके संभ्रम तथा असंगत विचारों का मूल है।

अंधविश्वासमूलक मानते हैं उन्हें सिखों को त्याग देना चाहिए। यदि वेदों को अपौरुषेय ग्रंथ के रूप में वे मानते होंगे तो वेदों के प्रति विश्वास दरशाना भी उनके लिए बंधनकारक नहीं होगा। इससे हिंदुओं को विश्वास हो जाएगा कि हम लोगों की परिभाषा के अनुसार सिख भी हिंदू ही हैं। वैष्णव जिस प्रकार वैष्णव बने हुए हैं उसी प्रकार सिख भी सिख बने रहने चाहिए। जैन, वैष्णव या लिंगायत भी अपने को उसी प्रकार अलग समझते हैं। परंतु सांस्कृतिक, जातीय अथवा राष्ट्रीय अर्थ में हम सभी लोग एक हैं और अभिन्न हैं तथा ऐतिहासिक एवं प्राचीन समय से हम लोगों की यथार्थ पहचान हिंदुओं के रूप में ही होती रही है। इस शब्द के अतिरिक्त अन्य कोई भी शब्द हम लोगों के जातीय ऐक्य को इतनी स्पष्टता से नहीं दिखाता है। 'भारतीय' यह शब्द भी पर्याप्त रूप से यह काम नहीं कर सकता, इसका अर्थ भी 'हिंदी' ही होता है तथा यह शब्द अधिक व्यापक है, परंतु हिंदुओं की जातीय एकता इस शब्द से प्रकट नहीं होती। हम लोग सिख हैं, हिंदू हैं तथा भारतीय भी हैं, इन दोनों का समन्वय हम लोगों में विद्यमान है तथापि हम लोगों को स्वतंत्र अस्तित्व प्राप्त नहीं है।

सांस्कृतिक, जातीय अथवा राष्ट्रीय अर्थ में हम सभी लोग एक हैं और अभिन्न हैं तथा ऐतिहासिक एवं प्राचीन समय से हम लोगों की यथार्थ पहचान हिंदुओं के रूप में ही होती रही है। इस शब्द के अतिरिक्त अन्य कोई भी शब्द हम लोगों के जातीय ऐक्य को इतनी स्पष्टता से नहीं दिखाता है।

स्वतंत्र प्रतिनिधित्व और सिख समाज

हमें सनातन धर्म के ही अनुयायी मान लिया जाएगा—इस भय के अतिरिक्त सिखों का उत्साह बढ़ाने में एक और बात कारण बन गई है। इसीलिए हमें हिंदुओं से पृथक् अस्तित्व प्राप्त होना चाहिए—इस बात पर वे अड़े रहे, यह केवल राजनीतिक कारण था। स्वतंत्र प्रतिनिधित्व प्राप्त

होना उचित है अथवा अनुचित, इस बात की चर्चा यहाँ नहीं करनी चाहिए। सिखों को, अपनी जाति का स्वतंत्र रूप से कल्याण होना आवश्यक है, ऐसा प्रतीत हुआ। 'यदि मुसलमानों को पृथक् जातीय प्रतिनिधित्व दिया जा सकता है तो हिंदुस्थान की किसी भी महत्त्वपूर्ण अन्य जाति को इसी प्रकार की सुविधा माँगने का अधिकार क्यों नहीं है, इसे हम लोग नहीं समझ सकते।'

हम लोग (हिंदू) से उसे हिंदुस्थान की किसी भी अहिंदूजाति की तुलना में वास्तविक रूप से अधिक महत्त्वपूर्ण मानते हैं। जातीय तथा स्वतंत्र प्रतिनिधित्व के कारण जो होनी होती है, वह जातीय पृथक्तावादी वृत्ति के कारण होनेवाली हानि से अधिक नहीं होती। सिख, जैन, लिंगायत, ब्राह्मणों के अलावा अन्य तथा ब्राह्मणों ने भी अपनी जाति विशिष्ट और स्वतंत्र प्रतिनिधित्व की माँग करते हुए संघर्ष करना चाहिए।

हम लोगों को यह प्रतीत होता है कि इस प्रकार स्वतंत्र प्रतिनिधित्व की माँग करना तथा हिंदुओं से वे लोग सर्वस्वी भिन्न हैं इस आत्मघातक स्वरूप की तथा अल्प समय तक टिकने वाली भूमिका लेकर इस माँग को उठाना उचित नहीं था। अपनी जाति की हित रक्षा करने हेतु जातीय प्रतिनिधित्व की माँग अल्पसंख्यक तथा महत्त्वपूर्ण जाति के समान सिखों को अपने जन्मसिद्ध हिंदुत्व का त्याग न करते हुए करना संभव था। इस तरह वे सफल भी हो जाते। सिख बंधुओं की जाति मुसलमानों से कम महत्त्वपूर्ण नहीं है। हम लोग (हिंदू) से उसे हिंदुस्थान की किसी भी अहिंदूजाति की तुलना में वास्तविक रूप से अधिक महत्त्वपूर्ण मानते हैं। जातीय तथा स्वतंत्र प्रतिनिधित्व के कारण जो होनी होती है, वह जातीय पृथक्तावादी वृत्ति के कारण होनेवाली हानि से अधिक नहीं होती। सिख, जैन, लिंगायत, ब्राह्मणों के अलावा अन्य तथा ब्राह्मणों ने भी अपनी जाति विशिष्ट और स्वतंत्र प्रतिनिधित्व की माँग करते हुए संघर्ष करना चाहिए। परंतु यदि अपनी विशिष्ट जाति की उन्नति के लिए यह आवश्यक है ऐसा विश्वास उन्हें होता हो तब ही ऐसा करना उचित

होगा। उन्हें इस सूत्र का स्मरण रखना होगा कि उनकी जाति का उत्कर्ष यही हिंदू धर्म उत्कर्ष भी है। प्राचीन समय में भी हमारी चार प्रमुख जातियों को राजसभा में तथा ग्रामसंस्थाओं में जातीयता के आधार पर स्वतंत्र प्रतिनिधित्व प्राप्त होता था। परंतु संपूर्ण समाज में विलीन न होकर स्वतंत्र अस्तित्व बनाए रखने की और हिंदुत्व के अधिक विस्तृत वर्गीकरण से हम लोगों को वर्जित करना चाहिए, ऐसी उनकी धारणा कभी नहीं रही। सिखों की धार्मिक अर्थ में सिखों के रूप में स्वतंत्र पहचान होना उचित है। तथापि सांस्कृतिक, जातीय तथा राष्ट्रीय दृष्टि से उन्हें हिंदू मानना ही आवश्यक है।

हिंदुओं से अलग समझना सिखों के लिए भयंकर हानिकारक होगा

जिन शूरवीरों ने अपने गुरु का शिष्यत्व अस्वीकार न करने के कारण वध करनेवाले जल्लाद की कुल्हाड़ी के नीचे अपने सिर रख दिए 'धर्म हेत शाका जिन किया। शिर दिया पर शिरह न दिया। वे वीर क्या चंद टुकड़ों के लिए अपना बीज अस्वीकार कर देते?' अपने पूर्वजों की झूठी शपथ लेकर ऐसा कहेंगे अथवा जन्मसिद्ध अधिकारों का सौदा करेंगी? शिव! शिव! हम लोगों की अल्पसंख्यक जातियों को यह स्पष्ट रूप से समझ लेना चाहिए कि यदि समर्थता में एकता का बीज होगा तो हिंदुत्व में भी परस्परों को एकत्र करनेवाली प्रेम की इतनी प्रबल शक्ति विद्यमान है कि इस शक्ति से ही चिरंतन बनी रहनेवाली एक बलशाली एकता हममें निर्माण होनेवाली है।

जिन शूरवीरों ने अपने गुरु का शिष्यत्व अस्वीकार न करने के कारण वध करनेवाले जल्लाद की कुल्हाड़ी के नीचे अपने सिर रख दिए 'धर्म हेत शाका जिन किया। शिर दिया पर शिरह न दिया। वे वीर क्या चंद टुकड़ों के लिए अपना बीज अस्वीकार कर देते?' अपने पूर्वजों की झूठी शपथ लेकर ऐसा कहेंगे अथवा जन्मसिद्ध अधिकारों का सौदा करेंगी?

अलग रहकर आप लोगों को ऐसा प्रतीत होगा कि यह हम लोगों के लिए अधिक हितावह है, परंतु हम लोगों की प्राचीनतम जाति, संस्कृति एवं आप लोगों को बहुत बड़ी हानि होगी। क्योंकि आप लोगों के हित आपके अन्य हिंदू बंधुओं के हितों से बहुत निकट रूप से जुडे हुए हैं। विगत ऐतिहासिक प्रसंगों के समान यदि भविष्य में यदि किसी विदेशी आक्रमणकारी ने हिंदू संस्कृति के विरोध में अपनी तलवार उठाई तो यह आपके लिए ध्यान देने योग्य होगा कि अन्य हिंदूजातियों के समान आप पर भी उस तलवार का प्राणघातक प्रहार निश्चित रूप से होगा। जब कभी भविष्य में यह हिंदूजाति पुनः अपनत्व प्रस्थापित करेगी तथा किसी शिवाजी या रणजित के, किसी रामचंद्र अथवा धर्म के; किसी अशोक या अमोघवर्ष के आधिपत्य में नवचेतना एवं शौर्य-पराक्रम से उत्साहित होकर तथा जाग्रत् होकर वैभव और उन्नति के शिखर पर आरूढ़ होगी। उस दिन की अपूर्व विजय की प्रभा जिस प्रकार हिंदू राष्ट्र के प्रत्येक अन्य व्यक्ति के मुख पर शोभा देगी उसी प्रकार आपके मुखों को भी शोभायमान कर देगी। अतः बंधुओ! इस प्रकार के अल्प लाभ से फूलकर, कुछ गलत ऐतिहासिक निष्कर्ष निकालकर अथवा अपसिद्धांत बनाकर उनसे प्रभावित न होइए। हम लोगों की भेंट ग्रंथी कहलानेवाले किसी सिख से हुई थी। इस व्यक्ति ने अपने ब्राह्मण साहूकार के घर डाका डालकर उसकी हत्या की थी। इसलिए उसे सजा भी दी गई थी। उसने कहा, 'सिख हिंदू नहीं है तथा गुरु गोविंद सिंह के पुत्रों को ब्राह्मण रसोइए ने धोखा दिया था, इस कारण ब्राह्मण की हत्या करने में कोई दोष नहीं है।' सौभाग्य से उसी समय एक विद्वान् तथा सच्चा ग्रंथी सिख वहाँ उपस्थित था। इस व्यक्ति ने तत्काल

विगत ऐतिहासिक प्रसंगों के समान यदि भविष्य में यदि किसी विदेशी आक्रमणकारी ने हिंदू संस्कृति के विरोध में अपनी तलवार उठाई तो यह आपके लिए ध्यान देने योग्य होगा कि अन्य हिंदूजातियों के समान आप पर भी उस तलवार का प्राणघातक प्रहार निश्चित रूप से होगा।

विरोध किया और कहा, 'जिन लोगों ने सिख गुरुओं को आश्रय दिया तथा प्रसंग उत्पन्न होने पर उनके लिए प्राणों की बाजी भी लगा दी, ऐसे मतिदास आदि ब्राह्मणों के उदाहरणों से उसे निरुत्तर भी कर दिया। शिवाजी के जाति के ही लोगों ने क्या विश्वासघात नहीं किया? उसके पौते से असत्य आचरण करनेवाला पिसाल क्या अहिंदू था? परंतु इस कारण शिवाजी ने अथवा उसके राष्ट्र ने अपनी जाति या हिंदुत्व से संबंध विच्छेद नहीं किए थे। वीर बंदा से अलग होते समय बहुत से सिखों का आरंभ में उसके प्रति विश्वासघातक आचरण था। तत्पश्चात् किसी अन्य समय जब खालसा सिखों का अंग्रेजों के साथ युद्ध हुआ तब भी सिखों का आचरण इसी प्रकार का था। भयंकर युद्ध हो रहा था, उस समय अनेक सिखों ने गुरु गोविंदसिंह का साथ छोड़ दिया। सिखों के इस विश्वासघात की तथा भीरुतापूर्ण आचरण के कारण हम लोगों के सिंह जैसे पराक्रमी गुरु को शत्रुओं का घेरा तोड़कर बाहर आने के लिए बहुत कड़े प्रयास करने पड़े। इसी प्रसंग के कारण ब्राह्मण को गुरुपुत्रों का विश्वासघात करने का अवसर प्राप्त हुआ। इस नीच कृत्य के कारण हम लोगों को हिंदू कहलाने में लज्जा का अनुभव होता है, तब सिखों को नीच आचरण के कारण सिख कहलाने में लज्जा का अनुभव क्यों नहीं होता?

हिंदुओं की अल्पसंख्यक तथा बहुसंख्यक जातियाँ आकाश से अचानक पृथ्वी पर अवतीर्ण नहीं हुई हैं। एक ही संस्कृति तथा एक ही भूमि में जिसकी जड़ें गहरी पहुँचकर जम चुकी हैं ऐसे किसी महान् वृक्ष के समान उनका विकास हुआ है। किसी बकरी के बच्चे को कच्छा तथा कृपाण बाँधकर उसे सिंह नहीं बनाया जा सकता है।

हिंदुओं की अल्पसंख्यक तथा बहुसंख्यक जातियाँ आकाश से अचानक पृथ्वी पर अवतीर्ण नहीं हुई हैं। एक ही संस्कृति तथा एक ही भूमि में जिसकी जड़ें गहरी पहुँचकर जम चुकी हैं ऐसे किसी महान् वृक्ष के समान उनका विकास हुआ है। किसी बकरी के बच्चे को कच्छा तथा कृपाण बाँधकर उसे

सिंह नहीं बनाया जा सकता है। गुरु गोविंदसिंह ने वीर और हुतात्माओं की एक टोली सफलतापूर्वक बना ली। वह जाति ही तेजस्वी व पराक्रमी थी इसी कारण यह संभव हो सका। सिंह के बीज से सिंह ही उपजता है। क्या फूल कभी यह कह सकता है कि जिस डाली पर वह खिला है, उसका उस पौधे की जड़ों से क्या संबंध है ? उस फूल के समान हम लोग भी अपना बीज अथवा रक्त अस्वीकार नहीं कर सकते। जब आप किसी ऐसे सिख का उल्लेख करते हैं जो अपने गुरु के प्रति विश्वास रखता है, तब आप किसी ऐसे हिंदू का उल्लेख करते हैं जो अपने गुरु का सच्चा शिष्य है, क्योंकि सिख बनने से पूर्व तथा आज भी वह एक हिंदू ही बना हुआ है। जब तक हम लोगों के सिख बंधु अपने सिख पंथ के सच्चे अनुयायी होंगे, तब तक हिंदू बने रहना ही उनके लिए आवश्यक है। तब तक यह आसिंधुसिंधु तक भारतभूमि उनकी पितृभूमि तथा पुण्यभूमि भी बनी रहेगी। जिस समय वे स्वयं को सिख कहलाना बंद कर देंगे उसी समय उन्हें हिंदू नहीं कहा जाएगा।

जब आप किसी ऐसे सिख का उल्लेख करते हैं जो अपने गुरु के प्रति विश्वास रखता है, तब आप किसी ऐसे हिंदू का उल्लेख करते हैं जो अपने गुरु का सच्चा शिष्य है, क्योंकि सिख बनने से पूर्व तथा आज भी वह एक हिंदू ही बना हुआ है। जब तक हम लोगों के सिख बंधु अपने सिख पंथ के सच्चे अनुयायी होंगे, तब तक हिंदू बने रहना ही उनके लिए आवश्यक है।

अब तक हमने अपने सिख बंधुओं का उदाहरण देकर प्रदीर्घ चर्चा की है। हमारी परिभाषा के अनुसार यह विवेचन और विचार सिखों के समान हम लोगों के अन्य अवैदिक जातियों तथा धर्मपंथों के लिए भी उचित है। उदाहरण के लिए देवसमाजी स्वयं अज्ञेयवादी है, परंतु हिंदुत्व का अज्ञेयवाद अथवा निरीश्वरवाद से कोई संबंध नहीं है। देवसमाजी इस भूमि को अपनी पितृभूमि तथा पुण्यभूमि मानते हैं, अतः वे हिंदू ही हैं। इस चर्चा के पश्चात् आर्यसमाजी बंधुओं का विचार करना आवश्यक नहीं

लगता, क्योंकि इन लोगों में हिंदुत्व के सभी लक्षण इस प्रकार अत्यधिक स्पष्ट रूप में विद्यमान हैं कि ये कट्टर हिंदू हैं ऐसा ही अनुभव होगा। इस प्रकार किसी कारण से हम लोगों की परिभाषा में अव्याप्ति का दोष है, यह दरशानेवाला एक भी उदाहरण प्राप्त नहीं होता।

एक नाजुक अपवाद

परंतु एक उदाहरण ऐसा है कि उससे किसी संतोषजनक मार्ग का पता नहीं चलता। यह उदाहण है भगिनी निवेदिता[२] का। अपवाद के कारण नियम प्रमाणित होता है, यह यदि सत्य हो, तो इस अपवाद के कारण ऐसा हो रहा है, ऐसा कहना कोई भूल नहीं होगी। हमारी देशाभिमानी तथा विशाल हृदय की इस भगिनी ने ही सिंधु से सिंधु तक भूमि को अपनी पितृभूमि के रूप में स्वीकारा था। वह इस भूमि से नितांत प्रेम भी करती थी। यदि हम लोगों का देश स्वतंत्र होता, तो हम लोगों ने इस देवतुल्य व्यक्ति को अपने राष्ट्र के नागरिकत्व के अधिकार अर्पित किए होते। हिंदुत्व का प्रथम अभिकरण मर्यादित रूप में इस संबंध में प्रयुक्त किया जा सकता है। इस उदाहरण में हिंदुत्व का दूसरा अभिलक्षण—हिंदू माता-पिता का रक्त शरीर में विद्यमान होना कदापि नहीं मिल सकता। किसी हिंदू से विवाह करने के पश्चात् ही यह न्यूनता हटा देना संभव है, क्योंकि विवाह बंधन के कारण स्त्री-पुरुष परस्पर एकरूप हो जाते हैं। संपूर्ण विश्व में भी इस मार्ग को मान्यता मिली है, परंतु यह दूसरा अभिलक्षण उनमें किसी कारणवश विद्यमान नहीं

हिंदुत्व का प्रथम अभिकरण मर्यादित रूप में इस संबंध में प्रयुक्त किया जा सकता है। इस उदाहरण में हिंदुत्व का दूसरा अभिलक्षण—हिंदू माता-पिता का रक्त शरीर में विद्यमान होना कदापि नहीं मिल सकता। किसी हिंदू से विवाह करने के पश्चात् ही यह न्यूनता हटा देना संभव है, क्योंकि विवाह बंधन के कारण स्त्री-पुरुष परस्पर एकरूप हो जाते हैं।

था। तथापि तीसरे अभिलक्षण के अनुसार वे हिंदू कहलाने की अधिकारी थी। उन्होंने हम लोगों की संस्कृति को स्वीकार किया था तथा इस भूमि से वह पुण्यभूमि के रूप में प्रेम करती थीं। 'हम हिंदू ही हैं' ऐसा वास्तविक रूप से उन्हें प्रतीत होता था। हिंदुत्व की अन्य सभी शास्त्रीय कसौटियों पर विचार न भी किया जाए तब भी यह एक ही वास्तव तथा महत्त्वपूर्ण कसौटी है, ऐसा मानना किसी प्रकार से अनुचित नहीं होगा। परंतु व्यवहार में बहुसंख्यक लोग हिंदुत्व शब्द का जिस अर्थ में प्रयोग करते हैं, उसी पर विचार करने के पश्चात् ही हम लोगों को हिंदुत्व के अभिलक्षण निश्चित करने हैं। इस बात का विस्मरण होना उचित नहीं होगा। इसी कारण अहिंदू माता-पिता की संतान को हिंदू कहलाने का अधिकार तभी दिया जाएगा जब वह व्यक्ति हम लोगों के देश को अपना देश मान लेगा और किसी हिंदू से विवाह करने के पश्चात् इस देश से पितृभूमि के रूप में प्रेम करने लगेगा और नित्य के व्यवहार में हम लोगों की संस्कृति को स्वीकार करते हुए इस देश को पुण्यभूमि के रूप में पूजनीय मानने लगेगा। इस नए दांपत्य की संतानों को भी अन्य बातें समान होने के कारण नि:संदेह रूप से हिंदू कहा जाएगा। इससे अधिक कहने का अधिकार हमारा नहीं है।

हिंदुत्व की अन्य सभी शास्त्रीय कसौटियों पर विचार न भी किया जाए तब भी यह एक ही वास्तव तथा महत्त्वपूर्ण कसौटी है, ऐसा मानना किसी प्रकार से अनुचित नहीं होगा। परंतु व्यवहार में बहुसंख्यक लोग हिंदुत्व शब्द का जिस अर्थ में प्रयोग करते हैं, उसी पर विचार करने के पश्चात् ही हम लोगों को हिंदुत्व के अभिलक्षण निश्चित करने हैं।

निर्दोष परिभाषा

हिंदुओं के किसी भी धर्मपंथ के तत्त्वज्ञान पर जिसकी श्रद्धा है ऐसे किसी भी नवागत को सनातनी, सिख अथवा जैन नाम से ही पहचाना जाएगा,

क्योंकि ये सभी धर्म अथवा पंथ हिंदुओं द्वारा ही स्थापित किए गए हैं अथवा हिंदुओं के ही विचार की उपज हैं तथा इन सभी को साधारण हिंदू संबोधन ही प्राप्त हुआ है। परंतु इस विदेशी अनुयायी को केवल धार्मिक अर्थ से ही हिंदू कहा जाता है। यहाँ इस बात को ध्यान में रखना आवश्यक है कि इन विदेशी अनुयायियों में जो धार्मिक अथवा सांस्कृतिक दृष्टि से हिंदू कहलाते हैं, केवल एक ही लक्षण दिखाई देता है। इसी कमी के कारण जो हमारी जाति के धार्मिक पंथ का अथवा मतों का अनुयायी अपने आपको समझता है, उसे लोग 'हिंदू' कहने के लिए तैयार रहते हैं। हमारी मातृभूमि की बहुमोल सेवा जिस भगिनी निवेदिता अथवा ऐनी बेसेंट[३] द्वारा की गई है, उनके लिए हम लोगों के मन में कृतज्ञ भाव रहता है। एक स्वतंत्र जाति के रूप में हम हिंदू लोग मृदु तथा संवेदनशील हैं कि प्रीति के स्पर्श से पुलकित हो जाते हैं। जो व्यक्ति—स्त्री या पुरुष—कोई भी हम लोगों के राष्ट्रीय जीवन में अपना व्यक्तिगत जीवन एकरूप करता है, उसे लगभग बिना विचार किए ही हिंदूजाति में सम्मिलित कर लेते हैं। परंतु यह अपवाद स्वरूप ही किया जाना चाहिए। हमें विश्वास है कि जिन विभिन्न उदाहरणों द्वारा हम लोगों ने हिंदुत्व की जो परिभाषा बनाई है तथा उसका परीक्षण किया है, वह दोनों दृष्टि से संतोषप्रद है और 'अव्याप्ति' व 'अतिव्याप्ति' के दोषों से मुक्त है।

□

प्रकृति की दिव्य करांगुलियों द्वारा रेखित राष्ट्र के संरक्षक सीमांत

अभी तक की चर्चा में उपयुक्ततावादी दृष्टिकोण को कुछ भी स्थान नहीं दिया गया था। परंतु चर्चा अब समाप्त होने को है, इसलिए हिंदुत्व के जो लक्षण हमने निरूपित किए हैं, वे किस प्रकार उपयोगी हैं, इसका विचार करना अप्रासंगिक नहीं होगा। जिस प्रकार की भूमिका लेकर हिंदू राष्ट्र को स्वयं का भविष्य सुनिश्चित करने का तथा जब-जब विरोध में तूफान उठेंगे और आक्रमण होंगे, उनका सामना करते हुए उन्हें असफल बनाने का सामर्थ्य उत्पन्न करने की शक्ति इन मूल तत्त्वों में विद्यमान है अथवा नहीं, या हिंदूजाति मिट्टी की खोखली नींव पर खड़ी होकर केवल डींगें मार रही है, इसका विचार करना होगा।

कुछ प्राचीन राष्ट्रों ने अपने देश को एक सुरक्षित किला बनाने हेतु अपने देश के चारों ओर दीवारें खड़ी की थीं। आज वे मजबूत व प्रचंड दीवारें मिट्टी में मिल चुकी हैं तथा वहाँ पड़े मिट्टी के ढेर देखने पर ही उनके अस्तित्व का पता चलता है। आश्चर्य इस बात का है कि जिन लोगों की सुरक्षा करने हेतु ये दीवारें खड़ी की गई थीं, वे लोग भी लुप्तप्राय हो चुके हैं। हम लोगों के अति प्राचीन पड़ोसी देश चीन की कई पीढ़ियों ने मेहनत करके संपूर्ण चीनी साम्राज्य को परिवेष्टित करनेवाली एक विशाल, ऊँची तथा मजबूत दीवार बनाई थी। वह विश्व का एक आश्चर्य बन गई। परंतु वह भी मानवी आश्चर्यकृतियों के समान अपने ही भार से ढह गई। परंतु प्रकृति की बनाई

हुई ये दीवारें देखिए। वे संपूर्णतः तृप्त बने हुए किसी ऐश्वर्य-संपन्न व्यक्ति के समान गर्व से खड़ी दिखाई देती हैं। वैदिक समय में प्रकृति के स्रोतों की रचना करनेवाले ऋषियों को भी वे ऐसी ही दिखाई देती थीं तथा आज हम लोग भी उन्हें उसी स्वरूप में देखते हैं। हिमालय की प्रचंड पंक्तियाँ हम लोगों की संरक्षक दीवारें हैं। इन्हीं के कारण हमारा देश सुरक्षित दुर्ग सदृश बन गया है।

गागर और मटकियों से आप लोग चरों में पानी भरते हैं तथा इसे आप खाई कहते हैं, परंतु प्रत्यक्ष वरुण ने भूखंडों को दूर हटाते हुए इस रिक्त स्थान को अपने दूसरे हाथ से पानी से भर दिया है। यह हिंदी महासागर, खाड़ियाँ और उपसागर के साथ एक विशाल चर या खंदक की भूमिका निभा रहा है।

गागर और मटकियों से आप लोग चरों में पानी भरते हैं तथा इसे आप खाई कहते हैं, परंतु प्रत्यक्ष वरुण ने भूखंडों को दूर हटाते हुए इस रिक्त स्थान को अपने दूसरे हाथ से पानी से भर दिया है। यह हिंदी महासागर, खाड़ियाँ और उपसागर के साथ एक विशाल चर या खंदक की भूमिका निभा रहा है।

ये हम लोगों के देश की सीमाएँ हैं। इस कारण हम लोगों को सागरतट व भूमि दोनों का ही लाभ प्राप्त हुआ है।

परमेश्वर की अत्यधिक लाडली बेटी है हमारी मातृभूमि

सकल सौभाग्य से अलंकृत हम लोगों की यह भूमाता ईश्वर की अत्यधिक लाडली कन्या है। उसकी नदियाँ अथाह तथा अविरत रूप से प्रवाहित होनेवाले जल से परिपूर्ण हैं। हर वर्ष यहाँ खाद्यान्नों का विपुल उत्पादन होता है। उसकी प्राकृतिक आवश्यकताएँ अत्यल्प हैं तथा केवल संकेत करने पर इन्हें पूरा करने हेतु प्रकृति दोनों हाथ जोड़कर सदैव तत्पर रहती है। नाना प्रकार के पशु-पक्षी, वन्य पशु तथा विविध प्रकार के फल-फूलों के वृक्ष इस भूमि पर विद्यमान हैं। इन सभी के लिए हमें सूरज से प्रकाश और गरमी उचित मात्रा में प्राप्त होती है। बर्फ के नीचे कई महीनों तक दबे रहनेवाले

प्रदेश उन्हें ही लाभकारी हों। शीत जलवायु में कष्टदायक काम करने के लिए उत्साहवर्धक वातावरण बना रहता है, परंतु यहाँ की उष्ण जलवायु के कारण अधिक कष्ट उठाने की आवश्यकता नहीं पड़ती। सदैव शुष्क गले से रहने की तुलना में अपनी तृष्णा शीत मधुर जल पीकर बुझाना हमें अधिक अच्छा लगता है। उन लोगों के पास मूलत: जो नहीं है, उसे कष्टपूर्वक प्राप्त करने के आनंद का उन्हें सुखकर उपभोग करने दीजिए, परंतु जिन्हें अनायास ही कुछ चीजें प्राप्त हो रही हों तो उनका उपभोग करने का अधिकार क्या उन्हें प्राप्त नहीं होता? बर्फ से जमे हुए फादर थेम्स के प्रवाह पर वाहन की सवारी करने का कितना भी सुख क्यों न हो, परंतु हमारी भारतमाता को घाटों पर चाँदनी रात में गंगा के रुपहले जल-प्रवाह में कौमुदी विहार करनेवाली नौकाएँ देखने में अधिक सुख मिलता है। हम लोगों के पास हल, मोर, कमल, हाथी तथा गीता है, इसलिए शीत कटिबंध में निवास करने से जो सुख प्राप्त होते हैं, उन्हें त्यागने के लिए भारतभूमि तैयार है। सभी चीजें अपनी सेवा करने हेतु ही बनी हैं, यह बात उसे ज्ञात है। उसके वन तथा उपवन सदा हरे-भरे व शीतल छायायुक्त रहते हैं। उसके खाद्यान्न भंडार सदैव अन्न-धान्य से भरे होते हैं। यहाँ का पानी स्फटिक के समान निर्मल है, फूल सुगंधित और फल रसदार हैं। वनस्पतियाँ औषधि गुणों से युक्त हैं। ऊषा के दिव्य रंगों में वह अपनी तूलिका डुबोती है तथा गोकुल में गायन के आलाप उसकी बाँसुरी से उत्पन्न होते हैं। नि:संदेह हमारी सकल सौभाग्य से अलंकृत भूदेवी ईश्वर की अत्यधिक लाडली कन्या ही है।

हम लोगों के पास हल, मोर, कमल, हाथी तथा गीता है, इसलिए शीत कटिबंध में निवास करने से जो सुख प्राप्त होते हैं, उन्हें त्यागने के लिए भारतभूमि तैयार है। सभी चीजें अपनी सेवा करने हेतु ही बनी हैं, यह बात उसे ज्ञात है। उसके वन तथा उपवन सदा हरे-भरे व शीतल छायायुक्त रहते हैं। उसके खाद्यान्न भंडार सदैव अन्न-धान्य से भरे होते हैं।

समान वसतिस्थान

इंग्लैंड अथवा फ्रांस ही नहीं, विश्व के अन्य देशों को, चीन तथा अमेरिका के अपवाद के अतिरिक्त किसी भी देश को, हिंदुस्थान जैसी प्राकृतिक रूप से सुरक्षित और संपन्न भूमि प्राप्त नहीं हुई है। समर्थ राष्ट्रीयत्व का प्रथम तथा अत्यंत महत्त्वपूर्ण अभिलक्षण है—सभी को एक समान प्रतीत होनेवाली स्वदेशभूमि तथा सामान्य वसतिस्थान। दूरदृष्टि से विश्व के सभी देशों का विचार किया जाए तो प्रतीत होता है कि एक महान् जाति के विकास के लिए अत्यधिक सुयोग्य भूमि अर्पण करने में हमारे राष्ट्र ने जिस उदारता का परिचय दिया है, वह किसी अन्य देश में दिखाई देना असंभव है। ऐसी पितृभूमि के लिए नितांत प्रेम हम हिंदू लोगों का राष्ट्रनिष्ठा का प्रथम और अत्यंत आवश्यक अभिलक्षण है। उस प्रेम का प्रभाव हमारे राष्ट्र को अधिक समृद्ध व बलशाली बनाने में सहायक होता है। इससे हम लोगों को 'न भूतो न भविष्यति' ऐसा पराक्रम करने की स्फूर्ति होती है तथा शक्ति का लाभ होता है।

इंग्लैंड अथवा फ्रांस ही नहीं, विश्व के अन्य देशों को, चीन तथा अमेरिका के अपवाद के अतिरिक्त किसी भी देश को, हिंदुस्थान जैसी प्राकृतिक रूप से सुरक्षित और संपन्न भूमि प्राप्त नहीं हुई है। समर्थ राष्ट्रीयत्व का प्रथम तथा अत्यंत महत्त्वपूर्ण अभिलक्षण है—सभी को एक समान प्रतीत होनेवाली स्वदेशभूमि तथा सामान्य वसतिस्थान।

हम लोगों का संख्याबल

हिंदुत्व के दूसरे अभिलक्षण के कारण हममें अनजाने में एकता और राष्ट्रीय महानता की जो जन्मजात प्रवृत्तियाँ विद्यमान हैं उनका मूल्य बढ़ जाता है। विश्व के किसी भी अन्य देश में चीन का अपवाद छोड़कर, इतनी एकविध, इतनी प्राचीन और फिर भी संख्याबल तथा जीवंतता से समर्थता प्राप्त करनेवाली जाति कहीं भी वास नहीं करती। राष्ट्रीयत्व के मूलाधार के

रूप में जो भौगोलिक क्षेत्र हम लोगों का प्राप्त हुआ है उसी प्रकार की भूमि अमेरिका के पास है। परंतु हम लोगों की तुलना में अमेरिका का स्थान नीचे ही है। मुसलमान अथवा ख्रिश्चन एकजाति नहीं है। वे धार्मिक रूप में एक भले ही होते हैं परंतु राष्ट्रीयता अथवा जातीयता में वे भिन्न हैं। इन तीनों बातों का विचार करने पर ज्ञात होता है कि हम हिंदू लोग अपने एक ही अति प्राचीन छत्र के नीचे अखंड रूप से रहते हैं। हम लोगों का संख्याबल एक महान वैशिष्ट्य है।

समान संस्कृति

अब संस्कृति का विचार! शेक्सपीयर इंग्लिश तथा अमेरिकन—दोनों के होने के कारण वे एक-दूसरे को भाई कहते हैं। परंतु केवल कालिदास अथवा भास ही नहीं तो हे हिंदू बांधवो! रामायण तथा महाभारत के अतिरिक्त वेद भी आज सभी लोगों के हैं। अमेरिका में बच्चों को जो राष्ट्रगीत सिखाया जाता है, उसकी पार्श्वभूमि होती है अमेरिका के विगत दो शतकों का इतिहास। इस कारण अमेरिका भविष्य में यावतचंद्रदिवाकरौ महान् वैभव से अपने उच्च स्थान पर बना रहेगी, इस प्रकार का भावनोद्दीपक वर्णन किया जाता है। परंतु हिंदू इतिहास केवल कुछ शतकों का इतिहास नहीं है। उसकी गणना युगों से की जाती है ऐसा करते समय हिंदू के मुख से ये शब्द साश्चर्य निकल पड़ते हैं—'रघुपतेः क्व गतोत्तर कोशला। यदुपतेः क्व गता मथुरा पुरी॥ हिंदू मिथ्या गौरव को

अब संस्कृति का विचार! शेक्सपीयर इंग्लिश तथा अमेरिकन—दोनों के होने के कारण वे एक-दूसरे को भाई कहते हैं। परंतु केवल कालिदास अथवा भास ही नहीं तो हे हिंदू बांधवो! रामायण तथा महाभारत के अतिरिक्त वेद भी आज सभी लोगों के हैं। अमेरिका में बच्चों को जो राष्ट्रगीत सिखाया जाता है उसकी पार्श्वभूमि होती है, अमेरिका के विगत दो शतकों का इतिहास।

कोई महत्त्व नहीं देता। सारासार विचार तथा सापेक्षता यही वास्तविक रूप से अंतिम सत्य है, यह बात वह मानता है। इसी कारण वह रॅमसेल अथवा नेबुचाडनेझार से अधिक चिरंजीव बन गया। जिस राष्ट्र का कोई भूतकाल नहीं है उसका भविष्य काल भी नहीं होता।' ऐसा कहने में यदि कुछ तथ्य होगा तब जिस राष्ट्र ने पराक्रमी तथा अवतारी पुरुषों की और उनके भक्त-पूजकों की एक अखंड परंपरा निर्माण की तथा जिस शत्रु ने अपने बल से ग्रीस व रोम, परोहा तथा इनकस लोगों को तथा राष्ट्रों को पूर्णतः नाम शेष किया था, उसी शत्रु से युद्ध करते हुए उसपर विजय पाई थी। उस राष्ट्र के इतिहास में विश्व के किसी भी अन्य राष्ट्र के इतिहास की तुलना में उज्ज्वल भविष्य की हामी दिखाई देती है।

मातृभूमि की तुलना में पुण्यभूमि के प्रति प्रेम श्रेष्ठतर होता है

संस्कृति के साथ ही समान पुण्यभूमि के प्रति प्रेम मातृभूमि के प्रेम से अधिक शक्तिशाली होता है। मुसलमानों का उदाहरण लीजिए। दिल्ली अथवा आगरा की तुलना में वे मक्का से ही अधिक प्यार करते हैं।

संस्कृति के साथ ही समान पुण्यभूमि के प्रति प्रेम मातृभूमि के प्रेम से अधिक शक्तिशाली होता है। मुसलमानों का उदाहरण लीजिए। दिल्ली अथवा आगरा की तुलना में वे मक्का से ही अधिक प्यार करते हैं। उनमें से कुछ लोग प्रकट रूप में कहते हैं कि इस्लाम की उन्नति के लिए अथवा अपने धर्म संस्थापकों की पुण्य भूमिका रक्षण करने हेतु प्रसंग आने पर वे सभी हिंदी बातों की आहुति देने के लिए कटिबद्ध हैं। यहूदी लोगों का भी यही विचार रहता है। जिन देशों में उन्हें आश्रम मिला तथा अनेक शतकों तक उत्कर्ष पूर्व जीवन का उपभोग किया, उस भूमि के प्रति उन्होंने कृतज्ञतापूर्वक प्रेम कभी प्रकट नहीं किया। उनकी जन्मभूमि के प्रति उनका आकर्षण नहीं होगा। दूर होते हुए भी उनकी स्वाभाविक सहानुभूति उनकी पुण्यभूमि के लिए होगी तथा यदि यहूदी

राष्ट्र व इन देशों में, जिन्हें वे अपना मानते हैं, युद्ध का प्रसंग उत्पन्न होता है। तब ज्यू राष्ट्र से ही उनकी सहानुभूति रहेगी। इस प्रकार से विरोधी पक्षों का साथ देने के इतने उदाहरण इतिहास में विद्यमान हैं कि उनका क्रमानुसार तथा संख्या देना निरर्थक होगा। विभिन्न समय पर जो 'क्रुसेड्स'[८४] हुए (धर्मयुद्ध) उनसे इस बात की पुष्टि हो जाती है कि राष्ट्रीयत्व व भाषा द्वारा भिन्न जाति के लोगों को भी एकत्रित करने में पुण्यभूमि विषयक प्रेम विलक्षण प्रभावी होता है।

राष्ट्र में संपूर्ण स्थिरता तथा एकता का भाव निर्माण होने में यदि कोई आदर्श स्थिति होती तो वह है वहाँ के निवासियों का उस भूमि के प्रति भक्तिभाव होना। उनके पितरों तथा पूर्वजों की भूमि ही उनके ईश्वरों-देवताओं की, ऋषियों तथा धर्म संस्थापक साधु पुरुषों की भी भूमि होनी चाहिए। इसी भूमि में उनके इतिहास की घटनाएँ घटी हुई होनी चाहिए तथा उनके पुराण भी वहीं निर्माण किए गए होने चाहिए।

राष्ट्र में संपूर्ण स्थिरता तथा एकता का भाव निर्माण होने में यदि कोई आदर्श स्थिति होती तो वह है वहाँ के निवासियों का उस भूमि के प्रति भक्तिभाव होना। उनके पितरों तथा पूर्वजों की भूमि ही उनके ईश्वरों-देवताओं की, ऋषियों तथा धर्म संस्थापक साधु पुरुषों की भी भूमि होनी चाहिए।

हिंदू ऐसी एकमेव जाति है जिसे इस प्रकार की आदर्श स्थिति प्राप्त हुई है। उसी के कारण राष्ट्रीय स्थिरता व एकता की भावना तथा कीर्ति संपादन करने हेतु एक निश्चित स्फूर्तिस्थान उन्हें प्राप्त हो चुका है। चीनी लोग भी हम लोगों जैसे भाग्यशाली नहीं हैं। केवल अरेबिया और फिलिस्तीन को ही और भविष्य में अपना राष्ट्र स्थापित करने का यदि यहूदियों को अवसर प्राप्त होता है तब उन्हें इस क्वचित् ही दिखाई देनेवाली युति का लाभ प्राप्त होने की संभावना है। परंतु महान् राष्ट्र स्थापित करने हेतु प्राकृतिक, सांस्कृतिक, ऐतिहासिक तथा संख्याबल आदि आवश्यक घटकों का विचार करना पूर्णतः गौण प्रतीत होता है। तथापि फिलिस्तीन यहूदी लोगों का स्वप्न फिलिस्तीन

राष्ट्र के रूप में साकार हुआ भी, तब भी उपरिनिर्दिष्ट घटकों की कमी उनके लिए सदैव बनी रहेगी।

भाग्यशाली भारतभूमि

इंग्लैंड, फ्रांस, जर्मनी, इटली, तुर्कस्थान, जापान, अफगानिस्तान आज का इजिप्त (पुंटो को प्राचीन वंशज तथा उनका इजिप्त बहुत समय पूर्व ही नष्ट हो चुका है) तथा अन्य संस्थान, मेक्सिको, पेरु, चिली (इनसे छोटे देशों का उल्लेख भी करना आवश्यक नहीं है) आदि सारे देश कुछ सीमा तक एकात्म तथा एकरूप दिखाई देते हैं, परंतु भौगोलिक, सांस्कृतिक, ऐतिहासिक तथा समाजविषयक आवश्यक बातों में वे हम लोगों के समान भाग्यशाली नहीं हैं। इसके अतिरिक्त पुण्यवान मातृभूमि प्राप्त करने का दुर्लभ सौभाग्य भी उन्हें प्राप्त नहीं हुआ है। रूस तथा अमेरिका—भौगोलिक अर्थ से विस्तृत भूप्रदेश प्राप्त हुए हैं, परंतु राष्ट्रीयत्व के जो अन्य आवश्यक अभिलक्षण हैं, उनका संपूर्ण अभाव यहाँ दिखाई देता है। आज विश्व के राष्ट्रों में भौगोलिक, जातीय, सांस्कृतिक तथा संख्याबल आदि जो-जो आवश्यक अभिलक्षण हैं वे सभी हिंदुओं के समान यदि किसी अन्य राष्ट्र में विद्यमान हो तो केवल चीन का ही निर्देश किया जा सकता है। परंतु संस्कृत जैसी पावन तथा पूर्णत्व को पहुँचनेवाली भाषा का तथा पुण्यवान मातृभूमि का जन्मसिद्ध समान उत्तराधिकार हम लोगों को प्राप्त है इस कारण राष्ट्रीय एकता निर्माण

भौगोलिक, सांस्कृतिक, ऐतिहासिक तथा समाजविषयक आवश्यक बातों में वे हम लोगों के समान भाग्यशाली नहीं हैं। इसके अतिरिक्त पुण्यवान मातृभूमि प्राप्त करने का दुर्लभ सौभाग्य भी उन्हें प्राप्त नहीं हुआ है। रूस तथा अमेरिका—भौगोलिक अर्थ से विस्तृत भूप्रदेश प्राप्त हुए हैं, परंतु राष्ट्रीयत्व के जो अन्य आवश्यक अभिलक्षण हैं, उनका संपूर्ण अभाव यहाँ दिखाई देता है।

करने की दृष्टि से आवश्यक अभिलक्षणों का अथवा प्रमुख अंगों का विचार करने पर ऐसा प्रतीत होता है कि हम लोग अधिक सौभाग्यशाली हैं।

हिंदू बंधुओ! संघटित होने पर ही आप जीवित रह सकेंगे

एक बार भूतकाल पर दृष्टिक्षेप डालिए तत्पश्चात् वर्तमान का अवलोकन कीजिए। एशिया की मुसलमानों की संघटना, यूरोप के विभिन्न राष्ट्रों के राजकीय उद्देश्यों से प्रभावित संघ, अफ्रीका तथा अमेरिका में चल रहे एथियोपिक आंदोलन आदि को सतर्कतापूर्वक देखने के पश्चात् हे हिंदू बंधुओ! विचार कीजिए। आपका भवितव्य सदा के लिए इस हिंदुस्थान के भवितव्य से ही जुड़ा हुआ है क्या? तब यह भी सच है कि हिंदुस्थान के भविष्य को भले या बुरे प्रकार से निर्माण करने का काम हिंदुओं को ही करना है। यह हिंदुओं की शक्ति पर ही निर्भर करता है। हिंदू, मुसलमान, पारसी, ईसाई और यहूदी लोगों में वे प्रथम हिंदी हैं तथा बाद में अन्य हैं, इस प्रकार की सभी को सम्मिलित करनेवाली एक विस्तृत राष्ट्रीयत्व की कल्पना निर्माण करने का तथा अधिक विस्तृत राष्ट्रीयत्व से उन्हें प्रेम करने का पाठ देने का प्रयास हम लोग अपनी संपूर्ण शक्ति लगाकर कर रहे हैं। यह आवश्यक भी है। इस ध्येय की दिशा में प्रगति करने हेतु हिंदुस्थान किस सीमा तक सफल हो सकता है यह ज्ञात नहीं है। परंतु एक बात सूर्यप्रकाश के समान साफ दिखाई देती है और यह केवल हिंदुस्थान के संदर्भ में ही नहीं अपितु अखिल विश्व के

एक बार भूतकाल पर दृष्टिक्षेप डालिए तत्पश्चात् वर्तमान का अवलोकन कीजिए। एशिया की मुसलमानों की संघटना, यूरोप के विभिन्न राष्ट्रों के राजकीय उद्देश्यों से प्रभावित संघ, अफ्रीका तथा अमेरिका में चल रहे एथियोपिक आंदोलन आदि को सतर्कतापूर्वक देखने के पश्चात् हे हिंदू बंधुओ! विचार कीजिए।

लिए भी साफ है। किसी भी राष्ट्र की निर्मिति के लिए किसी एक पक्ष की आवश्यकता तो रहती ही है। राष्ट्र का सारा अस्तित्व यदि कहीं प्रकट होता है तो वह राष्ट्र के लोगों में तथा जाति के जीवन से ही प्रकट होता है। उन लोगों के सारे हितसंबंध, भूतकाल का सारा इतिहास तथा भविष्य की सारी आशा-आकांक्षाएँ उस राष्ट्र से तथा उस भूमि से ही जुड़ी रहती हैं। वे उस राष्ट्र मंदिर के प्रथम और अंतिम ही नहीं, एकमेव आकार स्तंभ रहते हैं। तुर्कस्थान का ही उदाहरण लीजिए। राज्यक्रांति के पश्चात् युवा तुर्कों को अपनी लोकसभा तथा सैनिक संघटनाओं में भरती करने हेतु लोगों पर धार्मिक या अन्य कोई भी प्रतिबंध न लगाते हुए तथा केवल अर्हता के आधार पर आर्मेनियन एवं ईसाई लोगों की नियुक्तियाँ कीं। परंतु सर्विया के साथ जब तुर्कस्थान का युद्ध हुआ तब ईसाइयों ने तथा आर्मेनियनों[८] ने ही प्रथम इसमें बाधा डाली। तत्पश्चात् उनके जो-जो सैन्यदल तुर्की सेना में थे, उन्होंने सर्विया के लोगों से अधिक निकट संबंध बना लिये और वे उनसे जा मिले। अमेरिका का उदाहरण भी इसी बात का प्रमाण प्रस्तुत करता है। जर्मनी के साथ युद्ध प्रारंभ होते ही जर्मन मूल के नागरिकों ने अमेरिका का साथ नहीं दिया तथा अमेरिका को इस भीषण दृश्य को देखना पड़ा। वहाँ के नीग्रो लोग अपने श्वेत बंधुओं से सहानुभूति नहीं रखते। उनका हृदय अफ्रीका निवासी नीग्रो लोगों के प्रति ही अधिक सहानुभूति दिखाते हैं, अत: अमेरिका का भविष्य उज्ज्वल करने का काम वहाँ के मूल घटकों की एंग्लो सैक्सन शक्ति की तथा कर्तृत्व पर निर्भर करता है। यही हिंदुओं के बारे में भी सच है। जिनका भूत, भविष्य तथा वर्तमान उनकी पितृभूमि व

राष्ट्र का सारा अस्तित्व यदि कहीं प्रकट होता है तो वह राष्ट्र के लोगों में तथा जाति के जीवन से ही प्रकट होता है। उन लोगों के सारे हितसंबंध, भूतकाल का सारा इतिहास तथा भविष्य की सारी आशा-आकांक्षाएँ उस राष्ट्र से तथा उस भूमि से ही जुड़ी रहती हैं। वे उस राष्ट्र मंदिर के प्रथम और अंतिम ही नहीं, एकमेव आकार स्तंभ रहते हैं।

पुण्यभूमि से हिंदुस्थान की भूमि से निकट से जुड़ा हुआ है, वही हिंदू लोग इस भूमि का वास्तविक आकार हैं। वे हिंदू राष्ट्र के एकनिष्ठ व अंत तक रक्षा करनेवाले सैनिक हैं—ऐसा प्रतीत होता है।

देशद्रोही गतिविधियों का कठोरतापूर्वक निर्मूलन करो

हिंदी राष्ट्रीयत्व की दृष्टि से भी हिंदुओ! आप अपना हिंदू राष्ट्रीयत्व अधिक बलशाली तथा समर्थ बनाओ। हम लोगों के अहिंदू बंधुओं को ही नहीं, विश्व के किसी को भी जानबूझकर दुःख देना उचित नहीं है। परंतु हम लोगों की जाति व भूमिका न्याय्य और आवश्यक संरक्षण करने हेतु तथा विभिन्न देशों में जो 'पॅन इझम्स' व्यर्थ में पनप रहे हैं, दूसरे देशों पर किसी-न-किसी मिथ्या कारण से आक्रमण कर रहे हैं, उनकी तथा अपने ही बंधुओं की हमारे देश की बलि चढ़ाने की जो नीच देशद्रोही कारस्वाइयाँ चल रही हैं, उन्हें समूल नष्ट करते समय हमें किसी के क्रोध या खुशी का विचार नहीं करना चाहिए। जब तक हिंदुस्थान में रहते हैं, वे प्रथमतः हिंदुस्थान राष्ट्र के नागरिक हैं तथा बाद में अन्य कुछ भी हैं, ऐसा नहीं कहते, परंतु इससे विपरीत अत्यंत संकुचित हेतु से संरक्षक तथा आक्रामक संघ बना रहे हैं, तब तक, हे हिंदू बंधुओ! जिस कारण तुम्हारी जाति की एकविध तथा एकात्म समाजदेह बनी हुई है, उन ज्ञान-तंतुओं के जाल के समान समाज-देह में विद्यमान सूक्ष्म बंधनों को अधिक बलशाली बनाने का प्रयास कीजिए। आप लोगों में से जो कोई

हिंदी राष्ट्रीयत्व की दृष्टि से भी हिंदुओ! आप अपना हिंदू राष्ट्रीयत्व अधिक बलशाली तथा समर्थ बनाओ। हम लोगों के अहिंदू बंधुओं को ही नहीं, विश्व के किसी को भी जानबूझकर दुःख देना उचित नहीं है। परंतु हम लोगों की जाति व भूमिका न्याय्य और आवश्यक संरक्षण करने हेतु तथा विभिन्न देशों में जो 'पॅन इझम्स' व्यर्थ में पनप रहे हैं...

आत्मघात की भावना के कारण अत्यंत महत्त्वपूर्ण रहे, ममता के बंधन तोड़ने के प्रयास कर रहे हैं तथा हिंदू नाम का त्याग करने का विचार कर रहे हैं, उन्हें जबरदस्त सजा होगी। उन्हें तत्पश्चात् ऐसा भी अनुभव होगा कि वे अपनी जाति के जीवन से उत्पन्न होनेवाली जीवंतता और शक्तिसामर्थ्य को खो चुके हैं। हिंदुत्व में अंतर्भूत किए हुए राष्ट्रीयत्व के जिन अभिलक्षणों पर हम लोगों ने विचार किया है, उनमें से कुछ ही, जिन लोगों में विद्यमान हैं, वे स्पेन-पुर्तगाल जैसे राष्ट्र विश्व में सिंह-पराक्रम कर सके। अब ये सभी लक्षण विद्यमान होने पर इस विश्व में ऐसी कौन सी बात है, जिसे हिंदुओं के शक्ति-सामर्थ्य से नहीं किया जा सकता?

हिंदुत्व का आदर्श तत्त्वज्ञान

तीस करोड़ की जनसंख्या, हिंदुस्थान के समान पराक्रम करने हेतु उपयुक्त विस्तृत क्षेत्र, पितृभूमि तथा पुण्यभूमि भी यहाँ है। महान् इतिहास का उत्तराधिकार तथा समान संस्कृति व समान रक्त के बंधनों से एकात्मता पाई हुई प्रचंड जनशक्ति द्वारा इस सामग्री के बल पर विश्व को अपनी बात मानने पर बाध्य किया जा सकता है। भविष्य में किसी दिन यह प्रचंड शक्ति मानवजाति को ज्ञात होगी।

तीस करोड़ की जनसंख्या, हिंदुस्थान के समान पराक्रम करने हेतु उपयुक्त विस्तृत क्षेत्र, पितृभूमि तथा पुण्यभूमि भी यहाँ है। महान् इतिहास का उत्तराधिकार तथा समान संस्कृति व समान रक्त के बंधनों से एकात्मता पाई हुई प्रचंड जनशक्ति द्वारा इस सामग्री के बल पर विश्व को अपनी बात मानने पर बाध्य किया जा सकता है। भविष्य में किसी दिन यह प्रचंड शक्ति मानवजाति को ज्ञात होगी।

इसी के साथ यह भी उतना ही सत्य है कि जब कभी हिंदुओं को इस प्रकार का स्थान प्राप्त होगा और वे जब संपूर्ण विश्व को अपनी बात मान लेने के लिए बाध्य करेंगे, तब यह कहना सीता

के शब्दों से अथवा बौद्ध के उपदेश से कुछ भिन्न नहीं होगा। हिंदू जब एक हिंदू ही नहीं बना रहता तब वास्तविक अर्थ में उच्च अवस्था को प्राप्त हिंदू ही होता है। शंकराचार्य के साथ वह कह सकता है कि यह संपूर्ण विश्व ही हम लोगों की काशी, वाराणसी, मेदिनी है अथवा तुकाराम के समान कहता है—'आमुचा स्वदेश। भुवनत्रया मध्ये वास।' हम लोगों का यह स्वदेश कौन सा है, बंधुओ! इस विश्व की, त्रिभुवनों की जो मर्यादाएँ हैं, वही हमारे देश की सीमा क्षितिज हैं!

□

संदर्भ सूची

१. 'रोमियो आणि जूलियट' शेक्सपियर के इस नाटक की नायिकों के वाक्यों का कौशल्यपूर्ण उपयोग कर लेखक ने ग्रंथ का प्रारंभ ही इतना नाट्यपूर्ण किया है कि इतनी गंभीर तात्त्विक चर्चा के विषय में भी उसकी अभिजात कल्पना विकास का प्रमाण हम लोगों को सहज मिल जाता है। रोमियो तथा जूलियट एक-दूसरे के प्रथम दर्शन से ही प्रेम करने लग जाते हैं, परंतु इन दो प्रेमियों के परिवारों में वंशानुगत वैर-भाव होने से इन प्रेमियों को विश्वास हो जाता है कि वे एक-दूसरे से शादी नहीं कर सकेंगे। इसी कारण जूलियट व्याकुल होकर रोमियो से आग्रहपूर्वक कहती है कि उसका नाम ही बदल दिया जाए।

Intict..."It is by thy name that is my enemy. It is nor hand, nor foot, nor arm or any part Belonging to a man, O, he so some other name! What is in a name? That which me call a rose by any other name a would smell as sweet!"

२. इस भिक्षु श्रेष्ठ का नाम था 'फ्रायर लारेंस', जिसने रोमियो और जूलियट का गुप्त-विवाह कराया था।

३. The fair Apostle of the Creed. सिद्धांतों की प्रतीक, प्रेषित।

४. इसी पैरिस के साथ जूलियट का विवाह रचाने की बात जूलियट के माता-पिता ने सोची थी।

५. रोजलिन रोमियो की पूर्व प्रियतमा थी।

६. मूल वाक्य—Lady, by yonder blessed moon, I swear
That tips with silver all these fruit-tree tops का भाषांतर।

७. ईसा मसीह की माता 'वर्जिन मेरी'।

८. 'अलीबाबा और चालीस चोर' कहानी में चोरों का नायक 'खुल जा सिम-सिम' मंत्र पढ़कर जादुई गुफा का दरवाजा खोला करता था।

९. सतलुज।

१०. रावी।

११. चिनाब।

१२. झेलम।

१३. 'विद्याधराप्सरोयक्षरक्षोगंधर्व किन्नराः।' 'अमरकोश' में इन जातियों को स्वर्ग-वर्ग क जातियाँ कहा गया है, यद्यपि इतिहास के अनुसार विद्याधर, यक्ष आदि जातियाँ हमारे जैसे मनुष्यों की ही थीं और आर्यों के साथ उनका प्रत्यक्ष संबंध भी रहा था।

१४. सभी विद्यमान राजाओं को जीतकर सार्वभौम सत्ता प्रस्थापित करनेवाले पराक्रमी राजश्रेष्ठ को 'चक्रवर्ति' की उपाधि प्राप्त होती थी।

१५. पार्थिआ देश में रहनेवाले अर्थात् पृथू लोग। कुंती का दूसरा नाम 'पृथा' भी था। कदाचित् वह पार्थिआ की राजकन्या थी। पार्थिआ देश कैस्पियन समुद्र की आग्नेय दिशा में था। ईसा पूर्व १७०-१३९ में प्रथम मिथ्रिडाटिस ने पार्थियन साम्राज्य की नींव रखी। 'पार्थिआ' देश विद्यमान खोरासान प्रांत है।

१६. अष्टावक्र कहोड ऋषि का पुत्र था। कहोड ऋषि जब अध्ययन कर रहे थे, तब माता के गर्भ से उसने अपने पिता पर टीका-टिप्पणी करते हुए कुत्सित स्वर में उनसे पूछा, 'क्या आप अभी तक अध्ययन ही कर रहे हैं?' जिससे क्रोधित होकर कहोड ऋषि ने अपने पुत्र को 'आठ स्थानों पर तुम्हारा शरीर वक्र हो जाएगा' ऐसा शाप दिया। अष्टावक्र का शरीर आठ स्थानों पर वक्र हो गया। आगे चलकर कहोड ऋषि ने उसे मधुविला नदी में स्नान करवाकर उसके शरीर को शाप मुक्त कराया।

१७. अकबर के दरबार का विदूषक।

१८. अकबर के दरबार का स्तुति-पाठक।

१९. यह काम स्वयं लेखक वि.दा. सावरकर ने—'छह सुनहरे पृष्ठ' (सहा सोनेरी पाने) ग्रंथ में किया है। उस ग्रंथ के परिच्छेद क्रमांक १५७ से १६० तथा ३५७ से ३५९ और सावरकर खंड ३, पृष्ठ ५२ से ५९, नया १२२ से १२४ का अवलोकन करें—बाल सावरकर, संपादक।

२०. राजपुत्र सिद्धार्थ गौतम।

२१. कोसल के राजा विद्युत्गर्भ ने शाक्य प्रजासत्ताक पर आक्रमण कर उसे पराजित किया। इस विषय पर 'संन्यस्त खड्ग' नामक नाटक अवश्य पढ़िए। समग्र सावरकर खंड ९।

२२. गौतम बुद्ध का संबोधन।

२३. शाक्यों की राजधानी।

२४. स्कंदगुप्त के समय (ख्रि. ४१५-४८०) में वायव्य दिशा से आकर हूणों ने हिंदुस्थान पर आक्रमण किया। हूणों के नायक तोरमान ने गुप्तों को पराजित करने के पश्चात् उज्जयिनी के राज्य पर अधिकार किया। भविष्य में मालवाले यशोधर्म ने हूणों को खदेड़ दिया। अधिक जानकारी के लिए 'सहा सोनेरी पाने', समग्र सावरकर खंड ३ का अवलोकन कीजिए।

२५. सम्राट् अशोक अथवा अशोक वर्धन ने ख्रि. पूर्व २७३-२३७ तक राज किया। चंद्रगुप्त का पुत्र बिंदुसार तथा बिंदुसार के पुत्रादि ने बौद्ध धर्म का प्रसार बहुत कष्ट उठाकर किया।

२६. विक्रम संवत्सर इन्हीं का स्मारक है। इस विषय में विद्यमान मतभेदों को समझते हुए सावरकर खंड ३ 'सोनेरी पाने', पृष्ठ २२६ से २३६ का अवलोकन करें।

२७. चंद्रापीड के पश्चात् कश्मीर के सिंहासन पर आरूढ़ हुआ। ललितादित्य ने तिब्बत पर अधिकार किया। गोबी के मरुभूमि पार की तथा वहीं उसका निधन हुआ।

२८. दूसरे शतक में पैशाची भाषा में रचित बृहत्कथा नामक ग्रंथ का रचयिता। 'कथा सरित्सागर', यह उसी का अनुवाद है।

२९. सिखों का धर्मसंस्थापक ई.स. १४६९ से १४३८। उसके अनुयायी को शिष्य अथवा सिख कहते हैं।

३०. वैष्णव धर्म संस्थापक। जातिभेद के बंधन इसे मान्य नहीं थे।

३१. गजनी का सुलतान महम्मद। इसने ई.स. १००१ से १०३० तक भारत पर आक्रमण किए। सोमनाथ मंदिर ई.स. १०२४ में तोड़ दिया तथा अकूत संपत्ति लूट ली।

३२. अहमदशाह अब्दाली (ई.स. १७६१) पानीपत के युद्ध में मराठों का शत्रु था।

३३. शाहजहाँ का ज्येष्ठ पुत्र। उसके हिंदुतत्त्वज्ञान के आकर्षण के कारण औरंगजेब ने उसका वध किया।

३४. श्रुतिस्मृति पुराणोक्त सनातन धर्म के अभिमानी।

३५. मध्य हिंदुस्थान के एक पंथ का नाम।

३६. आर्य समाजी।

३७. मद्रास की ओर की एक अस्पृश्य जाति।

३८. बाबर के वंश की।

३९. देवालय।

४०. अश्व।

४१. हृष्टपुष्ट।

४२. गजवर।

४३. संघ।

४४. 'छत्रप्रकाश' लाल कवि द्वारा रचित छत्रसाल के कार्यकाल का वर्णन।

४५. अंबर (आमेर) का राजपूत राजा (ई.स. १६६९ से १७४३)। मुगलों का सेनापति होकर भी यह गुप्त रूप से बाजीराव के वश में था।

४६. बाजीराव प्रथम तथा छत्रपति शाहू महाराज के गुरु। (ख्रि. १६४९ से १७३८) ये स्वामी सातारा के समीप घावडशी में वास करते थे।

४७. कान्होजी आंग्रे की पत्नी।

४८. तेरहवीं तथा चौदहवीं सदी में 'इनक्विजिशन' नामक ख्रिस्ती धर्म शासन संस्था ने रोमन कैथोलिक पंथ पर विश्वास न करनेवाले लोगों की खोज की तथा उन्हें भयंकर यातना देने का काम बहुत दिनों तक जारी रखा। परधर्मी अपराधियों को जिंदा जलाया जाता।

४९. आंध्र के लोगों के साम्राज्य की स्थापना करनेवाला सुप्रसिद्ध शककर्ता शालिवाहन ई.स. १३० से १५८ तक इसने राज किया। 'रक्षणी ध्वजाच्या ह्याची। शालिवाहनाने साची। उडविली शकांची शकले˙˙˙समरि त्या क्षणा॥' सावरकर द्वारा रचित इस ध्वजगीत में इसी शालिवाहन को गौरवान्वित किया गया है।

५०. स्वामी रामकृष्ण परमहंस।

५१. कर्कोट नामक राजवंश का कश्मीर का एक प्रसिद्ध हिंदू राजा।

५२. इसकी माता का नाम जवाला तथा इसका सत्यकाम था। इसके जन्म के साथ इसके पिताजी का निधन हो गया। इसकी माता को अपने मृत पति का गोत्र आदि ज्ञात नहीं था। इसलिए यह अपनी माता के व स्वयं के नामों के साथ पहचाने जाने लगा।

५३. महादजी शिंदे पाटिल बुवा। इनकी माताजी राजपूत थीं।

५४. सत्यवती अर्थात् मत्स्यगंधा। इसके शरीर से सागर की मछलियों की दुर्गंध आती थी। पराशर ऋषि ने इस दुर्गंध को दूर करके उसका शरीर सुगंधित बना दिया। उसके शरीर की सुवास एक योजन (चार कोस) तक फैल जाती थी। 'बाग योजनागंधा त्या वनदेव पराशरी' (सावरकर कृत 'कमला', समग्र खंड ७)।

५५. चित्रांगदा नामक मणिपुर के राजा की कन्या से उत्पन्न अर्जुन का पुत्र। इसी ने पांडवों के अश्वमेध का घोड़ा रोककर अर्जुन से युद्ध किया तथा अर्जुन का वध किया, परंतु पाताल से संजीवनी मणि प्राप्त करके अर्जुन को पुनः जीवित किया।

५६. हिडिंबा से उत्पन्न भीम का पुत्र। महाभारत के संग्राम में पांडवों के पक्ष में युद्ध

करते समय इसने महान् पराक्रम किए। अंततः यह कर्ण द्वारा मारा गया।

५७. कृष्ण द्वैपायन व्यास को दासी से प्राप्त पुत्र। यह परम नीतिमान तथा निस्पृह था। इनके द्वारा धृतराष्ट्र को दिया हुआ उपदेश 'विदुरनीति' के रूप में महाभारत के उद्योगपर्व के नौवें अध्याय में दिया गया है। मांडव्य ऋषि के समान अरण्य में पिशाच बनकर यह सौ वर्षों तक भटकता रहा। तत्पश्चात् उसकी मृत्यु हुई।

५८. वीरशैव लिंगायत धर्म का संस्थापक (ई.स. ११६०)। इसकी बहन का विवाह महादेव भट्ट नामक तेलुगु ब्राह्मण के पुत्र से हुआ। विजय राजा की पत्नी इसकी बहन थी, इसी कारण इसे प्रधानपद प्राप्त हुआ था। बसव पंथ में जातिभेद नहीं है।

५९. 'पांचरात्र' वैष्णव मत का अनुयायी। शंकराचार्य ने विवाद में इसपर विजय प्राप्त की।

६०. कबीर का समकालीन, चर्मकार जाति का एक कृष्णभक्त संत।

६१. तमिल कवि (ख्रि. १०० से १३० तक)।

६२. हिंदुस्थान के इतिहास काल में अंदमान में पूर्व में गए हुए भारतीय मूल के निवासियों में सुधार करने में असफल होने के पश्चात् स्वयं वन्य बन गए होंगे तथा नए रक्तसंबंध बनाना असंभव हो जाने पर उन वन्य लोगों में ही लुप्त हो गए होंगे अथवा नष्ट हो चुके होंगे। ('माझी जन्मठेप', समग्र खंड २) अंदमान में 'अर्रा' नामक एक जाति है। उन लोगों का चेहरा, नाक-नक्श आदि पंजाबियों से मिलता है। 'अर्रा'—इस नाम से आर्य नाम की प्रतीति होती है। ('राष्ट्र मीमांसा', ग.दा., सावरकृत)।

६३. बंगाल के ढाका नगर में रहनेवाला कट्टर ब्राह्मण युवक, अत्यधिक हिंदू धर्माभिमानी। वहाँ के मुसलमान नवाब की कन्या इससे प्रेम करने लगी। मुसलमान नवाब ने मुसलमान बनाने हेतु इसे जबरदस्ती कारावास में डाल दिया तथा इसका शिरच्छेद करने की आज्ञा भी दी। परंतु वह कन्या इस युवक से अत्यधिक प्रेम करती थी। उसके स्थान पर वह स्वयं अपनी जान देने के लिए तैयार हो गई। इस प्रेम के प्रभाव से उस युवक से उस कन्या से विवाह करने की बात मान ली गई। परंतु सनातनी हिंदू समाज ने उस कन्या को हिंदू बना लेने की बात अस्वीकार कर दी। तब उसने जगन्नाथपुरी जाकर ईश्वर को साक्षी रखकर हिंदू पद्धति से विवाह करने का निश्चय किया। परंतु वहाँ के मंदिर के सनातनी भक्तों को यह भ्रष्टाचार सहन करने की शक्ति नहीं थी। उन्होंने उसे मारपीट कर वहाँ से भगा दिया। इस कारण हिंदू धर्म में रहने की उनकी उत्कट इच्छा होते हुए भी समाज

के द्वारा दूर किए जाने के कारण क्रोधित होकर वह एक भ्रष्ट व कट्टर मुसलमान बन गया। इसी ने आगे चलकर हजारों मंदिरों को भ्रष्ट किया तथा अनेक हिंदुओं को मुसलमान बनाया। बंगाल में मुसलमानों की संख्या में वृद्धि करने हेतु यही 'काला पहाड़' एक महत्त्वपूर्ण कारण बना।

६४. इंग्लैंड में यॉर्क व लॅकेस्टर वंश में हुए युद्ध। (ख्रि. १४५५) ध्वजचिह्न गुलाब था, इसलिए इन युद्धों को 'Wars of Roses' कहा जाता है।

६५. वैद्यशास्त्र विषय का प्राचीन आचार्य।

६६. ई.स. पाँचवें शतक में लिखे गए एक वैद्यक विषयक ग्रंथ तथा उसका कर्ता।

६७. २३०० वर्ष पूर्व का प्रसिद्ध खगोल शास्त्रज्ञ। इसी के आर्य सिद्धांत के अनुसार पृथ्वी ही सूर्य की परिक्रमा करती है, यह स्पष्ट होता है।

६८. विक्रम सभा का आठवाँ पंडित रत्न। यह एक बड़ा सिद्धान्ति ज्योतिषी था। इसने ज्योतिष विषय पर तीन ग्रंथों की रचना की है।

६९. 'बौद्धचरित्र' का रचयिता, कवि तथा प्रथम संस्कृत नाट्य रचनाकार।

७०. 'गीत गोविंद' इस शृंगारिक तथा भक्तिपरक काव्य का रचनाकार।

७१. शाहजहाँ के अधीनस्थ ख्यातनाम कवि। 'गंगा लहरी' का कर्ता। इसने शाहजहाँ की राजकन्या लवंगी से विवाह किया था।

७२. फारसी महाकवि।

७३. फ्रांस में प्रस्थापित एक पंथ के अनुयायी। दहशतवादी क्रांतिकारकों को जॅकोबिन ही कहा जाता है।

७४. Union of three persons (Father, son and Holy Spirit.) in one god hand. 'ख्रिस्त धर्म के देवमिनयाकर नाम'।

७५. पाताल के असुर विशेष। ये आर्यों के शत्रु थे।

७६. दस्यु। आर्य विरोधी लोग।

७७. आर्यों की प्राचीन जातियाँ।

७८. आर्य समाज के संस्थापक। 'सत्यार्थ प्रकाश' के रचयिता।

७९. महानुभाव पंथ का संस्थापक। गोविंद प्र ु का शिष्य। 'लीलाचरित्र' नामक महानुभावीय ग्रंथ का नायक।

८०. ब्राह्म समाज के संस्थापक।

८१. 'तत्त्वमसि' अद्वैत वेदांत तत्त्वज्ञान (ब्रह्म) तुम ही हो।

८२. हिंदूधर्म को स्वीकार करनेवाली स्वामी विवेकानंद की शिष्या। मार्गरेट इ. नोबल मूल नाम की अंग्रेज स्त्री।

८३. हिंदी स्वराज्य के आंदोलन में लोकमान्य तिलक के साथ भाग लेनेवाली अंग्रेज स्त्री। सन् १९१७ में कलकत्ता में आयोजित कांग्रेस अधिवेशन के अध्यक्ष पद का स मान भी इन्हें प्राप्त हुआ था। थियोसॉफी उनका प्रिय विषय था। इस विषय पर उन्होंने वाङ्मय निर्मिति भी की है। सन् १९३३ में अडयार में इनका निधन हुआ।

८४. ईसा की जन्मभूमि यरूसलेम को मुसलमानों से पुनः प्राप्त करने हेतु ग्यारहवें शतक के अंत में यूरोप के ईसाइयों ने एक संगठन बनाया तथा धर्मयुद्ध किए। इन्हें 'क्रूसेडस' कहते हैं।

८५. रोम कैथोलिक व प्रॉटेस्टेट पंथ के ईसाई लोग। आर्मेनियन ईसाइयों को तुर्कों ने बहुत पीड़ा दी। इस कारण सन् १९१४ में यूरोप के राष्ट्रों से तुर्कस्थान ने युद्ध किया, तब आर्मेनियन तुर्कों के विरोध में ईसाई राष्ट्रों के साथ हो गए।

□□□